Carl Hiaasen

S.O.S

La odisea de los búhos

Montena

Título original: *Hoot*
Diseño de la portada: Adaptación de la cubierta original de
   Isabel Warren-Lynch a cargo del departamento de diseño
   de Random House Mondadori

Primera edición: noviembre, 2003

© 2003, Carl Hiaasen
   Publicado originalmente por Alfred A. Knof, un sello de
   Random House, Inc., Nueva York
© 2003, Grupo Editorial Random House Mondadori, S. L.
   Travessera de Gràcia, 47-49. 08021 Barcelona
© 2003, Laura Rius Calahorra, por la traducción

Printed in Spain – Impreso en España

ISBN: 84-8441-220-2
Depósito legal: B. 42.260 - 2003

Fotocomposición: Lozano Faisano, S. L. (L'Hospitalet)

Impreso en A & M Gràfic, S. L.
Santa Perpètua de Mogoda (Barcelona)

GT 1 2 2 0 2

Para Carly, Ben, Samantha, Hannah,
y, por supuesto, Ryan

Uno

De no haber sido por Dana Matherson, Roy no hubiera descubierto al extraño muchacho, ya que no solía mirar por la ventanilla del autocar de la escuela. Prefería leer cómics y novelas de misterio en el trayecto matutino hacia Trace Middle.

Pero aquel día, un lunes (Roy no lo olvidaría nunca), Dana Matherson lo aferró por la cabeza desde atrás y le presionó las sienes con los pulgares, como si estuviera estrujando un balón de fútbol. Se suponía que los antiguos alumnos tenían reservada la parte trasera del autocar, pero Dana se había acercado sigilosamente hasta el asiento de Roy y le había tendido una emboscada. Cuando este trató de librarse, Dana le aplastó la cara contra la ventanilla.

Fue entonces, al mirar con los ojos pegados al cristal empañado, cuando Roy divisó al extraño muchacho corriendo por la acera. Parecía darse prisa para alcanzar el autocar de la escuela, que se había detenido en una esquina a recoger a algunos chicos más.

El muchacho tenía el cabello muy rubio, era delgado y nervudo, y su piel estaba tostada por el sol. Su rostro mostraba una expresión seria y concentrada. Llevaba una camiseta descolorida del equipo de baloncesto Miami Heat y unos pantalones cortos de color caqui. Y he aquí lo bueno: iba descalzo. Tenía la planta de los pies negra como el carbón de encender la barbacoa.

La escuela Trace Middle no ostentaba las normas más estrictas del mundo en cuanto a la forma de vestir, pero Roy estaba casi seguro de que era obligatorio llevar algún tipo de calzado. Podía haberse dado el caso de que el muchacho llevara unas zapatillas de deporte en la mochila, si hubiera llevado mochila. Sin zapatos, sin mochila, sin libros… Extraño, desde luego, tratándose de un día entre semana.

Roy estaba seguro de que el muchacho descalzo sería objeto de todo tipo de burla por parte de Dana y los otros chicos mayores en cuanto subiera al autocar, pero aquello no llegó a ocurrir puesto que el muchacho siguió corriendo, cruzó la calle, sobrepasó la fila de alumnos que esperaban para montarse en el autocar e incluso el propio autocar. Roy tenía ganas de gritar: «¡Eh, mirad a ese!», pero no podía vocalizar bien. Dana Matherson todavía lo tenía atrapado por detrás con la cara contra la ventanilla.

Al pasar el autocar por el cruce, Roy esperaba echar otro vistazo al muchacho que se alejaba calle arriba. Sin embargo, este había abandonado la acera para cambiar de rumbo y en ese momento atravesaba un jardín particular a toda velocidad. Corría, mucho más de lo que Roy era capaz y quizá incluso más de lo que lo era Richard, el que fuera el mejor amigo de Roy en Montana. Richard era tan veloz que había llegado a entrenar con la selección de secundaria cuando se encontraba tan solo en séptimo curso.

Dana Matherson le clavaba las uñas a Roy en el cuero cabelludo para hacerle chillar, pero este apenas se percató de nada, pues era presa de la curiosidad por aquel muchacho que corría y atravesaba uno tras otro los cuidados jardines, haciéndose cada vez más pequeño a los ojos de Roy al aumentar la distancia que le separaba del autocar de la escuela.

Roy vio que un gran perro de orejas puntiagudas, probablemente un pastor alemán, saltaba la valla vecina y se abalanzaba hacia el muchacho. Para su sorpresa, este no varió el rumbo de su carrera. Saltó por encima del animal, atravesó con estrépito un endrino y desapareció de la vista.

Roy dio un grito ahogado.

—¿Qué pasa contigo, vaquera? ¿Es que no has tenido bastante?

Era Dana, susurrándole en el oído derecho. Al ser el nuevo del autocar, Roy no esperaba ningún tipo de ayuda por parte de los demás. El apelativo «vaquera» denotaba tal pobreza de espíritu que no valía la pena enfadarse. Dana era un idiota por todos conocido, y encima pesaba por lo menos veinticinco quilos más que él. Pelearse hubiera supuesto malgastar las energías por completo.

—¿Has tenido bastante o no? No te oímos, tejano. —El aliento de Dana olía a cigarrillo rancio. Fumar y dar palizas a los más pequeños eran sus principales aficiones.

—Sí, ya vale —protestó Roy impaciente—. Ya está bien.

En cuanto quedó liberado, Roy bajó la ventanilla y se asomó. El extraño muchacho se había esfumado.

¿Quién era? ¿De qué huía?

Roy se preguntaba si alguno de los demás chicos del autocar habría visto lo mismo que él. Por un momento llegó incluso a dudar de haberlo visto con sus propios ojos.

Aquella misma mañana, un agente de policía llamado David Delinko fue destinado al futuro emplazamiento de otro de

11

los establecimientos de auténticas crepes americanas de Mamá Paula.

Se trataba de un solar sin edificar en la esquina que formaban las calles East Oriole y Woodbury, en el extremo Este de la población.

El agente Delinko fue recibido por un hombre en una furgoneta azul marino. El hombre, que era calvo como una bola de billar, se presentó a sí mismo como Rizos. A juzgar por el apodo, Delinko pensó que el hombre debía de tener buen sentido del humor, pero se equivocaba. Rizos era malcarado y solía estar de mal talante.

—Tiene que ver lo que han hecho —le dijo al policía.

—¿Quiénes?

—Sígame —le indicó el hombre llamado Rizos.

El agente Delinko se puso a caminar tras él.

—La persona que denunció el caso dijo que quería dar parte de un acto de vandalismo.

—Es cierto —gruñó Rizos volviendo la cabeza hacia atrás.

El policía no veía qué era lo que podía haber sido objeto de vandalismo en aquella parcela, que estaba constituida casi exclusivamente por unas cuantas hectáreas de hierbajos. Rizos se detuvo y señaló un trozo de madera alargado que había en el suelo. Uno de los extremos del palo tenía atada una cinta de plástico de un rosa vivo. El otro era afilado y estaba cubierto de una capa de material gris.

—Las han arrancado —le explicó Rizos.

—¿Quiere decir que es una estaca de replanteo? —preguntó el agente Delinko.

—Eso. Han arrancado todas las malditas estacas.

—Probablemente haya sido obra de niños.

—Y luego las han esparcido por ahí —continuó Rizos, ilus-

12

trando las palabras con un movimiento de su brazo fornido—
y han rellenado los agujeros.

—Es un poco raro —admitió el policía—. ¿Cuándo ocurrió?

—La pasada noche o esta mañana temprano —le aseguró Rizos—. Quizá no parezca gran cosa, pero nos llevará un buen rato volver a marcar el terreno. Mientras tanto, no podemos empezar a desbrozar, ni a nivelar, ni hacer nada de nada. Ya habíamos contratado las excavadoras y las retroexcavadoras y ahora el personal va a tener que esperar sentado. Ya sé que no parece la fechoría del siglo, pero aun así…

—Ya lo comprendo —reconoció el agente Delinko—. ¿En cuánto estima las pérdidas económicas?

—¿Pérdidas?

—Sí, para que pueda incluir los datos en el informe. —El policía tomó la estaca y la examinó—. No está rota, ¿verdad?

—Bueno, no…

—¿Han destrozado alguna? —le preguntó el agente Delinko—. ¿Cuánto cuesta cada una de estas cosas? ¿Un pavo, dos pavos?

El hombre que se hacía llamar Rizos estaba perdiendo la paciencia.

—No han roto ninguna estaca —dijo con brusquedad.

—¿Ni siquiera una? —El policía frunció el entrecejo. Intentaba resolver qué iba a escribir en el informe—. No puede haber vandalismo sin pérdidas económicas y sin que haya habido desperfecto alguno en la parcela.

—Lo que intento explicar —prosiguió Rizos de mal talante— no es el hecho de que hayan armado un lío con las estacas, sino que nos hayan fastidiado por completo la planificación de la obra. Eso es lo que nos costará un montón de billetes.

El agente Delinko se quitó la gorra y se rascó la cabeza.

—Déjeme pensarlo —concluyó.

Mientras caminaba de vuelta hacia el coche patrulla, el policía tropezó y se cayó. Rizos lo aferró por debajo del brazo y lo ayudó a ponerse en pie. Los dos hombres se sentían algo incómodos.

—Esos estúpidos búhos… —exclamó Rizos.

El policía se sacudió la tierra y las briznas de hierba del uniforme.

—¿Ha dicho búhos?

Rizos señaló un agujero en el suelo. Era tan grande como las famosas crepes de mantequilla de Mamá Paula. El orificio estaba rodeado por un montículo de tierra suelta de color claro.

—Con eso es con lo que ha tropezado —informó Rizos al agente Delinko.

—¿Ahí vive un búho? —El agente se inclinó y observó el agujero—. ¿De qué tamaño son?

—Más o menos como una lata de cerveza.

—¿No está bromeando? —dudó el agente Delinko.

—En realidad, nunca he visto ninguno.

De vuelta en el coche patrulla, el policía sacó su tablilla sujetapapeles y empezó a redactar el informe. Resultó que el verdadero nombre de Rizos era Leroy Branitt y que era el director de la obra. Sin embargo, puso mala cara al ver que el policía anotaba «capataz».

El agente Delinko le explicó a Rizos cuál era el problema de calificar el acto motivo de queja de vandálico.

—Mi sargento lo va a rechazar porque, estrictamente, no hay nada que haya sido dañado. Unos niños entraron en la parcela y arrancaron unas cuantas estacas del terreno.

—¿Cómo sabe que han sido niños? —masculló Rizos.

—Bueno, ¿quién si no?

—¿Y qué le parece que hayan rellenado los huecos y esparcido las estacas por ahí para obligarnos a replantear todo el terreno de nuevo? ¿Qué hay de eso?

Aquello también tenía desconcertado al policía. Los niños no solían maquinar ese tipo de jugarretas cuando gastaban alguna broma.

—¿Sospecha de alguien en particular?

Rizos admitió que no.

—De acuerdo, supongamos que han sido niños. ¿Acaso eso impide que se trate de un delito?

—Claro que no —le respondió el agente Delinko—. Solo digo que estrictamente no se puede calificar el acto de vandálico. Se trata de un delito de allanamiento de propiedad privada y daños intencionados.

—Eso será suficiente —dijo Rizos encogiéndose de hombros—, si puedo quedarme una copia de su informe para presentarlo a la compañía aseguradora. Por lo menos cubrirán el tiempo perdido y los gastos.

El agente Delinko le entregó a Rizos una tarjeta con la dirección de la oficina de administración de la comisaría de policía y el nombre del empleado encargado de cumplimentar los informes de incidentes. Rizos se la metió en el bolsillo de su camisa de director de obra.

El policía se puso las gafas de sol y se metió en el coche patrulla, que desprendía tanto calor como un horno de ladrillos refractarios. Acto seguido le dio al contacto y puso el aire acondicionado a tope. Mientras se abrochaba el cinturón de seguridad, añadió:

—Señor Branitt, hay algo más que quisiera preguntarle. Solo por curiosidad.

—Adelante —le respondió Rizos, enjugándose la frente con un pañuelo amarillo.

—Es acerca de esos búhos.

—Claro.

—¿Qué va a ocurrirles? —le preguntó el agente Delinko—. Me refiero a cuando empiecen a mover las tierras.

El director de obra se rió entre dientes. Pensaba que el policía debía de estar bromeando.

—¿Qué búhos? —dijo.

En todo el día, Roy no pudo dejar de pensar en el extraño muchacho que había visto corriendo. Entre clase y clase, se fijaba en los rostros que veía por el pasillo por si el muchacho había llegado más tarde a la escuela. Quizá fuera corriendo a su casa, pensó, para cambiarse de ropa y calzarse algo.

Pero Roy no había visto a ningún chico que se pareciera a aquel que había saltado por encima del perro de orejas puntiagudas. Quizá aún siga corriendo, pensó mientras ingería la comida. Florida estaba hecha para correr, Roy no había visto nunca una tierra tan llana. En Montana había montañas altas y escarpadas que alzaban sus cuatro mil metros hacia las nubes. En cambio allí, las únicas elevaciones las constituían los viaductos construidos por el hombre: superficies lisas de hormigón de pendiente moderada.

Entonces Roy recordó el calor y la humedad, que en pocos días casi le habían succionado los pulmones. Una larga carrera bajo el sol de Florida debía suponer una tortura, pensó. Uno tenía que tener el pellejo muy duro para soportarlo.

Un chico llamado Garrett se sentó enfrente de Roy. Este lo saludó con la cabeza y Garrett le correspondió, y luego ambos

16

procedieron a comerse los macarrones pastosos de las respectivas bandejas. Al ser nuevo, Roy siempre que estaba en la cafetería se sentaba solo en un extremo de la mesa. El chico ya era un experto en el arte de ser un neófito: Trace Middle era la sexta escuela a la que asistía desde que empezara su vida de colegial. Coconut Cove era la décima población que Roy pudiera recordar en la que su familia se instalaba.

El padre de Roy era un funcionario del Estado. Su madre explicaba que se trasladaban tan a menudo debido a que su padre era muy bueno en su trabajo —cualquiera que aquel fuera— y conseguía ser promocionado con frecuencia. En apariencia, así era como el gobierno premiaba el trabajo bien hecho, trasladándolo a uno de un sitio a otro.

—¡Eh! —dijo Garrett—. ¿Tienes monopatín?

—No, pero tengo una tabla de snowboard.

Garrett soltó una carcajada.

—¿Para qué?

—En el lugar donde vivía antes, nevaba mucho —le respondió Roy.

—Deberías aprender a ir en monopatín. ¡Es formidable, tío!

—Ah, ya sé. Pero es que no tengo monopatín.

—Pues deberías hacerte con uno —insistió Garrett—. Mis amigos y yo nos dedicamos a recorrer los principales centros comerciales. Deberías venir con nosotros.

—Eso estaría muy bien. —Roy procuró mostrar entusiasmo. No le gustaban los centros comerciales pero apreciaba que Garrett intentara ser amable.

Garrett era un mal estudiante, pero era muy popular en la escuela porque hacía el ganso en clase y emitía ruidos semejantes a los pedos cada vez que un profesor le llamaba la atención. Garrett era el rey de las imitaciones de pedos en Trace Middle.

17

Su travesura más famosa consistía en pedorrear el primer verso del juramento de lealtad durante la hora de tutoría.

Curiosamente, la madre de Garrett era orientadora vocacional en Trace Middle. Roy se figuraba que la madre del chico hacía uso de todos sus recursos educativos cada día en la escuela y estaba demasiado agotada para habérselas con él al llegar a casa.

—Sí, recorremos todo el centro hasta que los guardias de seguridad nos echan —le estaba explicando Garrett— y luego nos trasladamos a la zona de aparcamiento hasta que también consiguen que nos vayamos de allí. Es un desmadre.

—Qué bien —opinó Roy, aunque recorrer un centro comercial le parecía una manera bastante aburrida de pasar una mañana de sábado. Esperaba con impaciencia su primer viaje en lancha por las Everglades. Su padre le había prometido que lo llevaría uno de aquellos fines de semana.

—¿Hay otras escuelas cerca de aquí? —le preguntó Roy a Garrett.

—¿Por qué? ¿Ya te has cansado de esta? —Garrett se rió con socarronería y hundió la cucharilla en un pedazo de dulce de manzana crujiente y acaramelado.

—Qué va. Te lo pregunto porque hoy he visto a ese chico extraño en una de las paradas del autocar. Puesto que no subió y tampoco está en la escuela —le explicó Roy—, me he imaginado que no iría a Trace.

—No conozco a nadie que no vaya a Trace —le respondió Garrett—. Hay una escuela católica en Fort Myers, pero está muy lejos. Ese chico, ¿llevaba uniforme? Porque las monjas obligan a todo el mundo a llevarlo.

—No. Seguro que no.

—¿Estás seguro de que ese chico va a secundaria? Quizá vaya

18

a Graham —sugirió Garrett—. Graham era la escuela pública superior más cercana a Coconut Cove.

—No parecía lo suficientemente mayor para estar en la escuela superior —dijo Roy.

—Puede que sea un enano. —Garrett sonrió e imitó un pedo con la mejilla.

—No lo creo —dijo Roy.

—Has dicho que era extraño.

—No llevaba zapatos —le explicó Roy—. Y corría como un loco.

—Quizá alguien lo estuviera persiguiendo. ¿Parecía asustado?

—La verdad es que no.

Garrett asintió.

—Es un chico de grado superior. Te apuesto cinco pavos.

Para Roy, aquello seguía sin tener sentido. Las clases de grado superior en Graham empezaban cincuenta y cinco minutos antes que las de Trace. Los chicos desaparecían de las calles mucho antes de que los autocares del grado medio finalizaran sus recorridos.

—Pues estaría haciendo novillos. Los chicos hacen novillos continuamente —dedujo Garrett—. ¿Quieres el postre?

Roy empujó la bandeja por la mesa.

—¿Has faltado alguna vez a clase?

—Ya lo creo —dijo Garrett con sarcasmo—. Un montón de veces.

—¿Y alguna vez lo has hecho solo?

Garrett se lo pensó un momento.

—No. Siempre con mis amigos.

—Ya lo ves. A eso me refiero.

—Pues quizá sea un psicópata. ¿A quién le importa?

—O un delincuente —apuntó Roy.

Garrett parecía escéptico.

—¿Un delincuente? ¿Te refieres a alguien como Jesse James?

—No, no exactamente —dijo Roy pensando que había algo de salvaje en los ojos de aquel muchacho.

Garrett se rió de nuevo.

—Un delincuente… Tiene gracia, Eberhardt. Tu imaginación es verdaderamente excepcional.

—Sí —dijo Roy. Pero seguía pensando en tramar un plan. Estaba decidido a encontrar al chico que había visto corriendo.

Dos

A la mañana siguiente, Roy pactó un intercambio de asientos en el autocar de la escuela para situarse más cerca de la puerta delantera. Cuando el vehículo dobló la esquina de la calle por donde había visto correr al muchacho, Roy dejó caer la mochila de los hombros y atisbó por la ventanilla, expectante. Siete filas por detrás, Dana Matherson estaba martirizando a un chico de sexto grado llamado Louis. Louis provenía de Haití y Dana se mostraba despiadado.

Al alcanzar el stop del cruce, Roy asomó la cabeza por la ventanilla y observó a ambos lados de la calle. No había nadie corriendo. Subieron siete chicos al autocar, pero el extraño muchacho descalzo no se encontraba entre ellos.

Al día siguiente se repitió la historia, al igual que el día después. Al llegar el viernes, Roy ya casi se había dado por vencido. Estaba sentado en la décima fila, leyendo un cómic de X-Men, cuando el autocar dobló la famosa esquina y empezó a reducir la velocidad. Por el rabillo del ojo captó un movimiento que le hizo levantar la vista del cómic… Y allí lo tenía, ¡corriendo de nuevo por la acera! Con la misma camiseta de baloncesto, los mismos pantalones cortos sucios y la planta de los pies negra.

Cuando los frenos chirriaron, Roy recogió la mochila del suelo y se levantó. Pero dos manazas sudorosas le rodearon el cuello al instante.

—¿Adónde crees que vas, vaquera?

—Déjame —bramó Roy, tratando de librarse de aquel abrazo.

El apretón se hizo más fuerte. Notó el aliento de nicotina de Dana en la oreja derecha.

—¿Cómo es que hoy no llevas las botas? ¿Cuándo se ha visto que una vaquera lleve Air Jordans?

—Son Reebok —protestó Roy.

El autocar se había detenido y los alumnos empezaban a subirse. Roy estaba furioso. Tenía que llegar a la puerta enseguida, antes de que el conductor la cerrara y el vehículo se pusiera en movimiento.

Pero Dana no lo soltaba, seguía con los dedos clavados en la tráquea de su compañero. A Roy cada vez le costaba más tomar aire y al forcejear solo empeoraba las cosas.

—¡Mira qué pinta tienes! —le espetó Dana desde atrás—. ¡Estás rojo como un tomate!

Roy conocía la norma que prohibía las peleas en el autocar, pero no se le ocurrió nada mejor. Cerró el puño derecho y dio un golpe hacia atrás sin mirar, con toda la fuerza que pudo. El puñetazo fue a parar a algo húmedo y carnoso.

Se oyó un grito y las manos de Dana se soltaron del cuello de Roy. Este, jadeante, salió disparado y llegó a la puerta justo cuando el último alumno, una chica alta, de rizado pelo rubio y gafas con montura roja, subía los escalones. Roy se abrió paso con torpeza y saltó a la acera.

—¿Adónde crees que vas? —le espetó la chica.

—¡Eh! ¡Espera! —le gritó el conductor del autocar. Pero Roy ya se desdibujaba en la distancia.

—¿Por qué le has dado un puñetazo al señor Matherson? —le preguntó Viola Hennepin. Era la subdirectora de Trace Middle y Roy se encontraba en el oscuro cubículo que tenía por despacho, esperando la sentencia.

—Porque me estaba estrangulando y me iba a matar.

—Esa versión de los hechos no coincide con la del señor Matherson, señor Eberhardt. —El rostro de la señorita Hennepin tenía unas facciones muy angulosas. Era alta y huesuda y mostraba una perpetua expresión de severidad—. Dijo que él no había provocado tu agresión.

—Claro —le espetó Roy—. Acostumbro a elegir al chico más robusto y mezquino del autocar y le doy un puñetazo en la cara para distraerme.

—En Trace Middle no nos gusta el sarcasmo —le advirtió la señorita Hennepin—. ¿Sabes que le has roto la nariz? No te extrañes si tus padres reciben por correo una factura del hospital.

—Ese estúpido imbécil casi me estrangula —protestó Roy.

—¿De verdad? El conductor del autocar, el señor Kesey, ha dicho que no se dio cuenta de nada.

—Es posible que estuviera pendiente de la carretera —le respondió Roy.

La señorita Hennepin esbozó una fría sonrisa.

—Ya te has mostrado bastante insolente, señor Eberhardt. ¿Qué crees que debería hacer con un chico tan violento como tú?

—¡Es Matherson quien es un peligro público! Fastidia a todos los más pequeños del autocar.

—Nadie más se ha quejado.

—Porque le tienen miedo —dijo Roy. Y esa era la razón por la cual ninguno de los demás chicos había respaldado su ver-

26

El muchacho que corría le llevaba cierta ventaja, pero a Roy le pareció que podría mantenerse lo suficientemente cerca para no perderlo de vista. Era imposible que llevara aquel ritmo todo el tiempo.

Lo siguió por diversas manzanas, saltando por encima de verjas y arbustos, abriéndose paso entre perros que ladraban, aspersores de riego y depósitos de agua caliente. De vez en cuando, Roy se sentía cansado. Este chico es asombroso, pensó. Quizá se esté entrenando para el equipo de atletismo.

En un momento dado, a Roy le pareció que el muchacho se volvía a mirarlo, como si supiera que lo estaban persiguiendo. Pero no estaba seguro. La distancia que los separaba seguía siendo considerable y Roy empezaba a dar boqueadas como una trucha fuera del agua. Tenía la camisa empapada y de la frente le caían gotas de sudor que le escocían en los ojos.

La casa de la última parcela estaba en construcción, pero el chico descalzo corría sin hacer caso de los maderos y los clavos medio salidos. Tres hombres que estaban levantando un muro le gritaron para advertirlo, pero el muchacho no perdió el ritmo. Uno de los trabajadores levantó un brazo para detener a Roy, pero este se escapó.

De nuevo pisaba hierba, la más verde y mullida que Roy había visto jamás. Se dio cuenta de que se encontraba en un campo de golf y de que el muchacho rubio seguía adelante por un camino largo entre vegetación abundante.

A un lado había una hilera de enormes pinos australianos y al otro, un lago artificial. Roy vio cuatro figuras vestidas con ropas de tonos vivos que hicieron señas al muchacho cuando este pasó por su lado.

Roy apretó los dientes y siguió corriendo. Sentía las pier-

sión. Nadie quería enfrentarse a Dana y tener que habérselas con él en el autocar al día siguiente.

—Y si no habías hecho nada malo, ¿por qué motivo saliste corriendo?

Roy observó un pelo negro azabache en el bigote de la señorita. Se preguntaba por qué no se lo habría quitado. ¿Era posible que lo estuviera dejando crecer?

—Señor Eberhardt, te he hecho una pregunta.

—Porque también le tengo miedo —respondió Roy.

—O quizá tenías miedo de lo que iba a ocurrirte cuando informaran del incidente.

—Eso no es del todo cierto.

—Según las normas —dijo la señorita Hennepin—, podrías ser expulsado temporalmente de la escuela.

—Me estaba asfixiando. ¿Qué se supone que tenía que haber hecho?

—Levántate, por favor.

Roy hizo lo que le ordenaban.

—Acércate —le pidió la señorita Hennepin—. ¿Cómo tienes la cabeza? ¿Es esto lo que te hizo la pelota de golf? —Le palpó el chichón amoratado y dolorido por encima de la oreja.

—Sí, señorita.

—Tienes suerte. Podría haber sido peor.

Notó que los dedos huesudos de la señorita Hennepin le abrían el cuello de la camisa. Esta entornó los fríos ojos grises y frunció los labios céreos con consternación.

—Hummm —dijo, mientras lo inspeccionaba con el detenimiento de un águila ratonera.

—¿Qué ocurre? —le preguntó Roy retrocediendo para alejarse de su alcance.

La subdirectora se aclaró la garganta y dijo:

—Ese chichón en la cabeza me dice que has aprendido una dura lección, ¿no?

Roy asintió. Era inútil intentar razonar con alguien que se dejaba crecer un pelo grasiento en el bigote. La señorita Hennepin le resultaba repugnante.

—Por eso he decidido no echarte de la escuela —le anunció mientras se daba golpecitos con un lápiz en el mentón—. En cambio, voy a prohibirte coger el autocar.

—¿De verdad? —Roy estuvo a punto de echarse a reír. ¡Qué castigo tan estupendo! Sin el trayecto de autocar y sin Dana.

—Durante dos semanas —le aclaró la señorita.

Roy trató de aparentar pesadumbre.

—¿Dos semanas enteras?

—Y además quiero que escribas una carta de disculpa para el señor Matherson. Una carta sincera.

—De acuerdo —convino Roy—, pero ¿quién va a ayudarle a leerla?

La señorita Hennepin chasqueó sus dientes puntiagudos y amarillentos.

—No tientes la suerte, señor Eberhardt.

—No, señorita.

En cuanto abandonó el despacho, Roy corrió al lavabo de chicos. Se encaramó a uno de los lavabos por encima del cual había colgado un espejo y se abrió el cuello de la camisa para ver lo que tanto miraba la señorita Hennepin.

Roy esbozó una sonrisa. En la garganta, claramente visibles a ambos lados de la nuez, tenía cuatro moretones, cada uno del tamaño de un dedo. Giró sobre el borde del lavabo y, estirando la cabeza por encima del hombro, alcanzó a ver las marcas de los dos pulgares en la nuca.

Gracias Dana, tonto de remate, pensó. Ahora la señorita Hennepin sabe que he dicho la verdad.

Bueno, casi toda la verdad.

Roy había omitido la parte acerca del extraño muchacho que había visto corriendo. No sabía exactamente por qué, pero parecía de aquel tipo de cosas que uno no le cuenta a la subdirectora de no ser que no tenga más remedio.

Se había perdido las clases de la mañana y casi toda la hora de la comida. Cruzó a toda velocidad por la línea de mesas de la cafetería y dio con un sitio libre. Se sentó de espaldas a la puerta, engulló una hamburguesa con chile y se tomó la leche tibia de un envase de cartón. De postre había una insípida galleta del tamaño de un disco de hockey que contenía pepitas de chocolate y estaba un poco quemada.

—Qué asco —musitó—. La galleta incomible hizo un ruido sordo al caer en el plato. Roy cogió la bandeja y se dispuso a levantarse. Pero dio un brinco cuando alguien le posó la mano en el hombro con energía. Le daba miedo mirar… ¿Y si era Dana Matherson?

El final perfecto, pensó Roy con pesimismo, para un día perfectamente espantoso.

—Siéntate —le dijo una voz desde atrás que con toda seguridad no era la de Dana.

Roy se apartó la mano del hombro y se volvió.

Allí, de pie con los brazos cruzados, estaba la chica rubia y alta que llevaba las gafas de montura roja, con la que había topado en el autocar de la escuela. Parecía muy nerviosa.

—Casi me tiras esta mañana —le dijo.

—Lo siento.

—¿Por qué corrías?

—Por nada. —Roy trató de sobrepasarla, pero esta vez la chica se situó enfrente de él y le bloqueó el paso.

—Podrías haberme hecho mucho daño —le dijo.

Roy se sentía incómodo al tener que enfrentarse a una chica. No era precisamente una escena para ser presenciada por otros muchachos. Y lo peor era que se sentía verdaderamente intimidado. La chica del pelo rizado era más alta que él, ancha de hombros y tenía unas piernas bronceadas y musculosas. Tenía aspecto de deportista, probablemente jugara a fútbol o a voleibol.

Roy empezó:

—Verás, le di un puñetazo en la nariz a un chico…

—Ah, ya lo he oído —lo interrumpió la chica de forma insidiosa—. Pero no por eso saliste corriendo, ¿verdad?

—Claro que sí. —Roy se preguntaba si iba a acusarlo de alguna otra cosa, como robarle de la mochila el dinero para la comida.

—Mentira. —La chica aferró con descaro el otro extremo de la bandeja para evitar que se marchara.

—¡Suelta! —le espetó él con brusquedad—. Voy a llegar tarde.

—Tómatelo con calma. Aún faltan seis minutos para que suene el timbre, vaquera. —Parecía estar dispuesta a pegarle un puñetazo en el estómago—. Ahora haz el favor de decir la verdad. Estabas persiguiendo a alguien, ¿no?

Roy se sintió aliviado de que no lo acusara de un delito mayor.

—¿Tú también lo viste? Me refiero a ese que iba descalzo.

Sin soltar la bandeja, la chica avanzó un paso haciendo que Roy retrocediera.

30

—Voy a hacerte una advertencia —le dijo bajando la voz.

Roy miró alrededor preocupado. En la cafetería solo quedaban ellos dos.

—¿Me escuchas? —La chica le dio otro empujón.

—Sí.

—Muy bien. —Siguió avanzando hasta que consiguió inmovilizar a Roy contra la pared. Con la mirada torva por encima de la montura roja de sus gafas, añadió—: En adelante, métete en tus malditos asuntos.

Roy tenía que admitir que estaba asustado. El borde de la bandeja se le estaba clavando en el tórax. Aquella chica era un marimacho.

—Tú también lo viste, ¿verdad? —susurró.

—No sé de qué me hablas. Ocúpate de tus cosas, si sabes lo que te conviene.

Soltó la bandeja y se dio media vuelta.

—¡Espera! —gritó Roy tras ella—. ¿Quién es?

Pero la chica del pelo rizado no contestó, ni siquiera se volvió a mirar. Sin decir media palabra más, se limitó a levantar el brazo derecho y mover el dedo índice en señal de amenaza.

TRES

El agente Delinko entornó los ojos ante el resplandor del sol de mediodía.

—Ha tardado un buen rato —dijo Rizos, el director de obra.

—Ha habido un accidente múltiple al norte de la población —explicó el policía—. Con heridos.

Rizos resopló.

—Bueno, da igual. Puede echar un vistazo a lo que han hecho.

De nuevo, los delincuentes habían arrancado todas y cada una de las estacas y rellenado los agujeros. Delinko no era el más perspicaz de los agentes, pero empezaba a sospechar que aquel no era un acto al azar ni se trataba de una chiquillada. Quizá alguien tuviera algo en contra de Mamá Paula y sus crepes, famosas en el mundo entero.

—Esta vez sí que puede dar parte de un auténtico acto vandálico —dijo Rizos, lanzándole una clara indirecta—. Esta vez han estropeado una propiedad privada.

Condujo al agente Delinko hacia la esquina sudoeste de la parcela, en la que había aparcado un camión con remolque.

Rizos alzó las palmas de las manos y dijo:

—Allí es. Por cada neumático se merecen ciento cincuenta de los verdes.

—¿Qué ha ocurrido? —preguntó el policía.

—Han rajado los flancos. —Rizos movía la cabeza de calva reluciente en señal de indignación.

El agente Delinko se arrodilló y examinó los neumáticos. No vio ningún indicio de cuchillada en la goma.

—Creo que simplemente hay alguna razón por la cual se ha escapado el aire —dedujo.

Rizos masculló algo incomprensible a modo de respuesta.

—De todas formas, redactaré un informe —se comprometió el policía.

—¿Y qué tal si enviaran alguna patrulla más por aquí? —le propuso Rizos.

—Hablaré con mi sargento.

—Hágalo —refunfuñó Rizos—. Hay cada uno que no me lo explico. Esto se está convirtiendo en algo ridículo.

—Sí, señor. —El agente Delinko vio que había tres cabinas sanitarias portátiles amarradas en el remolque del camión. Se sonrió ante el nombre que aparecía pintado en las puertas azules: SEÑOR ROCA MÓVIL.

—Son para los trabajadores —le explicó Rizos—. Para cuando empecemos con las obras, si es que empezamos.

—¿Los han examinado? —le preguntó el policía.

Rizos frunció el ceño.

—¿Los Roca? ¿Para qué?

—Nunca se sabe.

—Nadie que esté en su sano juicio andaría jugando con retretes. —El director de obra soltó un resoplido.

—¿Puedo echar un vistazo? —le preguntó el agente Delinko.

—Está en su casa.

El policía se subió al remolque. Por fuera, las cabinas parecían intactas. Las correas las tenían bien sujetas y las tres tenían la puerta cerrada. El agente Delinko abrió una y asomó la cabeza. El compartimiento despedía un fuerte olor a desinfectante.

—¿Y bien? —quiso saber Rizos.

—Todo en orden —concluyó el policía.

—La verdad es que no hay mucho que estropear en una bacinica.

—Supongo que no. —El agente Delinko estaba a punto de cerrar la puerta cuando oyó un ruido sordo… ¿Una salpicadura? El policía observó con inquietud la oscuridad del agujero que quedaba en medio del asiento de plástico. Al cabo de diez segundos volvió a oírlo.

Decididamente, una salpicadura.

—¿Qué hace? —se extrañó Rizos.

—Estoy escuchando —le respondió Delinko.

—¿Escuchando qué?

El agente se desenganchó la linterna del cinturón. Poco a poco, dirigió la luz hacia el agujero del inodoro.

Rizos oyó un grito y observó con sorpresa cómo el policía irrumpía a toda pastilla de la puerta de la cabina sanitaria y se lanzaba desde el remolque cual saltador de vallas olímpico.

—¿Y ahora qué ocurre? —se asombró el director con disgusto.

El agente Delinko se levantó del suelo y se alisó los delanteros del uniforme. Recuperó su linterna y la probó para asegurarse de que la bombilla no se había roto.

Rizos le tendió la gorra que había ido a parar cerca de la madriguera de un búho.

—Vamos a oír de qué se trata —le espetó el director de obra.

El policía asintió con gravedad.

—Caimanes —anunció.

—Me está tomando el pelo.

—Ya me gustaría —dijo el agente Delinko—. Han metido caimanes en sus lavabos, señor. Caimanes vivos.

—¿Hay más de uno?

—Sí, señor.

Rizos se había quedado estupefacto.

—¿Y son… muy grandes?

El agente Delinko se encogió de hombros y señaló con la cabeza las cabinas.

—Me imagino que todos parecen grandes —dijo— cuando nadan bajo tu trasero.

La señorita Hennepin había informado a la madre de Roy, de manera que tuvo que repetir la historia al llegar a casa y de nuevo cuando su padre volvió del trabajo.

—¿Por qué te estaba asfixiando ese jovencito? Tú no habrás hecho nada para provocarlo, ¿no? —lo interrogó el señor Eberhardt.

—Roy dice que se mete con todo el mundo —aclaró la señora Eberhardt—. Pero aun así, pelearse no es nunca lo que se debe hacer.

—No ha sido una pelea —insistió Roy—. Sólo le he dado un puñetazo para que me soltara. Luego me he bajado del autocar y he echado a correr.

—¿Y cuándo te han dado con la pelota de golf? —le preguntó su padre, estremeciéndose al pensarlo.

—Ha corrido durante mucho, mucho tiempo —añadió su madre.

Roy suspiró.

—Estaba asustado. —No le gustaba mentir a sus padres, pero estaba demasiado agotado para explicar la verdadera razón de haber llegado tan lejos en su carrera.

El señor Eberhardt examinó la moradura que su hijo tenía por encima de la oreja.

—Es un mal golpe. Quizá el doctor Shulman debería darte un vistazo.

—No, papá, estoy bien. —Había sido examinado por los enfermeros del campo de golf y también en la enfermería de Trace Middle había estado en observación durante cuarenta y cinco minutos por si aparecían signos de una posible conmoción cerebral.

—Parece que está bien —convino la madre de Roy—. El otro chico, en cambio, tiene la nariz rota.

—¿Eh? —El señor Eberhardt arqueó las cejas.

Para sorpresa de Roy, su padre no parecía enfadado. Y aunque no sonreía exactamente a Roy, lo que su mirada denotaba de manera inconfundible era afecto —e incluso posiblemente orgullo—. Roy pensó que era una buena oportunidad para renovar su petición de indulgencia.

—Papá, me estaba ahogando. ¿Qué otra cosa podía hacer? ¿Qué hubieras hecho tú? Se bajó un poco el cuello de la camisa para mostrar las marcas azuladas de los dedos en su garganta.

La expresión del señor Eberhardt se ensombreció.

—Liz, ¿has visto esto? —le preguntó a la madre de Roy que asintió con ansiedad—. ¿Saben en la escuela lo que ese gamberro le ha hecho a nuestro hijo?

—La subdirectora sí —saltó Roy—. Se lo he enseñado.

—¿Y qué ha hecho?

—Me ha prohibido que coja el autocar durante dos semanas. Y además tengo que escribir una carta de disculpa…

—¿Y qué le ha ocurrido al otro chico? ¿También lo han castigado?

—No lo sé, papá.

—Porque esto es una agresión —aclaró el señor Eberhardt—. No se puede coger por el cuello a nadie. Va contra la ley.

—¿Quieres decir que podrían arrestarlo? —Roy no quería que encarcelaran a Dana Matherson porque entonces lo perseguirían sus amigos, igual de grandotes y mezquinos. Roy era el nuevo de la escuela y no tenía necesidad de irse ganando ese tipo de enemigos.

Su madre dijo:

—Roy, cariño, no van a arrestarlo. Pero tiene que aprender la lección. Al meterse con los chicos menores de la manera en que lo hace, podría herir a alguien de gravedad.

El señor Eberhardt acercó su silla y lo miró inquisitivamente.

Roy vaciló. No sabía con exactitud cómo se ganaba la vida su padre, pero sabía que tenía algo que ver con hacer cumplir la ley. En ocasiones, al hablar con su madre, el señor Eberhardt se refería a su trabajo para el DDJ, que Roy había descifrado como Departamento de Justicia de Estados Unidos.

Por mucho que a Roy le disgustara Dana Matherson, no creía que se mereciera la atención del gobierno de Estados Unidos. No era más que un bravucón estúpido. El mundo estaba lleno de ellos.

—Roy, por favor, dímelo —le apremió su padre.

—El chico se llama Matherson —la señora Eberhardt metió cucharada—, Dana Matherson.

Al principio Roy se sintió aliviado de que su padre no apuntara el nombre y esperaba que eso significara que no iba a ocuparse del incidente. Pero luego recordó que su padre parecía contar con una memoria extraordinaria. Por ejemplo, aún era capaz de enumerar todos los promedios de la alineación con que en 1978 empezaron los Yankees de Nueva York.

—Liz, mañana deberías llamar a la escuela —dijo el señor Eberhardt a su esposa— y averiguar si ese chico va a ser sancionado por agredir a Roy y cómo.

—Será lo primero que haga —le prometió la señora Eberhardt.

Roy se lamentó para sus adentros. Era culpa suya que sus padres reaccionaran de forma tan exagerada. Nunca debería haberles mostrado las marcas del cuello.

—Mamá, papá, no me pasará nada. De verdad. ¿No podemos dejarlo correr?

—De ninguna manera —se negó su padre con firmeza.

—Tu padre tiene razón —convino la madre de Roy—. Esto es algo muy serio. Ahora ven a la cocina y ponte un poco de hielo en el golpe. Luego ya tendrás tiempo de redactar la carta de disculpa.

En una de las paredes del dormitorio de Roy había un póster del rodeo de Livingston que mostraba a un vaquero montando un fiero toro enfurecido. El vaquero tenía una mano levantada en el aire y el sombrero se alzaba por encima de su cabeza. Cada noche antes de apagar la luz, Roy posaba la cabeza en la almohada y contemplaba el póster imaginando que él era el vigoroso joven vaquero de la fotografía. Ocho o nueve segundos representaban una eternidad a lomos de un toro como aquel, pero Roy se imaginaba a sí mismo aferrándose tan fuerte que era imposible que el animal lo tirara por mucha fuerza que empleara en ello. Los segundos pasaban hasta que por fin el toro caía exhausto sobre sus patas. Entonces Roy desmontaba con tranquilidad saludando con el brazo a la multitud clamorosa. Así era como la escena se le aparecía en la mente.

Quizá algún día, pensaba Roy esperanzado, su padre volvería a ser trasladado a Montana. Y entonces él podría aprender a montar toros como un vaquero.

En la misma pared de la habitación había colgado uno de los folletos amarillos que daban a los conductores al entrar en el parque nacional de Yellowstone. El folleto anunciaba con letras grandes:

¡ATENCIÓN!
MUCHOS VISITANTES HAN SIDO CORNEADOS POR EL BÚFALO

EL BÚFALO PUEDE PESAR HASTA 900 KG
Y PUEDE CORRER A 50 KM/HORA, TRES
VECES MÁS RÁPIDO QUE USTED.

ESTE ANIMAL PARECE MANSO
PERO ES SALVAJE, DE REACCIONES
IMPREVISIBLES Y MUY PELIGROSO.

¡NO SE ACERQUE AL BÚFALO!

Al final del comunicado había un dibujo de un turista volteado por los cuernos de un bisonte que bufaba. La cámara fotográfica volaba por los aires hacia un lado y la gorra, hacia el otro, exactamente de la misma manera que el sombrero del vaquero en el póster del rodeo.

Roy conservaba aquel folleto de Yellowstone porque le sorprendía que alguien fuera tan tonto como para acercarse paseando hasta un búfalo adulto y hacerle una fotografía. Sin embargo, ocurría cada verano, y cada verano algún turista bobo recibía alguna cornada.

Era la clase de proeza idiota típica de Dana Matherson, pensaba Roy mientras meditaba sobre la carta de disculpa. Podía fácilmente imaginarse a aquel ganso brincando sobre el lomo de un bisonte, como si fuera un caballito de tiovivo.

Roy cogió una hoja de papel rayado de su carpeta de inglés y escribió:

Querido Dana:

Siento haberte roto la nariz. Espero que haya cesado la hemorragia.

Prometo no volver a golpearte siempre y cuando no me molestes más en el autocar de la escuela. Creo que es un trato gusto.

Un saludo,

Roy A. Eberhardt

Cogió la carta y se la bajó a su madre para que la leyera. Esta frunció ligeramente el entrecejo.

—Cariño, me parece demasiado… bueno, contundente.

—¿Qué quieres decir, mamá?

—No es tanto el contenido, sino el tono.

Le tendió la carta al padre de Roy, quien tras leerla, observó:

—Creo que el tono es perfectamente correcto. Pero tendrías que haber buscado «justo» en el diccionario.

El capitán de la policía se desplomó sobre su mesa. No era aquella la manera en que había planeado acabar su carrera. Después de veintidós inviernos pateando las calles de Boston, había pedido el traslado a Florida con la esperanza de pasar cinco o seis años cálidos y tranquilos antes de retirarse. Coconut Cove le había parecido el lugar ideal. Sin embargo, no era la pequeña población aletargada que el capitán había imaginado. El lugar estaba creciendo como la mala hierba: demasiado tráfico, demasiados turistas y, sí, también demasiada delincuencia.

No se trataba de la clásica delincuencia terrible de las grandes ciudades, sino de las infracciones extravagantes típicas de Florida.

—¿Cuántos? —preguntó al sargento.

El sargento miró al agente Delinko, que contestó:

—Seis en total.

—¿Dos en cada taza?

—Sí, señor.

—¿Y cómo de grandes?

—«El mayor mide un metro veinte. El más pequeño, unos ochenta centímetros» —dijo el agente Delinko, leyendo literalmente de su informe.

—Caimanes de verdad —dijo el capitán.

—Cierto, señor.

El sargento del agente Delinko habló:

—Ahora ya no están, capitán, no se preocupe. Un amaestrador de reptiles fue y los sacó de las cabinas. —Y con sorna añadió—: El pequeño casi se le lleva el pulgar.

—¿Qué es un amaestrador de reptiles? —preguntó el capitán—. Bueno, no importa.

—Lo crea o no, lo encontramos en las páginas amarillas.

—Las cifras —murmuró el capitán.

Normalmente un oficial de su rango no se veía involucrado en casos tan estúpidos, pero la empresa encargada de construir la franquicia de las crepes tenía influencia entre los políticos locales. Uno de los peces gordos de Mamá Paula había llamado al concejal Grandy, que inmediatamente reprendió al jefe de policía, que hizo correr la voz a los cargos inferiores hasta llegar al capitán, que llamó enseguida al sargento, que movilizó en el acto al agente Delinko.

—¿Qué diablos está ocurriendo ahí fuera? —preguntó el capitán—. ¿Por qué los chicos han elegido esa precisa parcela para hacer gamberradas?

—Por dos razones —le respondió el sargento—. Por aburrimiento y por comodidad. Le apuesto cinco pavos a que se trata de mocosos que viven en el barrio.

El capitán miró al agente Delinko.

—¿Y usted qué cree?

—Parece todo demasiado organizado para tratarse de chicos: el hecho de arrancar todas las estacas, no solo una vez sino dos. Y piense en lo que ha ocurrido hoy. ¿Cuántos chicos conoce que sean capaces de habérselas con un caimán de un metro veinte? —expuso el agente Delinko—. Parece terriblemente arriesgado para tratarse de una broma.

Delinko no es Sherlock Holmes, pensó el capitán de policía, pero tiene razón.

—Bueno, pues vamos a escuchar su teoría —dijo al policía.

42

—Sí, señor. Esto es lo que pienso —expuso el oficial De-linko—. Creo que alguien lo ha hecho en contra de Mamá Paula. Creo que es algún tipo de venganza.

—Venganza —repitió el capitán, algo escéptico.

—Es cierto —dijo el policía—. Quizá se trate de una empresa de crepes de la competencia.

El sargento, incómodo, cambió de posición en la silla.

—No hay ninguna otra empresa de crepes en Coconut Cove.

—De acuerdo —convino el agente Delinko, frotándose la barbilla—. Si es así, ¿qué tal de un cliente descontento? ¡Quizá alguien a quien un día ofrecieron un mal desayuno en Mamá Paula!

El sargento se rió.

—¿Cómo puede estar mala una crepe?

—Estoy de acuerdo con usted —dijo el capitán. Ya había oído bastante—. Sargento, quiero que cada hora envíe un coche patrulla al lugar de la obra.

—Sí, señor.

—Me da igual que atrape a los vándalos o que los espante. No me importa siempre y cuando el jefe no reciba más llamadas del concejal Bruce Grandy. ¿Está claro?

En cuanto salió de la oficina del capitán, el agente Delinko le preguntó al sargento si tendría pronto la oportunidad de trabajar en la patrulla de Mamá Paula.

—De ninguna manera, David. El presupuesto destinado a las horas extra está más que agotado.

—Ah, no. No lo hago por las horas extra —dijo el policía.

Todo cuanto quería era resolver el misterio.

Cuatro

La madre de Roy le hizo quedarse en casa todo el fin de semana para asegurarse de que el golpe de la pelota de golf no le producía ningún efecto retardado. Aunque tenía bien la cabeza, apenas durmió ni la noche del sábado ni la del domingo.

De camino a la escuela el lunes por la mañana, su madre le preguntó qué era lo que le preocupaba. Roy le respondió que nada, pero no era cierto. Estaba preocupado por lo que pasaría cuando Dana Matherson diera con él.

Pero Dana no estaba en Trace Middle.

—Han llamado para decir que está enfermo —le informó Garrett. Se vanagloriaba de disponer de información confidencial, debido al cargo de responsabilidad que su madre desempeñaba como orientadora—. Oye tío, ¿qué le has hecho a ese pobre chico? He oído que había vísceras por todo el autocar.

—Eso no es cierto.

—He oído que le golpeaste tan fuerte que la nariz se le quedó pegada a la frente. Que ha tenido que someterse a una operación de cirugía plástica para devolverla a su posición.

Roy alzó la vista.

—Sí, claro.

Garrett dejó escapar un pedorreo entre los dientes.

—Oye, toda la escuela habla de eso… de ti, Eberhardt.

—Muy bien.

Se encontraban en el vestíbulo junto al aula de tutoría, esperando a que sonara el timbre que indicaba el inicio de las clases.

—Ahora creen que eres un tipo duro —dijo Garrett.

—¿Quiénes? ¿Por qué? —Roy no quería que nadie pensara que era un tipo duro. De hecho, no quería que nadie pensara nada de él. Solo deseaba pasar desapercibido y no llamar la atención, como un insecto en la orilla de un río.

—Creen que eres un tipo duro —continuó Garrett—. Nadie se había atrevido nunca a pegarle a Matherson ni siquiera un tortazo.

Al parecer, Dana tenía tres hermanos mayores, y ninguno de ellos era recordado con cariño en Trace Middle.

—¿Qué has puesto en la carta de disculpa? «Querido Dana: siento haberte golpeado. Por favor, no me rompas todos los huesos del cuerpo. Déjame un brazo sano para que por lo menos pueda alimentarme.»

—Eres muy gracioso —dijo Roy con sequedad. Y la verdad es que Garrett lo era.

—¿Qué es lo que crees que el gorila va a hacer contigo la próxima vez que te vea? —le dijo a Roy—. Si estuviera en tu lugar, yo ya habría empezado a pensar en hacerme la cirugía estética para que Dana no me reconociera. En serio, tío.

—Garrett, necesito que me hagas un favor.

—¿Cuál? ¿Quieres esconderte? Prueba en el Polo Sur.

Sonó el timbre y el vestíbulo se llenó de riadas de estudiantes. Roy apartó a Garrett a un lado.

—Hay una chica alta con el pelo rubio y rizado, lleva gafas de montura roja…

Garrett lo miró asustado.

—¡No me digas!

—¿Decirte qué?

—Que estás colado por Beatrice Leep.

—¿Es así como se llama? —A Roy le parecía que debía hacer por lo menos un siglo que nadie le ponía a una hija el nombre de Beatrice. No cabía duda de que era una amargada.

—¿Qué sabes de ella? —le preguntó a Garrett.

—Lo suficiente para mantenerla lejos de mí. Es una gran futbolista —le explicó Garrett— que se da aires de superioridad. No puedo creer que estés loco por ella…

—¡Ni siquiera la conozco! —protestó Roy—. La ha tomado conmigo por alguna razón estúpida y solo trato de averiguar por qué.

Garrett refunfuñó.

—Primero Dana Matherson, ahora Beatrice la Osa. ¿Es que quieres morir, tejano?

—Cuéntame más cosas de ella.

—Ahora no. Vamos a llegar tarde a clase.

—Vamos —dijo Roy—. Por favor.

Garrett se le acercó, volviéndose a mirar nervioso por encima del hombro.

—Esto es todo cuanto tienes que saber de Beatrice Leep —dijo en voz baja—. El año pasado uno de los mejores defensas de Graham se le acercó con sigilo por detrás y le dio un cachete en el trasero. Fue en el centro comercial de Big Cypress, a plena luz del día. Beatrice persiguió al chico hasta abajo y lo tiró a la fuente. Le rompió el cuello por tres sitios. Lesionado para toda la temporada.

—No es posible —exclamó Roy.

—Quizá tengas que empezar a plantearte ir a una escuela católica.

Roy dejó escapar una risa ahogada.

—Lo tengo mal; somos metodistas.

—Pues entonces conviértete, tío —le aconsejó Garrett—. En serio.

El agente David Delinko tenía ganas de levantarse temprano para ir a echar un vistazo al solar de las obras. Era una buena manera de romper con la rutina que le ofrecía muy pocas oportunidades de ejercer una verdadera vigilancia. Aquello lo dejaban casi siempre en manos de los detectives.

Aunque al agente le gustaba la población de Coconut Cove, estaba aburrido de su trabajo, que consistía mayoritariamente en regular el tráfico. Se había hecho policía porque quería resolver crímenes y arrestar criminales. Sin embargo, con excepción de algún conductor ebrio, el agente Delinko rara vez tenía ocasión de encerrar a nadie. Las esposas que llevaba colgadas del cinturón aparecían relucientes y sin la menor rayada tal como estaban el día en que empezó su trabajo en la policía, hacía casi dos años.

El allanamiento de propiedad privada y el daño intencionado no eran delitos graves, pero el agente Delinko estaba intrigado por los continuos actos de vandalismo en el futuro emplazamiento del establecimiento de auténticas crepes americanas de Mamá Paula. Le daba en la nariz que el culpable (o los culpables) era algo más que un grupo de chicos traviesos.

Como el jefe de policía estaba presionado para acabar con los incidentes, el agente Delinko sabía que el hecho de atrapar a los vándalos representaría un galón en su uniforme y posiblemente el primer paso de su promoción. Su objetivo profesional a largo plazo era llegar a ser detective, y el caso de Mamá Paula era una buena oportunidad para demostrar que servía.

El primer lunes tras el caso de los caimanes, el agente Delinko se puso el despertador a las cinco de la madrugada. Se levantó, se dio una ducha rápida, se hizo una tostada y se dirigió al solar.

Todavía era oscuro cuando llegó. Dio tres vueltas a la manzana y no observó nada anormal. Exceptuando un camión de basura, las calles estaban desiertas. La emisora de radio de la policía también estaba tranquila. No ocurrió gran cosa en Coconut Cove antes del amanecer.

Ni después, por lo que respectaba a aquel asunto, pensaba el agente Delinko.

Aparcó el coche patrulla cerca del remolque de Leroy Brannitt y esperó a que saliera el sol. La mañana despuntaba clara, el cielo aparecía despejado con una zona rosada hacia el este.

El agente Delinko pensó que podía haber traído un termo con café, pues no estaba acostumbrado a levantarse tan temprano. En una ocasión se descubrió dando cabezazos sobre el volante y se dio unos cachetes en las mejillas para mantenerse bien despierto.

A través de la niebla gris de primera hora del día, al agente Delinko le pareció divisar algún movimiento en la explanada que se abría ante él. Encendió los faros del coche patrulla y allí, en un montículo cubierto de hierba y señalado con una estaca recién clavada, había un par de búhos que escarbaban.

Rizos no bromeaba. Eran los búhos más bonitos que el agente Delinko había visto. No medían más de veinte o veinticinco centímetros. Eran de color marrón oscuro con las alas moteadas, el cuello blanquecino y una mirada ámbar penetrante. El agente no era un oteador de aves, pero estaba intrigado por aquellos búhos que parecían de juguete. Durante unos instantes contemplaron el coche con sus ojazos parpadeando vacilantes. Luego alzaron el vuelo, ululándose el uno al otro, para descender en picado hacia la maleza.

El agente Delinko, que esperaba no haber ahuyentado a los búhos de su nido, apagó los faros. Se restregó los párpados pesados y apoyó la cabeza en la parte interior de la ventanilla del coche. El cristal estaba fresco en contraste con su piel. Un mosquito zumbó cerca de su nariz, pero el agente estaba demasiado adormilado para darle un manotazo.

Enseguida empezó a cabecear y lo siguiente que oyó fue el ruido de la emisora y la voz del encargado de dar parte preguntando por su localización. El agente Delinko buscó a tientas el micrófono y comunicó la dirección de la parcela.

—Recibido —dijo el encargado, y cortó la emisión.

El agente Delinko se incorporó despacio. En el interior del coche patrulla hacía calor, pero resultaba extraño que fuera estuviera más oscuro que cuando había llegado, tan oscuro, de hecho, que no podía ver nada, ni siquiera el remolque.

En un fugaz momento de pánico, el agente se preguntó si se habría vuelto a hacer de noche. ¿Era posible que por descuido se hubiera quedado dormido durante todo el día?

Justo en ese instante, algo chocó contra el coche… ¡zas! Luego otra vez, y otra más… Un continuo martilleo invisible. El agente Delinko se lanzó a por el revólver, pero no consiguió sacarlo de la pistolera… El cinturón de seguridad se interponía.

Mientras forcejeaba para desabrocharlo, la puerta del coche se abrió y una fuerte ráfaga de blanca luz solar le azotó el rostro. Se cubrió los ojos y al recordar lo que le habían enseñado en la academia, gritó:

—¡Policía! ¡Policía!

—¿Eh? ¡Casi me engañas! —Era Rizos, el hosco director de obra—. ¿Qué pasa? ¿Es que no me has oído llamar?

El agente se esforzó en poner los cinco sentidos.

—Creo que me he quedado dormido. ¿Ha ocurrido algo?

Rizos dio un suspiro.

—Sal y míralo tú mismo.

El agente emergió del coche patrulla a la radiante luz del día.

—Oh, no —masculló.

—Oh, sí —dijo Rizos.

Mientras el agente Delinko echaba una cabezada, le habían pintado todas las ventanillas del coche con espray negro.

—¿Qué hora es? —preguntó.

—Las nueve y media.

El agente Delinko soltó un gemido involuntario. ¡Las nueve y media! Acercó el dedo al parabrisas… La pintura estaba seca.

—Mi coche —se lamentó con desaliento.

—¿Tu coche? —Rizos se agachó y recogió una brazada de estacas que habían sido arrancadas—. ¿A quién le importa tu estúpido coche? —soltó.

Roy pasó toda la mañana con un nudo en el estómago. Tenía que hacer algo, algo decisivo, no podía pasarse el resto del curso tratando de esconderse de Dana Matherson y Beatrice Leep. De Dana podía ocuparse más adelante, pero Beatrice la Osa no podía aguardar. A la hora de comer, Roy la vislumbró en la cafetería. Estaba sentada con tres chicas más del equipo de fútbol. Parecían larguiruchas y fuertes, pero no tan imponentes como Beatrice.

Roy respiró hondo y se acercó para sentarse en la misma mesa. Beatrice lo miró furiosa sin dar crédito mientras sus amigas lo contemplaban divertidas sin dejar de comer.

—¿Qué problema tienes? —le preguntó Beatrice. Con una mano sujetaba un bocadillo de carne de cerdo a la brasa, a medio camino entre la bandeja y su boca de gesto despectivo.

—Yo creo que eres tú quien tiene el problema. —Roy sonrió, aunque estaba nervioso. Las amigas futbolistas de Beatrice quedaron impresionadas. Dejaron los tenedores y esperaron a que se sucedieran los acontecimientos.

Roy continuó.

—Beatrice —dijo—, no tengo ni idea de por qué te molestó lo ocurrido en el autocar. No eres tú a quien trataron de asfixiar ni tampoco quien recibió el puñetazo en la nariz. Así que solo te lo diré una vez: si he hecho algo que te haya hecho enfadar, lo siento. No era mi intención.

Era evidente que nadie le había hablado nunca a Beatrice con tanta franqueza, por lo que pareció entrar en un estado de shock. El bocadillo seguía inmóvil en el aire, con la salsa cayéndole por entre los dedos.

—¿Cuánto pesas? —le preguntó Roy sin intención de ser descortés.

—¿Cuá… eh? —masculló Beatrice.

—Bueno, para ser exacto yo peso cuarenta y dos quilos —le explicó Roy— y me apuesto lo que sea a que tú pesas por lo menos cuarenta y nueve…

Una de las amigas de Beatrice soltó una risita y Beatrice le lanzó una mirada fulminante.

—… Lo que significa que serías capaz de pasarte el día en la cafetería pegándome. Pero eso no serviría para demostrar nada —continuó Roy—. La próxima vez que tengas algún problema, dímelo y nos sentaremos a hablar como personas civilizadas. ¿Vale?

—Civilizadas —repitió Beatrice mientras miraba a Roy por

encima de las gafas. Roy posó fugazmente los ojos en la mano de la chica, de la que empezaban a caer gotas de salsa. Entre los dedos apretados se vislumbraban trozos empapados de carne y panecillo. Había estrujado el bocadillo con tanta fuerza que este se había deshecho.

Una de las futbolistas se acercó a Roy.

—Escucha, bocazas, será mejor que te largues mientras puedas. Eso ha tenido muy poca gracia.

Roy se quedó impasible.

—Beatrice, ¿estamos de acuerdo? Si hay algo que te haya molestado, es el momento de decírmelo.

Beatrice la Osa dejó caer lo que quedaba del bocadillo en la bandeja y se limpió las manos con un montón de servilletas de papel. No dijo ni una palabra.

—Sea lo que sea —Roy esbozó de nuevo una sonrisa—, me alegro de que hayamos tenido esta oportunidad de conocernos un poco más.

Luego, se dirigió hacia el otro extremo de la cafetería y se sentó solo a comer.

Garrett se coló en el despacho de su madre y copió la dirección del impreso de matrícula. Aquello a Roy le costó un pavo.

Le tendió el papel a su madre mientras volvían a casa en coche.

—Tengo que ir a este sitio —le dijo.

La señora Eberhardt miró el papel y dijo:

—Muy bien, Roy. Nos coge de camino. —Dio por supuesto que era la dirección de algún amigo de Roy y que iba a buscar algún libro de texto o a por deberes.

Al llegar a la entrada de la casa, Roy dijo:

—Será solo un minuto. Enseguida vuelvo.

La madre de Dana Matherson salió a abrir. Se parecía mucho a su hijo, que no era muy agraciado.

—¿Está Dana? —le preguntó Roy.

—¿De parte de quién?

—Vamos juntos a la escuela.

La señora Matherson soltó un resoplido, se dio media vuelta y llamó a Dana. Roy se alegró de que no lo invitara a entrar. Enseguida oyó pasos y en la puerta apareció Dana. Llevaba unos pantalones de pijama muy largos que parecían hechos para un oso polar. Un montón de gasas atravesado por un trozo de esparadrapo satinado de color blanco le tapaba el centro de la cara pecosa. Tenía los ojos muy hinchados y amoratados.

Roy se quedó sin habla. Le costaba creer que un puñetazo pudiera haber causado tanto daño.

Dana se lo quedó mirando y dijo con voz gangosa:

—No me lo creo.

—No te preocupes. Solo he venido para darte una cosa. —Roy le dio el sobre con la carta de disculpa.

—¿Qué es esto? —le preguntó Dana con recelo.

—Anda, ábrelo.

La madre de Dana apareció tras él.

—¿Quién es? —le preguntó a su hijo—. ¿Qué quiere?

—No importa —farfulló Dana.

Roy intervino:

—Soy el chico a quien su hijo intentó estrangular el otro día. Y el que le pegó.

Dana notó cómo se le tensaban los hombros. Su madre emitió un cloqueo, divertida.

—¡Debes estar de broma! ¿Este papanatas es quien te ha hecho eso en la cara?

—Vengo a disculparme. La carta lo dice todo. —Roy señaló el sobre que Dana aferraba con la mano derecha.

—Déjame ver. —La señora Matherson quiso dar alcance al sobre por encima del hombro de Roy, pero Dana lo apartó y lo estrujó en su mano.

—Piérdete, vaquera —le gruñó a Roy—. Tú y yo ya arreglaremos cuentas cuando esté de vuelta en la escuela.

Al volver al coche, la madre de Roy le preguntó:

—¿Por qué riñen esos dos en la puerta?

—El de los pantalones de pijama es el chico que intentó asfixiarme en el autocar; la otra es su madre. Se pelean por mi carta de disculpa.

—Vaya. —La señora Eberhardt contempló pensativa la extraña escena a través de la ventanilla del coche—. Los dos están bien fornidos, ¿no?

—Sí. ¿Podemos irnos a casa, mamá?

CINCO

Roy terminó los deberes en una hora. Al salir de su habitación, oyó que su madre hablaba con su padre por teléfono. Le estaba contando que Trace Middle había decidido no emprender ninguna acción disciplinaria contra Dana Matherson por la agresión. Al parecer la escuela no quería irritar a los padres de Dana por si estos decidían entablar una demanda judicial.

Cuando la señora Eberhardt empezó a explicarle a su marido la pelea salvaje entre Dana y su madre, Roy se escabulló por la puerta trasera, sacó la bicicleta del garaje y empezó a pedalear. Veinte minutos después llegó a la parada de autocar de Beatrice Leep y desde allí pudo repetir con facilidad la ruta de aquel viernes desafortunado.

Al llegar al campo de golf, Roy encadenó la bicicleta al caño de una fuente y se puso a correr por la misma calle en la que había recibido el golpe. Estaba oscureciendo y hacía un calor húmedo. Había unos cuantos golfistas. Roy corría con la cabeza gacha y un brazo levantado para protegerse, por si alguna otra bola errada llegaba volando hacia él. Solo aminoró la marcha cuando alcanzó el lugar lleno de pinos australianos en el que el chico al que perseguía había desaparecido.

A los pinos siguió un tupido matorral de turbinto y una espesa maleza que parecía impenetrable. Roy rastreó las hileras de vegetación en busca de alguna huella humana. No tardaría mucho en hacerse de noche. Pronto dejó de buscar un lugar despejado por el que atravesar y se abrió paso con los codos entre los pimenteros, que le arañaron los brazos y le azotaron la cara. Cerró los ojos y siguió adelante.

Poco a poco, las ramas se hicieron más estrechas y el suelo empezó a formar una pendiente. Perdió el equilibrio y bajó resbalando hasta una zanja que se convirtió en un túnel a través de la vegetación.

Allí, a la sombra, el aire resultaba más fresco y traía el olor de la tierra. Roy divisó una serie de rocas chamuscadas que formaban un círculo alrededor de una capa de cenizas: una fogata. Se arrodilló junto a la pequeña fosa y examinó las huellas de alrededor. Había media docena de pisadas idénticas, todas de los mismos pies descalzos. Roy colocó su propio zapato junto a una de las huellas y no le extrañó que resultaran ser del mismo tamaño.

De pronto gritó:

—¡Hola! ¿Estás ahí?

No obtuvo respuesta.

Roy atravesó despacio la zanja, en busca de más pistas. Ocultas bajo una maraña de parras encontró tres bolsas de basura, todas atadas con un nudo en la parte superior. Dentro de la primera, había basura corriente: envases de soda, latas de sopa, bolsas de patatas fritas y corazones de manzana. La segunda contenía un montón de ropa de chico: pantalones perfectamente plegados, tejanos y calzoncillos.

Pero Roy observó que no había zapatos ni calcetines.

A diferencia de las otras dos, la tercera bolsa no estaba completamente llena. Roy deshizo el nudo y echó un vistazo, pero no pudo reconocer qué había dentro. Lo que quiera que fuese, era voluminoso.

Sin pensarlo, puso la bolsa boca abajo y volcó el contenido en el suelo. Lo que apareció fue un montón de cuerdas de color marrón.

Las cuerdas empezaron a moverse.

—¡Huy, huy, huy! —exclamó Roy.

Serpientes… Pero no serpientes adultas cualesquiera.

Tenían la cabeza triangular, como las de cascabel que había en Montana, pero el cuerpo era de tonos tierra y muy grueso. Roy reconoció que eran de la especie mocasín de agua, muy venenosas. No tenían cascabel para avisar del ataque sino que Roy observó que la punta de su cola pequeña y gruesa destellaba chispas azules y plateadas como las de los fuegos de artificio. Aquello resultaba muy peculiar.

Roy se esforzó por quedarse inmóvil mientras los reptiles regordetes se dispersaban a su alrededor. A la vez que sacaban y metían la lengua, algunas de las mocasín se extendían en toda su longitud y otras, en cambio, se enroscaban despacio. Roy contó nueve en total.

Pensó que aquello no pintaba bien.

Estaba a punto de salir despavorido cuando oyó una voz procedente del acebo tras de sí.

—¡No te muevas! —le ordenó la voz.

—No pensaba hacerlo —contestó Roy—. De verdad que no.

Una vez, cuando vivía en Montana, siguiendo la senda de Pine Creek Roy se adentró en la cordillera de Absaroka, desde donde se dominaba el valle Paradise y el río Yellowstone.

Fue durante una excursión escolar, junto a cuatro profesores y unos treinta chicos. Roy se había quedado expresamente al final de la cola y aprovechó el momento en que los otros no miraban para separarse del grupo. Se salió del camino y ascendió avanzando y retrocediendo por la ladera de una cordillera boscosa. Su intención era cruzar por la cima y descender sigiloso por delante del resto de los excursionistas. Pensó que sería divertido que llegaran con penas y dificultades al campamento y se lo encontraran echando una cabezadita junto al arroyo.

Roy recorrió presuroso un bosque de pinos altísimos. El suelo estaba lleno de troncos quebrados y ramas caídas, resultado de muchos inviernos fríos y ventosos. Roy daba los pasos con cuidado de no hacer mucho ruido, pues no quería que sus compañeros lo oyeran desde abajo.

Pero resultó que Roy había sido demasiado silencioso. Al llegar a un claro se encontró de frente con una gran hembra de oso pardo y dos oseznos. Sería imposible decir quién se asustó más.

Roy siempre había querido ver a un oso en libertad, pero sus amigos de la escuela le habían dicho que era imposible. Quizá en el parque Yellowstone, le habían dicho, pero no allí arriba. La mayoría de adultos pasaba toda la vida en el oeste sin conseguir siquiera posar los ojos en uno.

Sin embargo, Roy estaba allí y a treinta metros había tres osos serios que bufaban y gruñían erguidos sobre sus patas traseras para ahuyentarlo.

Roy recordaba que su madre le había puesto en la mochila un bote rociador de protección personal, pero también lo que había leído acerca de los enfrentamientos con osos. Los animales veían muy poco y lo mejor que podía hacer un ser humano era quedarse completamente quieto y en silencio.

Así que aquello fue lo que hizo.

La osa, que protegía el territorio, entrecerró los ojos, gruñó y olfateó el aire tratando de reconocer su olor. Entonces emitió un agudo carraspeo y sus cachorros corrieron obedientes a ponerse a salvo en el bosque.

Roy tragó saliva, pero no se movió.

La osa madre se irguió cual larga era, mostró sus dientes amarillentos e hizo un amago de embestirlo.

Roy temblaba de terror por dentro, pero en apariencia se mantenía tranquilo e inmóvil. La osa lo examinó de cerca. Su expresión transformada le hizo sospechar a Roy que se lo había imaginado demasiado enclenque y manso para suponer ninguna amenaza. Tras unos momentos de tensión, se volvió a poner de cuatro patas y, con un último gruñido desafiante, se alejó pesadamente para alcanzar a sus cachorros.

Aún en silencio, Roy no movió ni un músculo.

No sabía cuánto se habrían alejado los osos, o si volverían al acecho. Durante dos horas y veintidós minutos, Roy permaneció en aquella ladera inmóvil como una estatua de yeso, hasta que uno de los profesores lo encontró y lo llevó sano y salvo a donde estaba el grupo.

Por eso a Roy se le daba muy bien quedarse quieto, en especial si estaba asustado. Y en aquel momento era presa de pánico, con nueve serpientes venenosas reptando a sus pies.

—Respira hondo —le aconsejó la voz tras de sí.

—Ya lo intento —le respondió Roy.

—Muy bien. Ahora, a la de tres, da un paso atrás muy lentamente.

—Oh, no creo que deba —discrepó Roy.

—Uno…

—Espera un segundo.

—Dos…

—¡Por favor! —suplicó Roy.

—Y tres.

—¡No puedo!

—Tres —repitió la voz.

Roy tenía la sensación de que sus piernas eran de goma cuando se tambaleó marcha atrás. Una mano lo aferró de la camisa y lo metió entre el pimentero. Al caer al suelo de culo, Roy se encontró con una capucha cubriéndole la cabeza y los brazos cruzados a la espalda. Antes de que pudiera reaccionar, le ataron las muñecas con dos vueltas de cuerda y lo amarraron al tronco de un árbol. Roy notó la suave corteza resinosa al mover los dedos.

—¿Qué está pasando? —preguntó.

—Tú me lo vas a decir —la voz ahora provenía de enfrente—. ¿Quién eres? ¿Por qué estás aquí?

—Me llamo Roy Eberhardt. Te vi correr cerca del autocar de la escuela el otro día.

—No sé de qué me hablas.

—De hecho, te vi dos días —insistió Roy—. Te vi correr y me picó la curiosidad. Parecías como… no sé, mecánico.

—No era yo.

—Ya lo creo.

El amaestrador de serpientes hablaba con una falsa voz ronca… La voz de un chico que trataba de parecer adulto.

Roy continuó.

—De verdad, no he venido a causarte problemas. Quítame esta capucha para que podamos vernos, ¿de acuerdo?

Oía la respiración del chico.

—Pero entonces vas a largarte de aquí, ¡ahora mismo!

—¿Y las serpientes?

—Son mías.

—Sí, pero…

—No irán muy lejos. Luego las apresaré.

—No es a eso a lo que me refiero —dijo Roy.

El chico se rió.

—No te preocupes, te acompañaré durante el camino de vuelta. Haz lo que te digo y no te picarán.

—Qué simpático —murmuró Roy.

El chico lo desató del turbinto y lo ayudó a incorporarse.

—Tengo que admitir que lo has hecho muy bien —reconoció el muchacho—. Cualquiera se hubiera cagado.

—¿Son serpientes mocasín? —quiso saber Roy.

—Sí. —El chico pareció satisfecho de que Roy las reconociera.

—El lugar donde vivía antes estaba lleno de serpientes de cascabel —explicó Roy de forma espontánea. Pensó que si entablaba conversación amigablemente, era probable que el chico cambiara de opinión y le quitara la capucha—. No sabía que hubiera serpientes mocasín de cola refulgente.

—Se van a una fiesta. Ahora empieza a andar. —El chico cogió a Roy desde atrás y lo condujo hacia delante. Tenía mucha fuerza—. Ya te avisaré cuando te tengas que agachar por las ramas —le dijo.

La capucha era negra o azul marino y Roy no veía ni un ápice de luz a través de la tela tupida. Al ir a tientas, tropezó y estuvo a punto de caerse en los matorrales, pero el chico descalzo lo evitó. Roy supo que habían salido del bosque porque el viento se volvió más cálido y notaba el suelo plano bajo los pies. Notaba el olor de césped del campo de golf.

De pronto, se detuvieron y el muchacho empezó a soltar las ataduras de las muñecas de Roy.

—No te des la vuelta —le advirtió.

—¿Cómo te llamas? —le preguntó Roy.

—No tengo nombre.

—Seguro que sí. Todo el mundo tiene uno.

El muchacho dio un resoplido.

—Me han llamado Dedos de Salmonete, y cosas peores.

—No vives aquí, a la intemperie, ¿verdad?

—Eso no es asunto tuyo. ¿Qué más te da?

—¿Tú solo? ¿Y tu familia? —le interrogó Roy.

El chico le propinó una colleja.

—Haces demasiadas preguntas impertinentes.

—Lo siento. —Roy notó las manos libres, pero continuó con ellas a la espalda.

—No te des la vuelta antes de contar hasta cincuenta —le ordenó el muchacho—. Si no, un día te despertarás y tendrás a una de esas enormes serpientes mocasín en la cama. ¿Lo has comprendido?

Roy asintió.

—Muy bien. Pues empieza a contar.

—Uno, dos, tres, cuatro… —contó Roy en voz alta. Al llegar a cincuenta, se apresuró a quitarse la capucha y se volvió a mirar. Estaba solo en medio del campo, rodeado de hectáreas llenas de pelotas de golf.

El muchacho descalzo se había vuelto a escapar.

Roy recorrió el camino de vuelta hasta donde tenía la bicicleta y volvió a casa tan rápidamente como pudo. No estaba asustado ni se sentía desalentado. De hecho, estaba más animado que nunca.

Seis

A la mañana siguiente, a la hora del desayuno, Roy preguntó si iba contra la ley que un chico de su edad no fuera a la escuela.

—Bueno, no estoy segura de que haya alguna ley, pero…

—Claro que la hay —la interrumpió su padre—. Se llama Absentismo Escolar.

—¿Y pueden encerrarlo a uno en la cárcel? —se interesó Roy.

—Por lo general, lo que hacen es hacer que vuelvas a la escuela —le aclaró el señor Eberhardt. Y medio en broma añadió—: No estarás pensando en abandonar los estudios, ¿no?

Roy le dijo que no, que en la escuela le iba bien.

—Apuesto a que sé de qué va —aventuró la señora Eberhardt—. Estás preocupado por si tienes otro encontronazo con ese Matherson. Mira, ¿no te dije que la carta de disculpa era demasiado directa?

—La carta estaba la mar de bien —discrepó el padre de Roy mientras abría el periódico.

—Y si estaba «la mar de bien», ¿por qué Roy está tan asustado? ¿Por qué está hablando de abandonar los estudios?

—No estoy asustado —protestó Roy—, y no pienso dejar Trace Middle. Es solo que…

Su madre se lo quedó mirando.

—¿Qué?

—Nada, mamá.

Roy decidió no decir nada a sus padres acerca del encuentro con Dedos de Salmonete, el chico que había visto correr. Al ser agente de la ley, era probable que su padre tuviera la obligación de informar de todos los delitos, incluido el absentismo escolar. Roy no quería meter al muchacho en líos.

—Escuchad esto —dijo el señor Eberhardt, y empezó a leer un artículo del periódico en voz alta: «Un policía de Coconut Cove fue atacado el lunes a primera hora de la mañana mientras se encontraba en el coche patrulla, aparcado en una parcela en construcción en la avenida East Oriole. El agente se había quedado dormido dentro del coche, según un interlocutor de radio de la propia policía». ¿Vosotros creéis?

La madre de Roy emitió una risa ahogada.

—¿Dormirse estando de servicio? ¡Qué vergüenza! Deberían expulsar a ese tipo.

A Roy aquella historia le pareció muy divertida.

—Lo que sigue es aún mejor —les adelantó su padre—. Escuchad: «El incidente tuvo lugar poco antes del amanecer, cuando un bromista se acercó con sigilo hasta el coche patrulla, un 2001 Crown Victoria, y pintarrajeó las ventanillas con un pulverizador de pintura negra».

Roy, que tenía la boca llena de muesli, se echó a reír. La leche le chorreó por la barbilla.

El señor Eberhardt, también sonriente, continuó:

— «Merle Deacon, el jefe de policía de Coconut Cove, se ha negado a revelar el nombre del agente alegando que forma parte del equipo de vigilancia especial que investiga delitos contra la propiedad en la zona este de la población. Deacon ha declarado que el oficial había cursado baja reciente por la gripe y que había estado tomando una medicación que lo adormecía».

El padre de Roy levantó la cabeza del artículo.

—Medicación… ¡Ja!

—¿Qué más cuenta? —le preguntó la señora Eberhardt.

—A ver… Dice que es el tercer incidente sospechoso que tiene lugar en cuestión de una semana en esa parcela, que es el futuro emplazamiento de un establecimiento de auténticas crepes americanas de Mamá Paula.

A la madre de Roy se le iluminó el rostro.

—¿Que vamos a tener un local de Mamá Paula en Coconut Cove? ¡Qué bien!

Roy se limpió la barbilla con una servilleta.

—Papá: ¿qué más ha ocurrido?

—Me estaba preguntando lo mismo. —El señor Eberhardt leyó por encima el resto del artículo—. Aquí: «El pasado lunes unos desconocidos arrancaron algunas estacas de replanteo de la propiedad. Cuatro días después, unos vándalos soltaron caimanes vivos en tres cabinas sanitarias portátiles. Según la policía, los reptiles fueron capturados ilesos y puestos en libertad en un canal cercano. No se ha conseguido arrestar a nadie».

La señora Eberhardt se levantó y se puso a fregar los platos.

—¡Caimanes! —exclamó—. Válgame Dios, ¿y qué más harán?

El señor Eberhardt terminó de hojear el periódico y lo soltó en la encimera.

—Aún va a resultar interesante este lugar, ¿no te parece, Roy?

Roy cogió el periódico para leerlo por sí mismo. El nombre de la avenida East Oriole le era familiar. Enseguida recordó dónde había visto la placa. La parada de autocar de Beatrice Leep, el lugar donde había visto por primera vez a aquel muchacho, estaba en la avenida West Oriole, justo al otro lado de la carretera principal.

—El artículo no dice cómo eran de grandes los reptiles —observó Roy.

Su padre se rió.

—No creo que eso importe, hijo. Lo que cuenta es la idea.

—He leído su informe, David —dijo el capitán de la policía—. ¿Hay algo más que quiera añadir?

El agente Delinko negó con la cabeza. Tenía las manos sobre su regazo, con los dedos entrecruzados. ¿Qué más podía decir?

Su sargento habló:

—David entiende que esto es algo muy serio.

—Vergonzoso es la palabra —puntualizó el capitán—. El jefe ha estado intercambiando algunos e-mails y conversaciones telefónicas conmigo. No es nada agradable. ¿Ha visto los periódicos?

El agente Delinko asintió. Había leído y releído el artículo una docena de veces. Y cada vez se le formaba un nudo en el estómago.

—Seguramente se ha percatado de que su nombre no aparece —dijo el capitán—. La razón es que nos hemos negado a revelarlo a los medios de comunicación.

—Ya. Gracias —dijo el agente Delinko—. Lo siento mucho, señor.

—¿Y ha leído la explicación que da el jefe, Deacon, de lo ocurrido? Supongo que le parece bien.

—Para serle sincero, señor, no he tenido la gripe. Y ayer no tomé ningún medicamento…

—David —lo interrumpió el sargento—, si el jefe dice que ha estado tomando medicamentos para la gripe, es que los ha estado tomando. Y si dice que esa es la razón de que se quedara dormido en el coche patrulla, es que esa es la razón. ¿Lo ha entendido?

—Claro, señor.

El capitán le mostró una hoja de papel amarilla.

—Esto es una factura del concesionario Ford por valor de cuatrocientos diez dólares. La buena noticia es que han eliminado la pintura negra de las ventanillas de su coche. Les ha llevado todo el día, pero lo han conseguido.

El agente Delinko estaba seguro de que el capitán le iba a entregar la factura, pero no lo hizo. En su lugar, la puso en el archivo de los gastos de personal que tenía abierto encima de la mesa.

—Agente, no sé qué hacer con usted. No lo sé.

El capitán le hablaba en un tono de reprimenda paternalista.

—Lo siento mucho. No volverá a ocurrir, señor.

El sargento del agente Delinko dijo:

—Capitán, tengo que confesarle que David se prestó de forma voluntaria a vigilar la parcela y que madrugó más de lo habitual para dirigirse allí en su tiempo libre.

—¿En su tiempo libre? —El capitán se cruzó de brazos—. Bueno, eso es digno de elogio. David, ¿puedo preguntarle por qué lo hizo?

—Porque quería descubrir a los culpables —confesó el agente Delinko—. Sabía que era algo prioritario para usted y para el jefe.

—¿Es esa la única razón? ¿No tiene ningún interés personal en el caso?

67

El agente Delinko pensó que ahora sí que lo tenía, puesto que le habían jugado una mala pasada.

—No, señor —respondió.

El capitán se volvió hacia el sargento.

—Bueno, seguro que habrá algún tipo de sanción, nos guste o no. Al jefe le ha afectado mucho.

—Me atengo a ello —convino el sargento.

Al agente Delinko se le cayó el alma a los pies. Cualquier acción disciplinaria pasaría automáticamente a su expediente. Resultaría un inconveniente cuando llegara el momento de su futura promoción.

—Señor, pagaré esa factura de mi bolsillo —ofreció el agente Delinko. Cuatrocientos diez dólares era una suma importante para descontarla de su sueldo, pero valía la pena con tal de evitar que su expediente quedara manchado.

El capitán dijo que no era necesario. De todas formas, aquello no iba a dejar satisfecho al jefe.

—Voy a dejarlo sin patrullaje durante un mes —concluyó.

—David podrá soportarlo —dijo el sargento.

—Pero ¿quién vigilará la obra de Mamá Paula? —preguntó el agente Delinko.

—No se preocupe, ya enviaremos a alguien. A algún agente del turno de noche.

—Sí, señor. —El agente Delinko se sintió abatido ante la idea de tener que aburrirse detrás de un escritorio, sin hacer nada durante un mes. Sin embargo, era mejor que ser suspendido del servicio. Solo quedarse sentado en casa podía ser peor que quedarse sentado en la jefatura.

El capitán se levantó, lo que significaba que la reunión había terminado. Dijo:

—David, si vuelve a ocurrir algo parecido…

—No volverá a ocurrir. Se lo prometo.

—La próxima vez su nombre sí que saldrá en los periódicos.

—Sí, señor.

—Bajo un titular que dirá: AGENTE DESPEDIDO. ¿Queda claro?

El agente Delinko se encogió por dentro.

—Lo he comprendido, señor —le respondió en voz baja al capitán.

Se preguntaba si los estúpidos que le habían pintarrajeado el Crown Victoria eran conscientes de los problemas que le habían causado. Está en juego mi carrera, pensó con enfado el agente Delinko, y todo por unos jóvenes delincuentes sabihondos. Estaba más decidido que nunca a cogerlos con las manos en la masa.

En el pasillo, al salir del despacho del capitán, el sargento le dijo:

—Puedes ir al depósito a recoger el coche. Pero recuerda, David, no estás de patrullaje. Eso quiere decir que solo estás autorizado a conducir del trabajo a casa y viceversa. Nada más.

—De acuerdo —acató el agente Delinko.

Ya había planeado una ruta que le llevaría a pasar por la esquina de las calles East Oriole y Woodbury, el lugar del futuro emplazamiento del local de Mamá Paula.

Nadie le había dicho que no pudiera salir antes de casa por la mañana y que no pudiera tomarse su tiempo para ir al trabajo.

Dana Matherson volvía a estar ausente de la escuela. Roy se sentía algo aliviado, aunque no del todo tranquilo. Cuanto más tiempo tardara Dana en recuperarse del puñetazo en la nariz, más desagradable sería cuando por fin estuviera de vuelta en Trace Middle.

—Todavía estás a tiempo de desaparecer de la ciudad —le sugirió Garrett.

—No voy a huir. Lo que pase, pasará.

Roy no pretendía hacerse el duro. Había reflexionado sobre la situación con respecto a Dana. Parecía inevitable una nueva confrontación y una parte de sí solo deseaba que pasara cuanto antes. No solía hacerse el chulo, pero era tozudo y tenía una vena de orgullo. No tenía ninguna intención de pasarse el resto del curso muerto de miedo en el lavabo u ocultándose por los pasillos solo por evitar a un bravucón estúpido.

—No debería decirte esto —le confesó Garrett—, pero algunos chicos están haciendo apuestas.

—Genial. ¿Se apuestan a que Dana me da una paliza?

—No, se apuestan cuántas palizas te da.

—Qué bien —ironizó Roy.

En realidad, el altercado con Dana Matherson tenía dos ventajas. La primera era que Roy había conseguido seguir con éxito al chico descalzo hasta el campo de golf. La segunda era que la subdirectora lo había suspendido dos semanas del derecho de autocar.

Estaba muy bien que su madre lo fuera a buscar a la escuela. Podían charlar en el coche y además Roy llegaba a casa veinte minutos antes de lo habitual.

El teléfono estaba sonando cuando llegaron a la puerta. Era la hermana de su madre, que llamaba desde California para charlar. Roy aprovechó la oportunidad para coger una caja de zapatos de su habitación y escabullirse por la puerta trasera de la casa.

70

Se dirigió de nuevo al campo de golf, dando un pequeño rodeo. En lugar de girar a la izquierda en West Oriole, hacia la parada del autocar, Roy cruzó la carretera pedaleando hacia East Oriole. No había recorrido más que dos manzanas cuando llegó a un solar cubierto de maleza en una de cuyas esquinas había un remolque abollado que hacía de caseta de obra.

Al lado del remolque, había aparcada una furgoneta. No muy lejos, se veían tres excavadoras y una hilera de cabinas sanitarias portátiles. Roy se imaginó que aquel era el lugar en el que alguien había pintarrajeado el coche de policía y en el que habían escondido a los caimanes en los lavabos.

En cuanto Roy detuvo la bicicleta, la puerta del remolque se abrió y un hombrecillo calvo y fornido salió de un salto. Iba uniformado con unos recios pantalones de color habano y una camisa del mismo color que llevaba un nombre estampado en el delantero. Roy no podía distinguirlo desde tan lejos.

—¿Qué es lo que quieres? —le espetó el hombre, con la cara roja de ira—. ¡Eh, chico! ¡Estoy hablando contigo!

¿Qué le ocurre?, pensó Roy.

El hombre se le acercó, señalando la caja.

—¿Qué llevas ahí? —le gritó—. ¿Qué es lo que habéis planeado tú y tus compinches para esta noche? ¿Eh?

Roy le dio media vuelta a la bicicleta, se montó y empezó a pedalear para alejarse. Aquel tipo actuaba como un psicópata.

—¡Muy bien! ¡Y no vuelvas! —le gritó el hombre calvo mientras agitaba el puño en el aire—. ¡La próxima vez habrá perros guardianes esperándote! ¡Los perros más fieros que hayas visto jamás!

Roy pedaleó más deprisa. No se volvió. Las nubes eran cada vez más oscuras y de pronto le pareció que le había caído una gota en la mejilla. A lo lejos, retumbó un trueno.

Incluso después de haber cruzado la carretera hacia West Oriole, Roy no aminoró la marcha. Para cuando llegó al campo de golf, estaba cayendo una llovizna constante. Se bajó de la bicicleta de un salto y, abrazando la caja de cartón para protegerla, empezó a correr atravesando el césped y las calles.

Enseguida llegó al lugar entre los pimenteros donde se había producido el encuentro con el muchacho llamado Dedos de Salmonete. Roy se había concienciado ya de que iba a verse de nuevo con una venda en los ojos y maniatado, incluso había preparado un breve discurso para la ocasión. Estaba decidido a convencer a Dedos de Salmonete de que podía confiar en él, que no había vuelto para entrometerse sino para ayudarlo en el supuesto de que lo necesitara.

Mientras atravesaba la arboleda, Roy se detuvo a recoger una rama seca del suelo. Era lo bastante contundente como para asustar a una serpiente mocasín, aunque en el fondo esperaba que no le hiciera falta.

Pero, una vez en la zanja, no detectó ni rastro de las mortíferas serpientes de cola centelleante. El campamento del muchacho veloz había desaparecido; lo había desmontado. Se había llevado todas las bolsas de plástico y había enterrado el hueco de la hoguera. Roy removió las cenizas con la punta de la rama pero eso no le aportó nada nuevo.

Dedos de Salmonete había huido sin dejar rastro.

Cuando Roy alcanzó la calle del campo de golf, el cielo púrpura se había despejado. Las gotas de lluvia caían de las hojas llevadas por el viento que le azotaban la cara y se veían relámpagos amenazantes en las cercanías. Roy notó un escalofrío y se echó a correr. El peor lugar donde uno podía encontrarse durante una tormenta eléctrica era un campo de golf, cerca de los árboles.

Mientras corría y se estremecía con cada trueno, empezó a tener remordimientos por haber salido de casa a escondidas. Su madre debía haberse puesto enferma al saber que estaba fuera con aquel tiempo. Quizá hubiera salido a buscarlo en coche, cosa que le inquietó. No quería que su madre anduviera conduciendo en semejantes condiciones meteorológicas; la lluvia era tan espesa que ni siquiera le permitiría ver bien la carretera.

A pesar de que estaba empapado y se sentía agotado, Roy se esforzó por correr más deprisa. Con los ojos entrecerrados ante el aguacero, siguió pensando. No podía faltar mucho.

Buscaba la fuente junto a la que había aparcado la bicicleta. Al fin, gracias a un relámpago que iluminó la calle, la divisó a veinte metros.

Pero la bicicleta no estaba.

Al principio Roy creyó que se había equivocado de fuente. Pensó que debía haber tomado un camino erróneo debido a la tormenta. Entonces, reconoció cerca un cobertizo y un quiosco de madera con una máquina dispensadora de soda.

Estaba claro que aquel era el sitio. Roy se quedó de pie bajo la lluvia y contempló abatido el lugar donde había dejado la bicicleta. Solía tomar la precaución de asegurarla con la cadena, pero aquel día iba con demasiada prisa.

Y ya no estaba allí. La habían robado, sin duda.

Para resguardarse de la lluvia, Roy se metió en el quiosco. La caja de cartón empapada se le deshacía en las manos. Le quedaba un largo trecho hasta casa y Roy sabía que no conseguiría llegar antes de que se hiciera de noche. Sus padres estarían negros.

Roy permaneció en el quiosco diez minutos, encharcando el suelo, aguardando a que aflojara el chaparrón. Los rayos y los truenos parecían alejarse hacia el este, pero la lluvia no cesaba.

Al fin, Roy salió, agachó la cabeza y empezó a caminar penosamente rumbo a su barrio. Cada paso producía un chapoteo. Las gotas le chorreaban por la frente y hacía que se le pegaran las pestañas. Le hubiera gustado llevar gorra.

Cuando llegó a la carretera, intentó echarse a correr, pero aquello era como atravesar un lago interminable de poca profundidad. Roy se había dado cuenta de que Florida era tan llana y se encontraba a un nivel tan bajo que los charcos no se secaban nunca. Avanzó con paso lento y pesado y pronto llegó a la parada del autocar donde viera al muchacho por primera vez. Roy no se detuvo a mirar. Estaba oscureciendo por momentos.

En cuanto llegó a la esquina que calle West Oriole formaba con la carretera principal, se encendieron las farolas.

Madre mía, pensó, qué tarde.

El tráfico en ambos sentidos era constante, y salpicaba el agua encharcada. Roy esperó impaciente. Cada coche que pasaba levantaba un chorro de agua que le salpicaba las piernas, pero no le preocupaba en absoluto. Total, ya estaba calado hasta los huesos.

Ansioso por encontrar un lapso para cruzar, Roy se lanzó a la carretera.

—¡Cuidado! —le gritó una voz tras de sí.

Roy volvió a subir al bordillo de un salto y se dio media vuelta. Era Beatrice Leep, montada en su bicicleta.

—¿Qué llevas en esa caja de zapatos, vaquera? —le dijo.

SIETE

La manera en que todo había ocurrido no era un gran misterio.

Como todos los alumnos, Beatrice la Osa vivía en las inmediaciones de su parada de autocar. Roy debía haber pasado por delante de su casa en bicicleta y, al verlo, Beatrice lo había seguido hasta el campo de golf.

—Esa bicicleta es mía —le dijo el chico.

—Sí, ya lo sé.

—¿Me haces el favor de devolvérmela?

—Quizá más tarde —le respondió—. Sube.

—¿Qué?

—En el manillar, tonto. Siéntate en el manillar. Vamos a dar una vuelta.

Roy hizo lo que le indicaba. Tenía ganas de recuperar la bicicleta y volver a casa.

Dos años de subir y bajar altas montañas en medio del aire enrarecido de Montana habían hecho de Roy un buen ciclista, pero Beatrice Leep era más fuerte. Incluso al atravesar charcas profundas pedaleaba con rapidez y sin esfuerzo, como si Roy fuera ingrávido. Sentado incómodamente en el manillar, aferraba la caja de cartón empapada.

—¿Adónde vamos? —le gritó.

—Silencio —le espetó Beatrice.

A toda velocidad, pasó de largo la vistosa entrada de ladrillos del campo de golf y enseguida el pavimento dio paso a un camino de tierra sin arcenes ni farolas. Roy se asió fuertemente mientras la bicicleta daba tumbos por los baches fangosos. De la lluvia sólo quedaba una neblina y la camisa mojada le producía un agradable frescor al contacto con la piel.

Beatrice se detuvo junto a una valla alta cerrada con una cadena. Roy observó que uno de los eslabones había sido cortado con unos alicates, de forma que podía separarse. Se bajó de su asiento y se estiró los pantalones vaqueros, que se le habían remetido por la raja del trasero.

Beatrice aparcó la bicicleta y le hizo señas a Roy para que la siguiera a través de la abertura en la valla. Entraron en un depósito de chatarra lleno de restos de automóviles desguazados; hectáreas y hectáreas. En la penumbra, Roy y Beatrice avanzaron con sigilo, recorriendo uno tras otro los restos oxidados. Por la forma de actuar de Beatrice, Roy dedujo que no estaban solos.

Enseguida llegaron hasta un camión que se sostenía sobre unos bloques de hormigón. Roy leyó con dificultad las letras rojas medio borradas en el techo abollado: TARRINAS Y CUCURUCHOS JO-JO.

Beatrice Leep entró en la cabina, tirando de Roy para que la siguiera. Lo hizo pasar por una puerta estrecha que conectaba con el remolque, lleno de cajones, cajas y montones de ropa. Roy vio un saco de dormir enrollado en un rincón.

Cuando Beatrice cerró la puerta, la oscuridad fue total. Roy no veía ni su propia mano aunque se la acercara a la cara.

Oyó la voz de Beatrice:

—Dame la caja.

—No —replicó Roy.

—Eberhardt, ¿tienes tu dentadura en gran estima?

—No te tengo miedo —mintió Roy.

El interior del viejo camión olía a cerrado y a húmedo. Los mosquitos zumbaban cerca de los oídos de Roy y él daba manotazos a ciegas. De pronto, notó un olor que no se correspondía con aquel lugar, un olor extrañamente familiar… ¿Galletas? En el camión olía a galletas de manteca de cacahuete recién horneadas, como las que hacía la madre de Roy.

El haz de luz repentino procedente de una linterna le enfocó directamente los ojos y el chico se volvió.

—Por última vez —lo amenazó Beatrice—, ¿qué hay en esa caja?

—Calzado —le respondió Roy.

—Claro, claro.

—En serio.

Le arrebató la caja de las manos y levantó la tapa, dirigiendo la luz hacia el interior.

—Ya te lo he dicho —le advirtió Roy.

Beatrice dio un resoplido.

—¿Y se puede saber por qué llevas un par de zapatillas deportivas de repuesto? Qué cosa más rara, vaquera.

—No son para mí —le explicó Roy. Estaban casi nuevas, solo se las había puesto un par de veces.

—¿Y entonces para quién son?

—Para un chico que he conocido.

—¿Qué chico?

—El que te hablé en la escuela. El que pasó corriendo por tu parada de autocar el otro día.

—¡Ah! —dijo Beatrice en tono mordaz—. Ese al que andabas persiguiendo en lugar de ocuparte de tus propios asuntos. —Apagó la linterna y todo quedó de nuevo sumido en la oscuridad.

—Bueno, al final di con él. Más o menos —dijo Roy.

—No te rindes, ¿verdad?

—Mira, ese chico necesita unos zapatos. Podría pisar un cristal roto o algún clavo oxidado… o incluso poner el pie sobre una serpiente mocasín.

—¿Y cómo sabes que quiere calzarse, Eberhardt? Quizá corra más rápido descalzo.

Roy no sabía qué le pasaba a Beatrice Leep, pero él iba a llegar tarde para la cena y sus padres debían estar desesperados. Tenía la intención de largarse en cuanto Beatrice volviera a encender la linterna. Si lograba de alguna forma darle un empujón contra la bicicleta, era posible que consiguiera escapar.

—Sea como sea —continuó Roy—, si no los quiere, me los quedaré. Pero si los quiere, le van a ir bien. Parece más o menos de mi estatura.

La oscuridad solo le devolvió silencio.

—Beatrice, si piensas darme una paliza, ¿podrías darte prisa y acabar cuanto antes? En estos momentos mis padres deben estar llamando a la policía nacional.

Más silencio.

—Beatrice, ¿estás despierta?

—Eberhardt, ¿por qué te preocupas de ese muchacho?

Era una buena pregunta y Roy no estaba seguro de ser capaz de formular una respuesta. Había visto algo en el rostro de aquel chico cuando pasó corriendo cerca del autocar, algo apremiante, resuelto e inolvidable.

—No lo sé —confesó por fin Roy a Beatrice Leep—. No sé por qué.

La linterna se encendió. Roy se apresuró hacia la puerta, pero Beatrice lo aferró tranquilamente por el bolsillo trasero de los pantalones y lo obligó a sentarse en el suelo a su lado.

Roy cayó jadeante, aguardando a que le pegara.

Sin embargo, la chica no parecía estar furiosa.

—¿De qué número son? —le preguntó mientras sostenía en el aire las zapatillas de deporte.

—Del nueve —le respondió Roy.

—Hummm…

En medio del haz de luz, Beatrice posó un dedo sobre sus labios y señaló hacia atrás. Entonces, Roy oyó los pasos en el exterior.

La chica apagó la linterna y ambos aguardaron. Los pasos sobre la grava sonaban lentos y pesados, como si fueran los de un hombre corpulento. Llevaba algo que con el movimiento producía un ruido metálico, quizá un juego de llaves o algunas monedas sueltas por el bolsillo. Roy contuvo el aliento.

Al aproximarse al camión de helados, el vigilante dio un golpe al guardabarros con algo que sonaba como una tubería de plomo. Roy dio un brinco, pero no hizo ruido. Por suerte, el hombre pasó de largo. Aun así, de vez en cuando golpeaba estruendosamente con la tubería en algún otro trozo de chatarra, como si tratara de ahuyentar a alguien de entre las tinieblas.

En cuanto se hubo marchado, Beatrice susurró: alquiler de polis.

—¿Qué estamos haciendo aquí? —le preguntó Roy con un hilo de voz.

En la oscuridad del remolque, notó cómo Beatrice se ponía en pie.

—Te diré lo que voy a hacer, vaquera —dijo—. Te voy a proponer un trato.

—Venga —la apremió Roy.

—Me encargaré de que el chico acepte ese calzado, pero solo si prometes dejarlo en paz. Basta de espiarlo.

—¡Así que lo conoces!

Beatrice lo levantó a pulso.

—Sí, lo conozco —confesó—. Es mi hermano.

A las cuatro y media de la tarde, la hora en que el agente Delinko salía normalmente de trabajo, su escritorio seguía lleno de papeles apilados. Tenía muchos formularios para rellenar y muchos informes para redactar explicando lo que le había ocurrido a su coche patrulla. Siguió escribiendo hasta que empezó a dolerle la muñeca, y finalmente a las seis lo dejó estar.

El parque estaba tan solo a unas pocas manzanas, pero la lluvia caía a raudales cuando el agente Delinko salió agotado de la jefatura. No quería mojarse el uniforme, así que aguardó bajo el alero, justo debajo de la P mayúscula del nombre: DEPARTAMENTO DE SEGURIDAD PÚBLICA DE COCONUT COVE.

Muchas poblaciones habían empezado a referirse al cuerpo de policía local como el departamento de «seguridad pública», con la intención de fomentar una imagen más suave y cercana. Como la mayoría de agentes, David Delinko pensaba que el cambio de nombre era irrelevante. Un policía era un policía, y punto. En una emergencia nadie iba a ponerse a gritar: ¡Rápido! ¡Llamen al departamento de seguridad pública!

¡Llamen a la policía! Era lo que siempre habían dicho, y lo que seguirían diciendo.

David Delinko estaba orgulloso de ser policía. Su padre había sido detective de robos en Cleveland, Ohio, y su hermano mayor era detective de homicidios en Fort Lauderdale. Así que también él deseaba fervientemente llegar a ser detective algún día.

Y se dio cuenta con tristeza de que, gracias a los vándalos de la parcela, probablemente aquel momento estuviera ahora más lejos que nunca.

El agente Delinko meditaba sobre su situación, mirando caer la lluvia, cuando un rayo alcanzó un cobertizo al final de la calle. Se resguardó a toda prisa en el vestíbulo de la jefatura, donde los fluorescentes del techo parpadearon un par de veces y por fin se apagaron.

—¡Vaya! —gruñó el agente Delinko para sí. No le quedaba más remedio que aguardar a que pasara la tormenta.

No podía dejar de pensar en los extraños incidentes del solar de Mamá Paula. Primero, arrancan las estacas; luego, meten caimanes en los sanitarios; después, le pintarrajean el coche patrulla con él durmiendo dentro. Era obra de tipos rebeldes y osados.

Jóvenes, seguro, pero aun así osados.

A juzgar por su experiencia, los niños no solían ser tan persistentes, ni tan temerarios. En los típicos casos de delincuencia juvenil solía encontrarse a un grupo de chicos, cada uno tratando de superar a los demás.

Pero aquel no era un caso corriente, pensó el agente Delinko. Posiblemente fuera obra de una sola persona con una rencilla… o una misión.

Al cabo de un rato, el aguacero remitió y las nubes de tormenta se alejaron de la población. El agente Delinko se cubrió la cabeza con un periódico y se echó a correr hasta el parque a la intemperie. Para cuando llegó, el agua le salía a chorros de los zapatos embetunados.

El Crown Victoria, de aspecto impecable, se encontraba fuera del aparcamiento, cuya puerta estaba cerrada con llave. El agente Delinko le había pedido al encargado del aparcamiento que escondiera las llaves del coche dentro de la portezuela del depósito de gasolina, pero en su lugar estaban puestas en el contacto, visibles a los ojos de cualquiera que pasara por allí. El encargado del aparcamiento no creía que nadie estuviera tan chiflado como para robar un coche que resultaba evidente que era de la policía.

El agente Delinko arrancó el coche y se dirigió a su domicilio. De paso, se acercó al solar de la obra, pero no había ni un alma. No le sorprendía. A los delincuentes les disgustaba tanto el mal tiempo como a los ciudadanos que respetaban la ley.

Incluso cuando no estaba de servicio, el agente Delinko llevaba la radio del coche patrulla encendida. Era una de las normas estrictas para los que estaban autorizados a volver a casa en el coche patrulla: debían mantener aguzado el oído, por si algún compañero necesitaba ayuda.

Aquella noche el emisor informaba de las consecuencias menores de alguna juerga y de la desaparición de un chico en bicicleta durante la tormenta eléctrica. Roy nosequé. Una interferencia en la emisión impidió que pudiera entender el apellido.

Sus padres deben de estar tirándose de los pelos, pensó el agente Delinko, pero seguro que el chico volverá sano y salvo. Es probable que esté dando una vuelta por algún centro comercial mientras aguarda a que cese la tormenta.

Diez minutos más tarde el agente, que aún tenía en la cabeza al adolescente desaparecido, divisó una figura estilizada y empapada detenida en la esquina de la calle West Oriole con la carretera. Era un chico que se correspondía con la descripción anunciada en el parte: de aproximadamente un metro sesenta de altura, cuarenta kilos de peso y pelo castaño claro.

El agente Delinko arrimó el coche al bordillo, bajó la ventanilla y gritó desde el otro lado de la carretera:

—¡Eh, joven!

El chico le hizo señas con la mano y se acercó al arcén. El agente Delinko vio que empujaba una bicicleta y que la rueda trasera parecía pinchada.

—¿Te llamas Roy? —le preguntó el policía.

—Sí.

—¿Qué te parece si te llevo?

El chico cruzó la calle llevando consigo la bicicleta, que cabía perfectamente en el maletero espacioso del Crown Victoria. El agente Delinko comunicó por radio que había localizado al joven desaparecido y que estaba bien.

—Roy, tus padres estarán muy contentos de verte —le dijo.

El chico sonrió nervioso.

—Espero que tenga razón.

El agente Delinko se felicitaba a sí mismo en secreto. No era una mala forma de acabar la jornada, para alguien confinado al trabajo de oficina. Quizá aquello contribuyera a apaciguar el enojo del capitán.

Roy nunca había estado en un coche patrulla. Se sentó en el asiento del acompañante, junto al joven agente, que fue quien dirigió la conversación. Roy trató de ser educado y de seguir el diálogo, pero su mente estaba ocupada dando vueltas a lo que Beatrice Leep le había dicho acerca de aquel muchacho.

—En realidad, es mi hermanastro —le había confesado.

—¿Cómo se llama?

—Se quitó el nombre.

—¿Por qué le llaman Dedos de Salmonete? ¿Acaso es indio?

—Cuando vivía en Bozeman, Roy tenía un compañero de escuela llamado Charlie Tres Cuervos.

Beatrice Leep se había echado a reír.

—¡No! ¡No es indio! Yo lo llamo Dedos de Salmonete porque es capaz de coger salmonetes con las manos. ¿Sabes lo difícil que es?

Un salmonete era un pez comestible, saltarín y escurridizo, que siempre nadaba en grupo. La bahía cercana a Coconut Cove estaba atestada en primavera. La forma habitual de capturarlos era con red.

—¿Por qué no vive en tu casa? —le preguntó Roy a Beatrice.

—Es una historia muy larga. Además, tampoco te importa.

—¿Qué hay de la escuela?

—Mi hermano fue trasladado a una escuela «especial». Solo tardó dos días en escaparse. Volvió haciendo autostop desde Mobile, Alabama.

—¿Y tus padres?

—No saben que está aquí y yo no se lo pienso decir. *Nadie* se va a chivar, ¿lo entiendes?

Roy le había dado solemnemente su palabra.

Al salir del depósito de chatarra, Beatrice Leep le dio a Roy una galleta de manteca de cacahuete, que él se zampó con avidez. Considerando las circunstancias, le supo mejor que ninguna de las que se había comido hasta entonces.

Luego, Beatrice hizo algo increíble: levantó la bicicleta por los piñones y le dio un bocado al neumático trasero, como si estuviera mordiendo una pizza.

Roy se quedó boquiabierto. La chica tenía fauces de glotona.

—¡Ya está! Tienes la rueda pinchada. Y una excusa medio decente para no haber vuelto a la hora de la cena.

—Gracias. Supongo que lo es.

—¿Pues a qué esperas? ¡Lárgate!

Qué familia tan rara, pensó Roy. Estaba recordando la escena del mordisco en la rueda cuando oyó que el policía le decía:

—¿Puedo preguntarte una cosa, chico?

—Claro.

—Vas a Trace Middle, ¿verdad? Me preguntaba si en la escuela habrías oído hablar de lo que está pasando en la parcela donde van a construir el establecimiento de crepes.

—No —le respondió Roy—. Pero he leído un artículo en el periódico.

El agente Delinko se movió intranquilo en el asiento.

—Hablaba de los caimanes —añadió Roy— y del coche patrulla que pintarrajearon.

El agente hizo una breve pausa y carraspeó. Luego insistió:

—¿Estás seguro de que no has oído a nadie hablar de ello? A veces, a los chicos que cometen ese tipo de travesuras les gusta fanfarronear.

Roy le respondió que no había oído ni una palabra al respecto.

—Esa es la calle donde vivo —le dijo, señalando con el dedo—. Es la sexta casa de la izquierda.

El policía recorrió el camino de entrada de la casa de los Eberhardt y detuvo el coche.

—Roy, ¿puedo pedirte un favor? ¿Me llamarás si oyes algo sobre lo de la parcela de Mamá Paula? Cualquier cosa, aunque sea un rumor. Es muy importante.

El agente le tendió a Roy una tarjeta impresa.

—Este es el número de la oficina, y este es mi móvil.

Debajo de los números de teléfono, en la tarjeta ponía:

—Puedes llamarme a cualquier hora —lo autorizó el agente Delinko—. Mantén la vista y el oído aguzados, ¿de acuerdo?

—De acuerdo —le respondió Roy, sin demasiado entusiasmo. El policía le pedía que hiciera de informante, que fuera un chivato entre sus propios compañeros. No parecía un precio muy razonable por haberlo acompañado a casa.

No es que fuera un ingrato, pero no creía deber al agente nada más que un «gracias» sincero. ¿Acaso no formaba parte del trabajo de un policía ayudar a la gente?

Roy salió del coche y saludó a sus padres con la mano, que aguardaban en la escalinata de la entrada. El agente Delinko sacó la bicicleta del maletero y la puso en el suelo derecha.

—Aquí tienes —le dijo.

—Gracias —dijo Roy.

—En Exxon te arreglarán esa rueda. ¿Ha sido culpa de un clavo?

—Algo así.

El padre de Roy se acercó y le dio las gracias al policía por haber acompañado a su hijo a casa. Roy no pudo evitar escuchar que los dos hombres charlaban sobre la imposición del cumplimiento de la ley, así que se imaginó que su padre le habría contado al policía que trabajaba para el Ministerio de Justicia.

Cuando el señor Eberhardt fue a guardar la bicicleta de Roy en el garaje, el agente Delinko bajó la voz y lo llamó:

—Eh, chico.

¿Y ahora qué quiere?, pensó Roy.

—¿Crees que a tu padre le importaría escribirle una carta

al jefe de policía, o a mi sargento? Nada largo, solo una pequeña nota que explique lo que ha ocurrido esta noche. Algo que figure en mi expediente —dijo el agente Delinko—. Las pequeñas cosas ayudan mucho a la hora de un ascenso.

Roy asintió sin comprometerse.

—Se lo preguntaré.

—Estupendo. Eres un chico muy fiel.

El agente Delinko volvió al coche. La señora Eberhardt, que había ido a por una toalla, volvió y le dio un fuerte apretón de manos al agente.

—Estábamos al borde de la desesperación. Muchísimas gracias.

—Bueno, no ha sido nada. —El agente Delinko le guiñó un ojo a Roy.

—Ha hecho que vuelva a confiar en la policía —continuó la madre de Roy—. Para ser sincera, no sabía qué pensar después de haber leído en el periódico aquella historia tan escandalosa. La del policía al que le pintaron de negro las ventanillas del coche.

A Roy le dio la impresión de que de repente el policía se mostraba intranquilo.

—Que tengan buenas noches —les deseó a los Eberhardt, y puso el motor en marcha.

—¿Conoce por casualidad a ese hombre? —le preguntó con inocencia la madre de Roy—. Al que se quedó dormido en el coche. ¿Qué va a ocurrirle? ¿Lo despedirán?

Con un chirrido de los neumáticos, el agente Delinko salió por el camino hasta la puerta y se marchó.

—Puede que tenga alguna urgencia —lo justificó el señor Eberhardt mientras contemplaba cómo los pilotos del coche patrulla desaparecían en medio de la noche.

—Sí —asintió Roy sonriente—. Será eso.

Ocho

Roy mantuvo su promesa. Dejó de ir detrás del hermanastro de Beatrice Leep, aunque aquello requería toda su fuerza de voluntad.

El mal tiempo le ayudó a quedarse en casa. Hubo tormentas durante tres días seguidos. Según las noticias que daban por televisión, una ola procedente del trópico se había detenido sobre el sur de Florida. Se esperaban precipitaciones de entre veinte y cincuenta centímetros cúbicos.

Pero aunque hubiera lucido un sol radiante, Roy no podía ir a ninguna parte. El tipo de la estación de servicio les había dicho que la bicicleta aún estaba por reparar.

—¿Es que tienen en casa un mono? —le había preguntado a su padre—. Juraría que en los flancos hay marcas de dientes.

Los padres de Roy no le preguntaron qué había ocurrido. Al haber vivido en Montana, estaban acostumbrados a los pinchazos. Habían encargado una rueda nueva, pero mientras tanto la bicicleta de Roy tenía que quedarse en el taller. El chico pasaba las tardes lluviosas haciendo trabajos de la escuela y leyendo una novela del oeste. Al mirar por la ventana de su dormitorio solo veía charcos. Echaba de menos las montañas más que nunca.

Cuando su madre lo fue a buscar el jueves después de las clases, le dijo que tenía buenas noticias.

—Te han levantado la expulsión temporal del autocar.

A Roy no le entraron precisamente ganas de ponerse a dar saltos de alegría.

—¿Por qué? ¿Qué ha ocurrido?

—Creo que la señorita Hennepin ha reconsiderado la situación.

—¿Cómo es eso? ¿La has llamado o algo?

—De hecho, he hablado con ella muchas veces —reconoció su madre—. Era injusto, hijo. No estaba bien que a ti te echaran y al chico que empezó la pelea no le pasara nada.

—No fue una pelea, mamá.

—Da igual. Parece ser que ahora la señorita Hennepin nos da la razón. Mañana por la mañana volverás a coger el autocar.

¡Yupi! Mil gracias, mamá, pensó Roy.

Sospechaba que tenía otros motivos para molestar a la subdirectora. Estaba ansiosa por reanudar las clases matutinas de yoga, a las que no podía asistir si acompañaba a Roy a Trace Middle.

Roy no quería ser egoísta. No podía depender de sus padres toda la vida. Quizá los demás chicos no le dieran tanta importancia a su regreso.

—¿Qué ocurre, cariño? Pensaba que te alegrarías de volver a la cotidianidad.

—Y me alegro, mamá.

Mañana es un día tan bueno como cualquier otro. Puede que incluso sirva para terminar con todo esto.

Leroy Branitt, el hombre calvo que se hacía llamar Rizos, vivía sometido a demasiada presión. Le temblaban los párpados debido a la falta de sueño y andaba todo el día sudando como un cerdo.

Dirigir una obra era mucha responsabilidad y cada mañana se encontraba con nuevos problemas y dolores de cabeza. Gracias a aquellos intrusos, el plan de construcción de la crepería llevaba ya dos semanas de retraso. La demora costaba dinero y los peces gordos de la sociedad Mamá Paula no estaban precisamente contentos.

Rizos pensaba que si volvía a ocurrir algo lo despedirían. Uno de los grandes ejecutivos ya lo había reprendido. Se trataba del vicepresidente de la compañía y se llamaba Chuck Muckle, un nombre que a Rizos le parecía más apropiado para un payaso de circo.

Chuck Muckle no era de por sí muy jovial, y menos tras haber leído en el periódico el artículo sobre el coche de policía que alguien había pintado en la parcela de Mamá Paula. Entre las responsabilidades de Chuck Muckle, figuraba la de salvaguardar de los medios de comunicación la preciada imagen de la compañía, excepto cuando inauguraban algún local o iban a lanzar al mercado una nueva especialidad, como las sensacionales crepes de lima.

En todos aquellos años dirigiendo obras, Rizos nunca había recibido una llamada como la de Chuck Muckle tras la aparición de la noticia en los periódicos. Nunca antes el vicepresidente de una compañía le había soltado una reprimenda ininterrumpida de quince minutos.

—¡Oiga, no ha sido culpa mía! —lo interrumpió al final Rizos—. ¡No he sido yo quien se ha quedado dormido durante la jornada laboral, sino el policía!

Chuck Muckle le aconsejó que se dejara de lloriqueos y se portara como un hombre.

—Usted es el director de la obra, ¿no, señor Branitt?

—Sí, pero…

—Muy bien, pues si vuelve a suceder algo parecido será un director de obra en paro. Mamá Paula es una sociedad cotizada en bolsa y tiene una reputación mundial que hay que proteger. Este tipo de publicidad no beneficia nuestra imagen, ¿lo entiende?

—Claro —dijo Rizos, aunque en realidad no lo entendía. A la gente que le gustan las crepes no le preocupaba lo que pudiera haberle ocurrido al coche de policía, ni siquiera que hubiera caimanes en las cabinas sanitarias portátiles. En cuanto el local abriera, se olvidarían todos los incidentes.

Sin embargo, Chuck Muckle no estaba de humor para razonar.

—Escuche con atención, señor Branitt. Todo este sinsentido se va a terminar. En cuanto cuelgue el teléfono va a ir a alquilar los perrazos más sanguinarios que encuentre. Los mejores son los rottweilers, pero unos doberman bastarán.

—Sí, señor.

—¿Han conseguido por lo menos desbrozar el terreno?

—Está lloviendo —se justificó Rizos—. Y se espera que siga lloviendo toda la semana. —Pensó que Chuck Muckle encontraría alguna forma de culparlo también del mal tiempo.

—Es increíble —se quejó el vicepresidente—. No quiero más retrasos, ¿me oye? Ya está bien.

El plan era limpiar el terreno antes de invitar a los VIP y a los medios de comunicación a la ceremonia oficial de inauguración del movimiento de tierras. El punto culminante iba a consistir en la presencia especial de la mujer que representaba la imagen de Mamá Paula en los anuncios y espacios publicitarios televisivos.

Se llamaba Kimberly Lou Dixon y había sido finalista en el concurso Miss América en 1987 y 1988. Luego se convirtió en actriz, aunque Rizos no recordaba haberla visto en ninguna parte excepto en los anuncios de la crepería. La vestían con un delantal de algodón estampado, le ponían una peluca gris y gafas para que pareciera una ancianita.

—Permítame que le explique por qué vamos a despedirlo si este proyecto vuelve a interrumpirse —le explicó Chuck Muckle a Rizos—. Las oportunidades de contar con la disponibilidad de la señorita Dixon son muy limitadas. Dentro de unas cuantas semanas debe empezar a filmar una gran producción.

—No me diga. ¿Cómo se llama la película? —Rizos y su esposa eran muy aficionados al cine.

—*Invasores Mutantes de Júpiter VII* —le dijo Chuck Muckle—. El problema es el siguiente, señor Branitt: si el movimiento de tierras se retrasa, la señorita Kimberly Lou Dixon no podrá asistir. Estará de camino hacia Las Cruces, en Nuevo México, preparándose para su papel de reina de los saltamontes mutantes.

¡Vaya!, pensó Branitt, ¡va a hacer de reina!

—Sin la presencia de la señorita Dixon, el acto no tendrá el mismo efecto publicitario. Ella es la imagen de la compañía, señor Branitt. Es nuestra Aunt Jemima, nuestra Betty Crocker, nuestra…

—¿Tony la Tigresa? —aventuró Rizos.

—Celebro que comprenda cuánto está en juego.

—Por supuesto, señor Muckle.

—Estupendo. Si todo va bien, usted y yo no tendremos que volver a hablar. Eso estaría bien, ¿no?

—Claro, señor —convino Rizos.

Lo primero que hubo que hacer fue construir una valla de tela metálica alrededor del solar. No había sido fácil encontrar quien trabajara en plena lluvia, pero al final Rizos había dado con un equipo de Bonita Springs. La valla ya estaba terminada y solo quedaba esperar a que llegara el amaestrador de perros guardianes.

Rizos estaba un poco nervioso. No era amante de los perros. De hecho, él y su esposa nunca habían tenido animales domésticos, exceptuando el gato callejero que dormía de vez en cuando en el porche trasero. Ni siquiera le habían puesto nombre, y a Rizos ya le estaba bien así. Con los seres humanos, tenía más que suficiente.

A las cuatro y media, un camión de color rojo cuyo remolque estaba cubierto con un toldo se acercó hasta la caseta de obra. Rizos se echó un poncho amarillo sobre la calva reluciente y salió en medio de la llovizna incesante.

El amaestrador resultó ser un hombre fornido, con bigote, que se presentó como Kalo. Tenía acento extranjero, el mismo de los soldados alemanes de las películas de la Segunda Guerra Mundial. Rizos oía los ladridos feroces de los perros bajo el toldo, que hacían fuerza contra la puerta trasera del remolque.

—Se va a casa ya, ¿no? —dijo Kalo.

Rizos echó un vistazo a su reloj de pulsera y asintió.

—Ya cerrarré yo la valla y vendrré mañana temprrano para rrecoger a los perros.

—Muy bien —dijo Rizos.

—Si ocurre algo, me llama. No toque a los perros —le advirtió Kalo—. No les diga nada y no les dé de comerr. Es importante, ¿eh?

—Sí, sí —Rizos estaba más que contento de apartarse de las bestias. Marcha atrás, condujo la furgoneta fuera del solar y bajó para cerrar la puerta.

Kalo le dijo adiós con la mano amablemente y liberó a los perros. Todos eran sumamente grandes y todos, rottweilers. Se dispersaron trotando a lo largo de la valla, pisoteando los charcos con estrépito. Al llegar a la puerta, los cuatro se levantaron sobre las patas traseras apoyándose en la valla, gruñendo y chasqueando la mandíbula ante Rizos, que estaba al otro lado.

Kalo salió corriendo y empezó a gritar dando órdenes en alemán. Al instante, los rottweilers dejaron de ladrar y se dejaron caer en posición de asiento, con las orejas negras levantadas en señal de atención.

—Quizá serrá mejorr que se vaya —le dijo a Rizos.

—¿Tienen nombre?

—Clarro. Ese de ahí es Max. Y este, Klaus. Aquel es Karl. Y este tan grande es Pookie Face.

—¿Pookie Face? —se extrañó Rizos.

—Es mi querridísimo pequeño. Lo trraje yo mismo desde Munich.

—¿Estarán bien a pesar de la lluvia?

Kalo sonrió.

—Estarrían bien aunque hubierra un hurracán. Váyase ya a casa, no se prreocupe. Los perros darrán cuenta de su prroblema.

Mientras caminaba de vuelta a la furgoneta, Rizos vio que los rottweilers observaban cada movimiento suyo. Jadeaban ligeramente y tenían el hocico salpicado de baba espumosa.

Rizos pensó que por fin iba a disfrutar de una noche de sueño decente.

Los gamberros no tenían nada que hacer ante más de doscientos kilos de carne de perro sanguinario.

Tendrían que estar mal de la cabeza para saltar la valla, pensó Rizos. Locos de remate.

A la mañana siguiente, la madre de Roy se ofreció a llevarlo hasta el autocar, de camino a su clase de yoga. Roy se lo agradeció, pero no quiso. La lluvia por fin había cesado y tenía ganas de caminar.

Soplaba una brisa fresca procedente de la bahía y el aire de intenso aroma salado sabía muy bien. Las gaviotas volaban en círculo mientras dos águilas pescadoras se daban el pico en un nido hecho en lo alto de un poste de cemento. En el suelo, en la base del poste, había huesos de salmonete que los pájaros habían dejado limpios antes de desecharlos.

Roy se detuvo a examinar los huesos de pez. Luego dio un paso atrás y observó a las águilas, cuyas cabezas apenas sobresalían del nido. Diría que una era más grande que la otra; la madre, con toda probabilidad, que enseñaba a sus pequeños a pescar.

En Montana, las águilas pescadoras vivían en los álamos que se extendían a lo largo de los inmensos ríos en los que se zambullían a la captura de truchas y pescado blanco. Para Roy había resultado una grata sorpresa que en Florida también hubiera águilas pescadoras. Era algo extraordinario que pájaros de la misma especie fueran capaces de vivir en dos lugares tan lejanos y tan distintos en todo.

Si ellos podían, Roy pensó que tal vez él también fuera capaz.

Se quedó tanto tiempo paseando mientras contemplaba el nido que estuvo a punto de perder el autocar. En la última manzana, tuvo que echarse a correr para alcanzarlo antes de que arrancara y fue el último en subir.

Curiosamente, los otros chicos dejaron de hablar mientras

Roy recorría el pasillo. Al sentarse, la chica que había al lado de la ventanilla se levantó de repente y cambió de asiento.

Roy tuvo un mal presentimiento, pero no quiso volverse a comprobar si estaba en lo cierto. Agachó la cabeza y fingió concentrarse en su cómic.

Oyó cómo los chicos que se sentaban detrás cuchicheaban y, enseguida, recogieron presurosos libros y mochilas. Desaparecieron en un abrir y cerrar de ojos y Roy notó la presencia de alguien más corpulento que trataba de pasar desapercibido.

—Hola, Dana —dijo, volviéndose poco a poco en su asiento.

—Hola, vaquera.

Después de una semana, Dana Matherson aún tenía la nariz algo roja e hinchada. Pero, decididamente, no le salía de en medio de la frente como aseguraba Garrett. Lo único que sobresaltaba del aspecto de Dana era su labio superior, grueso y rugoso, que no estaba así cuando Roy le entregó la carta en la puerta de su casa. El chico se preguntaba si su madre le habría reventado los morros.

La nueva herida hacía que aquel zoquete ceceara de forma desconcertante.

—Tzu y yo tenemoz cuentaz pendientez, Eberhardt.

—¿Qué clase de cuentas? —le preguntó Roy—. Te presenté mis disculpas y estamos en paz.

Pero Dana dando un gran golpe le estampó su mano sudorosa en la cara.

—Aún noz falta mucho para eztar en paz.

Roy no pudo hablar porque tenía la boca tapada, aunque tampoco tenía mucho que decir. Trató de mirar entre los dedos rechonchos de Dana, que apestaban a tabaco.

—Vaz a lamentar haberte metido conmigo —gruñó Dana—. Voy a zer tu peor pezadilla.

El autocar se detuvo de repente. Dana se apresuró a retirar la manaza del rostro de Roy y se guardó las manos en los bolsillos con gesto remilgado, no fuera a ser que el conductor lo estuviera mirando por el retrovisor. Se subieron tres chicos que iban al mismo curso que Roy y, al ver a Dana, trataron prudentes de conseguir asientos en la parte delantera.

En cuanto el autocar se puso en marcha, Dana volvió a aferrar a Roy que tranquilamente le apartó el brazo de un golpe. Dana se tambaleó hacia atrás y se lo quedó mirando incrédulo.

—¿Es que ni siquiera has leído la carta? —le preguntó Roy—. No ocurrirá nada si me dejas tranquilo.

—¿Me haz dado un golpe? ¿Me haz golpeado en el brazo?

—Eso parece.

Dana abrió mucho los ojos.

—¿Cómo dizez?

—Digo que tienes que ir a que te revisen el oído, amigo, y el coeficiente intelectual.

Roy no sabía muy bien por qué se enfrentaba con un chico tan violento. No es que le gustara que le dieran palizas, pero la otra opción era agachar la cabeza y suplicar, y no podía rebajarse a hacer eso.

Cada vez que los Eberhardt se trasladaban de un sitio a otro, Roy se encontraba con una nueva pandilla de gansos bravucones. Si se ponía en su sitio, normalmente se hacían atrás o buscaban a otro a quien fastidiar. Pero de todas formas, insultarlos era arriesgado.

Roy vio que dos de los amigos cabezones de Dana contemplaban la escena desde el fondo del autocar. Aquello quería decir que Dana se sentiría obligado a demostrar lo hombre que era.

—Venga, pégame —le espetó Roy.

—¿Qué?

—Hazlo. Desahógate.

—Estás como una cabra, Eberhardt.

—Y tú eres más tonto que un saco de patatas, Matherson.

Aquello fue la gota que colmó el vaso. Dana se abalanzó por encima del asiento y le dio a Roy un golpe en la sien.

Tras incorporarse, Roy dijo:

—¿Qué? ¿Mejor así?

—¡Me importa un bledo! —exclamó Dana.

—Muy bien. —Roy se dio la vuelta y abrió su cómic.

Dana le dio otro manotazo. Roy se cayó de lado en el asiento. Dana se rió cruelmente y les gritó algo a sus compinches.

Roy se incorporó en el asiento. Le dolía mucho el golpe, pero no quería que nadie lo supiera. Con toda tranquilidad, recogió su cómic del suelo y se lo puso sobre las rodillas.

Esta vez Dana le dio con la otra mano, igual de rechoncha y sudorosa. Al caer, Roy dejó escapar un grito involuntario que resultó ahogado por el fuerte chirrido de los frenos del autocar.

Por un momento, Roy albergó la esperanza de que el conductor se hubiera dado cuenta de lo ocurrido y fuera a apartarse de la carretera para intervenir. Pero por desgracia aquel no era el caso. El conductor estaba más ajeno que nunca al mal comportamiento de Dana. Lo que ocurría era que el autocar había llegado a la siguiente parada.

Mientras otra fila de chicos subía, Dana recobró la compostura como si fuera un ciudadano ejemplar. Roy bajó la mirada y la fijó en el cómic. Sabía que la agresión iba a reanudarse en cuanto el autocar se pusiera en marcha y, resignado, se preparó para el siguiente golpe.

Pero aquel no llegó.

Durante varias manzanas, Roy se mantuvo sentado, tieso

como un poste, esperando que Dana volviera a golpearlo. Al final la curiosidad pudo más que él y volvió la cabeza hacia la izquierda para mirar.

¡No podía creerlo! Dana se había dejado caer sobre la ventanilla con expresión agria. Uno de los chicos que había subido al autocar en la última parada, había sido lo suficientemente valiente para sentarse al lado de aquel matón y le había estropeado su diversión secreta.

—¿Qué miras? —le espetó a Roy el recién llegado.

A pesar de su tremendo dolor de cabeza, Roy no pudo contener una sonrisa.

—Hola, Beatrice —dijo.

NUEVE

La escuela era un tormento. Cada vez que Roy entraba a una de sus clases, los otros chicos dejaban lo que estaban haciendo y se lo quedaban mirando. Parecían sorprendidos de que siguiera vivo y conservara todos los miembros intactos.

Después de la clase de álgebra, Roy oyó en el pasillo tras de sí un tremendo pedo falso. Era Garrett. Aferró a Roy por la manga de la camisa y lo llevó a un lavabo.

—Pareces mareado. Debes irte a casa enseguida —le advirtió Garrett.

—Me encuentro bien —dijo Roy, pero no era cierto. Seguía con dolor de cabeza debido al puñetazo que le había dado Dana en el autocar.

—Haz el favor de escucharme —le ordenó Garrett—. Me da igual cómo te parezca que te encuentras. Estás mal, muy mal, ¿de acuerdo? Tienes que llamar a tu madre y largarte a casa.

—¿Qué has oído?

—Que te esperará a la salida.

—Pues que espere —dijo Roy.

Garrett arrastró a Roy hasta uno de los lavabos y cerró la puerta por dentro.

—Esto es tan lamentable —se quejó Roy.

Garrett se llevó el dedo a los labios.

—Conozco a un chico que va con Dana a clase de gimnasia —susurró nervioso—. Dice que Dana va a pillarte antes de que cojas el autocar de vuelta.

—¿Aquí en la escuela? ¿Cómo? —se extrañó Roy.

—Mira, yo de ti no me quedaría para averiguarlo. Oye, no me habías contado que tú también le diste lo suyo.

—No fui yo. Lo siento. —Roy descorrió el pestillo y empujó ligeramente a su amigo para hacerlo salir.

—¿Qué piensas hacer? —le gritó Garrett por encima de la puerta.

—Mear.

—Me refiero a quien tú ya sabes.

—Ya se me ocurrirá algo.

Sin embargo, ¿el qué? Aunque Roy lograra librarse de él aquella tarde, el drama volvería a empezar el lunes. Dana reanudaría la persecución y Roy tendría que ingeniar otro plan de huida. Y así cada día hasta que finalizara el curso en junio.

Roy tenía otras opciones, aunque ninguna demasiado atractiva. Si se chivaba a la señorita Hennepin, lo único que haría sería llamarlo a su despacho y clavarle un gran sermón. Y Dana se lo tomaría a pitorreo. ¿Quién se tomaría en serio a una subdirectora con un pelo tieso en el bigote?

Si se lo decía a sus padres, se asustarían y lo sacarían de Trace Middle. Así, acabaría en alguna escuela privada en la que le obligarían a llevar cada día el mismo uniforme estúpido y, según Garrett, a aprender latín.

La tercera opción era intentar disculparse de nuevo con Dana, pero esta vez intentando aparentar remordimiento y sinceridad. Eso no solo representaba una humillación, sino que con toda probabilidad no surtiría el efecto deseado. Dana arremetería contra él sin piedad.

La última posibilidad era hacerle frente. Roy era un chico práctico; sabía que los bravucones tenían las de ganar. Él tenía a su favor la rapidez de movimientos y la agilidad mental, pero Dana era lo suficientemente corpulento para aplastarlo como quien pisa uva.

Roy recordaba una conversación con su padre acerca de las peleas.

—Es importante saber resistir lo que uno debe —le había dicho el señor Eberhardt—, pero a veces la diferencia entre la valentía y la estupidez es muy sutil.

Roy sospechaba que enfrentarse a Dana Matherson pertenecía a la segunda categoría.

Aunque le disgustaba la perspectiva de que le molieran los huesos, lo que más le preocupaba era el daño que aquello podría hacerle a su madre. Tenía muy presente que era hijo único y sabía que el hecho de que le ocurriera algo malo la destrozaría.

Roy había estado a punto de tener una hermana pequeña, pero se suponía que él no sabía nada acerca de ello. Su madre albergó al bebé en su vientre durante cinco meses y luego, una noche, se puso muy enferma y se la llevaron al hospital en una ambulancia. Cuando pocos días después volvió a casa, el bebé ya no estaba y nadie explicó por qué. Roy tan solo tenía cuatro años y al ver a sus padres tan disgustados no se atrevió a preguntar nada. Unos años más tarde, un primo mayor le explicó lo que era un aborto y le confesó que su madre había perdido una niña.

Desde entonces, siempre había procurado evitar a sus padres preocupaciones innecesarias. Así, cuando iba a caballo, o cuando montaba en bicicleta, o hacía snowboard, se abstenía de realizar las acciones alocadas o temerarias propias de los chicos de su edad; no porque temiera por su seguridad, sino porque lo creía su obligación como buen hijo único.

Y a pesar de todo, allí estaba aquella mañana en el autocar de la escuela, insultando al bravucón cabeza de chorlito que ahora tenía pendiente un ajuste de cuentas mortal con él. A veces Roy no sabía lo que le ocurría. A veces era demasiado orgulloso para sus posibilidades.

La última clase del día era historia de América. Tras sonar el timbre, Roy aguardó a que los demás alumnos salieran delante de él. Entonces, con mucha precaución, se aventuró a salir al pasillo. Ni rastro de Dana Matherson.

—¿Ocurre algo, Roy?

Era el señor Ryan, el profesor de historia, de pie detrás de él.

—No, no pasa nada —le respondió Roy en tono jovial mientras salía del aula. El señor Ryan cerró la puerta tras de sí—. ¿Se va a casa? —le preguntó.

—Ya me gustaría. Pero tengo que corregir exámenes.

Roy no conocía demasiado al señor Ryan, pero caminó a su lado todo el rato hasta llegar a la sala de profesores. Trataba de conversar y aparentar normalidad mientras vigilaba continuamente la retaguardia por si acechaba Dana.

El señor Ryan había jugado a fútbol americano en la facultad y seguía siendo igual de corpulento, así que Roy se sentía a salvo. Era casi como caminar al lado de su padre.

—¿Coges el autocar para volver a casa? —le preguntó el profesor.

—Claro —le respondió Roy.

—¿Y la recogida no es al otro lado de la escuela?

—Bueno, así hago ejercicio.

103

Al llegar a la puerta de la sala de profesores, el señor Ryan le dijo:

—No te olvides de que el lunes tenéis el examen.

—Ya. Sobre la guerra de 1812. Me lo sé todo.

—¿Sí? ¿Quién ganó la batalla del lago Erie?

—El comodoro Perry.

—¿Cuál? ¿Oliver o Matthew?

Roy decidió uno al azar.

—¿Matthew?

El señor Ryan le guiñó un ojo.

—Estudia un poco más —dijo—, pero disfruta del fin de semana.

Luego, Roy se quedó solo en el vestíbulo. Era increíble lo poco que tardaban las escuelas en vaciarse tras sonar el timbre, como si alguien le quitara el tapón a una gran piscina. Roy prestó atención por si oía pasos, pasos solapados. Pero lo único que pudo oír fue el tictac del reloj colgado sobre la puerta del laboratorio.

Se dio cuenta de que tenía solo cuatro minutos para llegar donde esperaban los autobuses, pero no le preocupó porque ya tenía previsto tomar un atajo pasando por el gimnasio. Pretendía llegar al autocar de los últimos, así podría ocupar uno de los asientos libres de delante y bajarse rápidamente en su parada. Dana y sus compinches siempre se sentaban en las últimas filas y rara vez se metían con los chicos que se encontraban cerca del conductor.

El señor Kesey se daría cuenta, pensó Roy.

Atravesó corriendo el vestíbulo, giró a la derecha y se dirigió a la puerta de doble hoja que era la entrada de atrás del gimnasio. Casi lo había conseguido.

—Vamos a ser muy claros con respecto a esto, señor Branitt. ¿No lo ha denunciado a la policía?

—No, señor —dijo Rizos categóricamente a través del auricular.

—Así que no debe existir ningún informe, ¿verdad? No hay forma de que este último numerito aparezca en los periódicos.

—No que yo sepa, señor Muckle.

Para Rizos aquel había representado otro día largo y desalentador. El sol por fin había aparecido entre las nubes, pero después de aquello todo había ido de mal en peor. El solar seguía sin limpiar, con toda la maquinaria para mover las tierras sin utilizar.

Rizos había aguardado al máximo antes de telefonear a la central de Mamá Paula.

—¿Es esta su idea de una broma pesada? —le preguntó con ironía Chuck Muckle.

—No es ninguna broma.

—Vuelva a contármelo, señor Branitt. Hasta el último detalle lamentable.

Rizos lo repitió todo, desde su llegada temprano al solar por la mañana. La primera señal de mal agüero había sido Kalo, que agitaba un paraguas rojo destrozado mientras perseguía a los cuatro perros por toda la parcela. Gritaba histéricamente en alemán.

Como no quería que los perros lo atacaran (ni que Kalo lo golpeara con el paraguas), Rizos se había quedado fuera, contemplando aquello atónito. Una patrulla de la policía de Coconut Cove se había acercado a investigar. Se trataba del agente Delinko, el mismo que se había quedado dormido mientras «vigilaba» el lugar de la obra. Por su culpa, el episodio del espray de pintura había salido en los periódicos y había puesto a Rizos en una mala situación con respecto a Mamá Paula.

—Iba de camino a la jefatura y vi el alboroto —había explicado el agente, levantando la voz por encima de los ladridos de los rottweilers—. ¿Qué es lo que les pasa a esos perros?

—Nada —le había dicho Rizos—. Forma parte del adiestramiento.

El policía se lo tragó y se alejó con el coche, para gran alivio de Rizos. Una vez los rottweilers estuvieron bien atados con correas, Kalo los había hecho entrar en el camión y había cerrado la puerta con llave. Furioso, se había vuelto hacia Rizos moviendo el paraguas como si pinchara el aire.

—¡Usted! ¡Usted trrata de carrgarrse a los perros!

Kalo había abierto la portezuela de reja y arremetía contra Rizos, que se preguntaba si debería coger una piedra y utilizarla de escudo. Kalo estaba empapado de sudor y tenía las venas del cuello inflamadas.

—¡Serrpientes! —había escupido la palabra.

—¿Qué serpientes?

—¡Bah! ¡Ya sabe qué serrpientes! Este lugarr está lleno. ¡Son venenosas! —Hizo un gesto de serpenteo con el dedo meñique—. Serrpientes venenosas de cola rrefulgente.

—No se ofenda, pero está como una cabra. —Rizos no había visto nunca ninguna serpiente en la obra de Mamá Paula, si no se acordaría. Las serpientes lo sacaban de quicio.

—¿Como una cabrra? —Kalo lo agarró por un brazo y se lo llevó al remolque que le servía de caseta. Allí, enroscada cómodamente en el segundo escalón, había un ejemplar grueso y moteado que Rizos reconoció. Era una mocasín de agua, muy común en el sur de Florida.

Kalo tenía razón. Era en verdad venenosa. Y su cola refulgía.

Rizos retrocedió.

—Creo que ha exagerado un poco —le dijo a Kalo.

—¿De verrdad?

El amaestrador de perros lo llevó entonces hasta la valla metálica para mostrarle otra serpiente mocasín, y otra, y otra más… Nueve en total. Rizos se quedó estupefacto.

—¿Y ahorra qué crree? ¿Kalo está como una cabrra?

—No me lo explico —admitió Rizos con voz trémula—. A lo mejor la lluvia las ha hecho salir del pantano.

—Clarro.

—Escuche, yo…

—No. Es usted quien va a escucharrme. Cada uno de estos perros vale mil dólares. Hay doce mil pavos ladrrando en este camión. ¿Qué pasa? Si al perro le pica la serrpiente, el perro se muerre, ¿sabe?

—No sabía nada de las serpientes, le juro…

—Es un milagrro que los perros estén bien. Pookie Face, ¡esa serrpiente se le ha acerrcado mucho! —Kalo indicó una distancia aproximada de un metro—. La he aparrtado con el parraguas.

Justo entonces, Kalo posó el pie en un nido de búho y se torció el tobillo. No quiso aceptar la ayuda de Rizos y se fue cojeando hasta el camión.

—Me voy. No me vuelva a llamarr. —Estaba que echaba chispas.

—Escuche, ya le he dicho que lo sentía mucho. ¿Cuánto le debo?

—Le enviarré dos facturras. Una porr los perros y otrra porr mi pierrna.

—Vamos.

—Bueno, puede serr que no. Puede serr que hable con mi abogado. —Los ojos claros de Kalo brillaban—. Quizá no pueda volverr a amaestrrarr perros, con lo que me duele la pierrna. Quizá me considerren, cómo lo llaman, ¡discapacitado!

—Por el amor de Dios.

—Mamá Paula es una emprresa muy grrande. Tiene mucho dinerro, ¿verrdad?

En cuanto Kalo se hubo alejado sin dejar de gritar, Rizos se dirigió con cautela hasta la caseta. La serpiente mocasín ya no estaba en el escalón a pleno sol, pero Rizos no se arriesgó. Tomó una escalera de mano y se coló por la ventana.

Por suerte, se había guardado el número de teléfono del amaestrador de reptiles que había conseguido sacar a los caimanes de los lavabos. El tipo estaba ocupado con un asunto de iguanas, pero su secretaria le prometió que se acercaría al solar en cuanto pudiera.

Rizos se refugió en la caseta durante tres horas por lo menos, hasta que el amaestrador de reptiles cruzó la puerta del solar. Armado tan solo con una funda de almohada y un palo de golf, el tipo recorrió la propiedad en busca de serpientes mocasín de cola refulgente.

Sorprendentemente, no encontró ninguna.

—¡No es posible! —exclamó Rizos—. Estaban aquí esta mañana.

El amaestrador de reptiles se encogió de hombros.

—Las serpientes son imprevisibles. Quién sabe dónde se han metido.

—Eso no es lo que quiero oír.

—¿Está seguro de que eran serpientes mocasín? Nunca he visto ninguna de cola brillante.

—Gracias por su ayuda —concluyó Rizos con ironía, y cerró la puerta de la caseta de golpe.

En aquel momento era él quien era objeto de sarcasmo malicioso.

—Quizá pueda adiestrar a las serpientes para que protejan

la propiedad —le decía Chuck Muckle—, ya que los perros no han servido.

—No lo encuentro nada divertido.

—Tiene razón, señor Branitt. No tiene nada de divertido.

—Las serpientes mocasín pueden matar a una persona —le aseguró Rizos.

—Claro. ¿Y a una excavadora también?

—Bueno… No creo.

—¿Y entonces a qué espera?

Rizos suspiró.

—De acuerdo, el lunes a primera hora.

—Música para mis oídos —exageró Chuck Muckle.

El cuarto del conserje apestaba a lejía y productos de limpieza. Dentro estaba oscuro como si fuera de noche.

Dana Matherson lo había enganchado mientras atravesaba el gimnasio, lo había obligado a meterse en el cuarto y había cerrado la puerta de golpe tras de sí. Pero Roy, con agilidad, se había librado de sus garras y en ese momento se acurrucaba en el suelo atestado mientras Dana tropezaba con todo y daba puñetazos a ciegas.

Arrastrando el trasero, Roy se acercó hasta una rendija de luz que supuso que entraba a través de alguna grieta en la puerta. Procedente de algún lugar cercano, se oyó un porrazo seguido de un grito de dolor… Dana debía haberle dado un violento golpe a un cubo de aluminio.

Roy consiguió localizar la maneta de la puerta en la oscuridad. Abrió la puerta de par en par y salió de allí. Solo se había asomado al vestíbulo cuando Dana volvió a alcanzarlo. Arrastraba las yemas de los dedos por el suelo de linóleo mientras retrocedía y de nuevo la puerta se cerró tras sus gritos de socorro.

Mientras Dana lo tiraba al suelo, Roy buscaba a tientas desesperado algo con lo que defenderse. Con la mano derecha, alcanzó lo que parecía el mango de una escoba de madera.

—Ya te tengo, vaquera —le susurró Dana con voz ronca.

Aprisionó a Roy entre sus brazos de manera que el aire le salía de los pulmones como si fuera un acordeón. Tenía los brazos inmóviles pegados al cuerpo y las piernas le colgaban lánguidas cual muñeca de trapo.

—¿No zientez ahora haberte metido conmigo? —se regodeó Dana.

Al marearse, el mango de la escoba se le escurrió entre los dedos y tenía metido en los oídos un sonido como de olas al romper. El apretón de Dana lo estaba asfixiando, pero se dio cuenta de que todavía podía mover las piernas. Con toda la fuerza que le quedaba, empezó a agitar los pies.

Durante unos instantes, no ocurrió nada. Entonces, Roy se sintió caer. Aterrizó en el suelo boca arriba, así que la mochila salvó el impacto. Estaba demasiado oscuro para ver nada, pero Roy dedujo por los gimoteos de Dana que se había hecho daño en alguna parte sensible.

Roy sabía que tenía que moverse con cuidado. Trató de rodar por el suelo, pero estaba muy débil y casi sin respiración debido al abrazo brutal. Así que yacía sin esperanza, como una tortuga patas arriba.

Al oír los bramidos de Dana, Roy cerró los ojos y se preparó para lo peor. El bravucón se le echó encima y le rodeó el cuello con sus manazas.

Ya está, pensó Roy. Este ganso me mata.

Roy notó cómo las lágrimas le rodaban por las mejillas.

Lo siento mamá. Quizá papá y tú podáis volver a intentarlo…

De súbito, la puerta del cuarto se abrió y el peso que le aplastaba el pecho se esfumó. Abrió los ojos justo cuando se llevaban a Dana Matherson, este agitando los brazos y con expresión pasmada en su rostro chato.

Roy permaneció en el suelo, recuperando la respiración y tratando de averiguar qué había ocurrido. Quizá el señor Ryan hubiera oído el jaleo de la pelea. Era lo suficientemente fuerte como para levantar a Dana a peso, como si fuera una bala de alfalfa.

Enseguida se incorporó y se puso de pie. Buscó a tientas el interruptor y recuperó el mango de escoba, por si acaso. Cuando asomó la cabeza al exterior, el vestíbulo estaba desierto.

Roy soltó el mango de escoba y se dirigió como una centella a la salida más cercana. Esta vez casi lo consigue.

Diez

—He perdido el autocar —se quejó Roy.

—Vaya. Yo voy a perderme el entreno de fútbol —dijo Beatrice.

—¿Qué pasa con Dana?

—Sobrevivirá.

No había sido el señor Ryan el que había librado a Roy de una paliza en el cuarto; había sido Beatrice Leep. Había dejado a Dana Matherson en calzoncillos atado al poste de la bandera frente al edificio de administración de Trace Middle. Luego, Beatrice había «tomado prestada» una bicicleta, había sentado a Roy a la fuerza en el manillar y ahora se estaba dirigiendo a ritmo frenético hacia un destino desconocido.

Roy se preguntaba si aquello podía considerarse un secuestro, en términos legales. Debía haber alguna ley que prohibiera a un chico obligar a otro a salir del recinto escolar.

—¿Adónde vamos? —Esperaba que Beatrice ignorara su pregunta, tal como había hecho ya dos veces.

Pero aquella vez, contestó:

—A tu casa.

—¿Qué?

—Limítate a estar callado, ¿de acuerdo? No estoy de humor, vaquera.

Por el tono de voz, Roy sabía que estaba molesta.

—Necesito que me hagas un favor —le pidió—. Ahora mismo.

—Claro. Lo que quieras.

¿Qué otra cosa podía decir? Roy se aferraba a su preciada vida mientras Beatrice zigzagueaba a través de cruces atestados y colas de vehículos. Era muy buena ciclista, pero aun así estaba nervioso.

—Vendas y esparadrapo. Pegotes para evitar infecciones —dijo Beatrice—. ¿Tiene tu madre cosas de esas?

—Claro.

La madre de Roy tenía reservas suficientes para montar una mini enfermería.

—Muy bien. Todo lo que necesitamos es una excusa.

—¿Qué te llevas entre manos? ¿Por qué no coges las vendas de tu casa?

—No te importa.—Beatrice cerró el pico y se puso a pedalear más deprisa. Roy tuvo el presentimiento de que algo malo le había ocurrido al hermanastro de Beatrice, el chico que tanto corría.

La señora Eberhardt los recibió en la puerta.

—Me estaba empezando a preocupar, cariño. ¿Se ha retrasado el autocar? Vaya… ¿Quién es esta chica?

—Mamá, es Beatrice. Me ha acompañado.

—Encantada de conocerte, Beatrice. —La madre de Roy no lo decía solo por cortesía. Era obvio que estaba encantada de que Roy hubiera llevado a casa a una amiga, aunque fuera una mujerona.

—Vamos a ir a casa de Beatrice para acabar los deberes, ¿te parece bien?

—Podéis quedaros aquí a trabajar. La casa es muy tranquila...

—Es un experimento de ciencias —la atajó Beatrice—. Puede que armemos mucho jaleo.

Roy contuvo una sonrisa. Beatrice había captado a su madre a la perfección: la señora Eberhardt tenía la casa muy limpia. Frunció el entrecejo ante la idea de los vasos de precipitados llenos de potentes productos químicos efervescentes.

—¿No es peligroso? —preguntó.

—No, siempre llevamos guantes de goma —dijo Beatrice con convicción—. Y también gafas protectoras.

A Roy le resultó obvio que Beatrice tenía experiencia en el arte de contar mentirijillas a los adultos. La señora Eberhardt se lo tragó todo.

Mientras les preparaba algo de merendar, Roy se escapó de la cocina y se dirigió al cuarto de baño de sus padres. El botiquín de primeros auxilios estaba en el armario debajo del lavabo. Roy sacó una caja de gasas, un rollo de esparadrapo y un tubo de pomada antibiótica que parecía salsa barbacoa. Se lo metió todo en la mochila.

Cuando volvió a la cocina, Beatrice y su madre estaban charlando sentadas a la mesa, con un plato de galletas de manteca de cacahuete en medio. Beatrice tenía la boca llena y eso a Roy le pareció una garantía. Atraído por el dulce y cálido aroma, se estiró y cogió dos galletas de encima del montón.

—Vamos —decidió Beatrice, levantándose de la silla—. Tenemos mucho que hacer.

—Yo ya estoy —dijo Roy.

—Espera... ¿Sabes de qué nos hemos olvidado?

No tenía ni idea de a qué se refería Beatrice.

—No. ¿De qué?

—De la carne —dijo.

—¿Eh?

—Ya sabes. Para el experimento.

—Ah, claro —exclamó Roy siguiéndole la broma—. Es verdad.

Su madre picó enseguida.

—Cariño, tengo un kilo en la nevera. ¿Cuánta necesitáis?

Roy miró a Beatrice que sonrió con inocencia.

—Un kilo es más que suficiente, señora Eberhardt. Gracias.

La madre de Roy corrió a la nevera y sacó un paquete de carne picada.

—Pero ¿de qué va el experimento? —les preguntó.

Antes de que Roy pudiera responder, Beatrice dijo:

—Deterioro celular.

La señora Eberhardt arrugó la nariz, como si de verdad notara el olor a podrido.

—Es mejor que os larguéis de aquí —les aconsejó—, mientras la hamburguesa aún se mantenga fresca.

Beatrice Leep vivía con su padre, un ex jugador profesional de baloncesto que tenía las rodillas cascadas, barriga de bebedor de cerveza y ningún entusiasmo por el trabajo rutinario. León Látigo Leep había sido un buen defensa del Cleveland Cavaliers y del Miami Heat, pero tras doce años retirado de la NBA seguía sin saber a qué dedicaría el resto de su vida.

La madre de Beatrice no era una mujer impaciente, pero había acabado divorciándose de León para seguir su propia carrera como amaestradora de cacatúas en Parrot Jungle, una atracción turística de Miami. Beatrice había decidido quedarse con su padre, en parte porque tenía alergia a los loros y en parte porque dudaba que León lograra sobrevivir por sus propios medios. Se había vuelto como un vegetal.

Menos de dos años después de que la señora Leep lo dejara, León sorprendió a todo el mundo al comprometerse con una mujer que había conocido en una fiesta de profesionales y amateurs del mundo del golf. Lonna era una de las azafatas en traje de baño que se paseaba con un carrito eléctrico por todo el campo y servía cerveza y otras bebidas a los jugadores. Beatrice ni siquiera llegó a conocer el apellido de Lonna hasta el día de la boda. Fue ese mismo día cuando supo que iba a tener un hermanastro.

Lonna llegó a la iglesia arrastrando a un chico de expresión sombría y hombros huesudos, con el pelo a mechas por el sol y muy moreno. Tenía un aspecto miserable, incluso con abrigo y corbata, y no se quedó al banquete. En cuanto León le hubo puesto el anillo en el dedo a Lonna, el chico se quitó los relucientes zapatos negros y salió corriendo. Esta escena iba a convertirse en algo habitual en la historia de la familia Leep.

Lonna no se llevaba bien con su hijo y le estaba encima continuamente. A Beatrice le parecía que Lonna tenía miedo de que el comportamiento extravagante del chico molestara a su nuevo marido, a pesar de que León Leep parecía no percatarse. Alguna vez había hecho un intento poco entusiasta de establecer un vínculo afectivo con el chico, pero tenían muy poco en común. El chico no tenía ningún interés en las mayores pasiones de León (los deportes, la comida basura y la televisión por cable) y pasaba su tiempo libre vagando por bosques y pantanos. En cuanto a León, no era muy campestre y recelaba de todo animal que no llevara collar y placa de vacunación antirrábica.

116

Una noche, el hijo de Lonna llevó a casa a una cría de mapache que enseguida se dirigió a una de las zapatillas favoritas de piel de topo de León y se orinó en ella. León parecía más sorprendido que molesto, pero Lonna se puso hecha una furia.

Sin consultar con su marido, se lo montó para enviar a su hijo a una escuela militar privada, el primero de tantos intentos inútiles de enderezar al chico.

Rara vez duraba más de dos semanas antes de escaparse o ser expulsado. La última vez que aquello ocurrió, Lonna no le dijo nada a León a propósito. En su lugar, continuó haciendo ver que a su hijo le iba la mar de bien, que sacaba buenas notas y que su comportamiento estaba mejorando.

La verdad era que Lonna no sabía dónde paraba el chico y no tenía ninguna intención de buscarlo. Estaba «hasta el gorro del pequeño monstruo» o por lo menos eso le escuchó decir Beatrice por teléfono. En cuanto a León Leep, no mostró ni un ápice de curiosidad más allá de lo que su esposa le había contado acerca de su vástago díscolo. Ni siquiera se percató de que las facturas de la escuela dejaban de llegar.

Mucho antes de que su madre lo enviara fuera de casa por última vez, el chico y su hermanastra habían fraguado un plan secreto. Antes de volver a Coconut Cove, la única persona con la que el hijo de Lonna se había puesto en contacto había sido Beatrice. Ella estuvo de acuerdo en mantener en secreto su paradero, sabiendo que Lonna lo pondría en disposición del correccional de menores si lo descubría.

Aquella preocupación era la que había impulsado a Beatrice Leep a enfrentarse a Roy Eberhardt tras verle persiguiendo a su hermanastro por primera vez. Era lo que cualquier hermana mayor hubiera hecho.

Durante el trayecto en bicicleta, Beatrice le narró a Roy los suficientes episodios e historias de su familia como para que este entendiera que se trataba de una situación difícil. Y al ver las heridas de su hermanastro, supo por qué Beatrice había corrido en busca de ayuda tras encontrarlo gimiendo en el camión de helados de Jo-Jo.

Era la primera vez que a Roy se le había permitido ver al muchacho de cerca y cara a cara. El chico estaba tumbado con una caja de cartón arrugada a modo de almohada. Su pelo de mechas rubias estaba apelmazado por el sudor y tenía la frente caliente. Los ojos del chico desprendían una brillante mirada inquieta y directa que Roy nunca antes había observado.

—¿Te duele mucho? —le preguntó Roy.

—No.

—Mentiroso —le espetó Beatrice.

El muchacho tenía el brazo izquierdo hinchado y amoratado. Al principio, Roy pensó que se trataba de una picadura de serpiente y miró a su alrededor preocupado. Por suerte, la bolsa que contenía las serpientes no estaba a la vista.

—Me he pasado por aquí un momento esta mañana de camino al autocar y lo he encontrado así —le explicó Beatrice a Roy. Luego se dirigió a su hermanastro—: Vamos. Cuéntale a la vaquera lo que te ha ocurrido.

—Ha sido un perro. —El chico volvió el brazo y le mostró varias marcas rojas inflamadas en la piel.

Era una herida horrible, pero Roy las había visto peores. Una vez su padre lo había llevado a ver una actuación en la que un caballo presa de pánico le había mordido a un cómico durante la simulación de un rodeo. El hombre sangraba tanto que lo trasladaron de inmediato al hospital en helicóptero.

Roy abrió la cremallera de la mochila y sacó los productos farmacéuticos. Sabía un poco cómo tratar aquel tipo de heridas gracias a un curso de primeros auxilios al que había asistido durante un campamento de verano en Bozeman. Beatrice ya había limpiado el brazo de su hermanastro con soda, así que Roy aplicó pomada antibiótica en una gasa y se lo vendó fuertemente.

—Te han de poner la vacuna del tétano —dijo Roy.

Dedos de Salmonete negó con la cabeza.

—No pasa nada.

—¿Anda el perro aún por ahí?

El muchacho se volvió inquisitivo hacia Beatrice, que le dijo:

—Vamos, díselo.

—¿Seguro?

—Sí, es un buen tipo. —Dedicó una mirada escrutadora a Roy—. Además, me pertenece. Hoy casi lo espachurran en un cuartucho… ¿No es verdad, vaquera?

A Roy se le encendieron las mejillas.

—Eso no importa. ¿Qué hay del perro?

—En realidad, han sido cuatro —confesó Dedos de Salmonete—, que estaban tras una valla metálica.

—¿Y cómo te han mordido? —se interesó Roy.

—Se me quedó el brazo enganchado.

—¿Qué estabas haciendo?

—Poca cosa —le respondió el muchacho—. Beatrice, ¿has traído algo de carne?

—Sí. Nos la ha dado la madre de Roy.

El chico se incorporó.

—Entonces, larguémonos.

—No, te hace falta descansar —le aconsejó Roy.

—Luego. Vamos… Pronto empezarán a tener hambre.

Roy miró a Beatrice Leep, que no le dio ninguna explicación.

Siguiendo a Dedos de Salmonete bajaron la escalera del camión de helados y salieron al exterior en medio del depósito de chatarra.

—Os veo allí —dijo, y salió corriendo como una bala. Roy no alcanzaba a imaginarse su fortaleza física, teniendo en cuenta la herida tan dolorosa.

Al ver correr a Dedos de Salmonete, Roy comprobó con satisfacción que no iba descalzo; llevaba las zapatillas de deporte que Roy le había ofrecido unos días antes.

Beatrice se montó en la bicicleta y le señaló el manillar.

—Sube.

—Ni hablar —se negó Roy.

—No seas mastuerzo.

—Oye, no quiero saber nada de esto. No si va a hacerles daño a los perros.

—¿De qué hablas?

—¿No es para eso para lo que quiere la carne?

Roy pensaba que lo había entendido. Creía que el muchacho quería vengarse de los perros echando en la carne algo que les causara daño, quizá incluso veneno.

Beatrice se echó a reír y alzó los ojos.

—¡No está tan loco! Vámonos.

Al cabo de quince minutos, Roy se encontraba en la avenida East Oriole, a la altura del mismo remolque desde el que el director de obra lo había tratado a gritos pocos días antes. Eran casi las cinco y la parcela en construcción parecía desierta.

Roy se dio cuenta de que alrededor del solar habían montado una valla cerrada por una cadena. Recordó que el antipático del director de obra había amenazado con soltar a los fieros perros guardianes y supuso que eran los mismos que habían mordido a Dedos de Salmonete.

Roy se bajó de la bicicleta de un salto y le dijo a Beatrice:

—¿Tiene esto algo que ver con el coche de la poli que pintaron con espray?

Beatrice no dijo nada.

—¿Y con los caimanes de los lavabos? —volvió a preguntar Roy.

Ya sabía la respuesta, pero la expresión de Beatrice lo decía todo: Ocúpate de tus asuntos.

A pesar de la fiebre y la infección creciente, su hermanastro los había llevado hasta el solar de la crepería en construcción.

—Dame eso —dijo arrebatándole el paquete de carne de las manos a Roy.

Roy lo recuperó.

—No, hasta que me digas para qué lo quieres.

El muchacho miró a Beatrice en busca de ayuda, pero ella asintió.

—Suéltalo —le espetó—. Vamos, no tenemos todo el día.

Con el brazo herido colgando sin fuerza, Dedos de Salmonete trepó por un lado de la valla y bajó por el otro. Beatrice lo siguió, echando sus largas piernas por encima sin ningún esfuerzo.

—¿Qué esperas? —le gritó a Roy, que permanecía de pie al otro lado.

—¿Y los perros?

—Los perros hace mucho que se han ido —lo tranquilizó Dedos de Salmonete.

Más confundido que nunca, Roy saltó la valla. Siguió a Beatrice y a su hermanastro hasta una excavadora aparcada. Se apiñaron en la oscuridad de la pala, a salvo del campo de visión desde la carretera. Roy se sentó en medio, con Beatrice a su izquierda y Dedos de Salmonete a su derecha.

121

Roy guardaba el paquete de carne en el regazo y lo cubría con ambos brazos como un defensa de fútbol que protegiera un balón.

—¿Fuiste tú el que pintó el coche de la poli? —preguntó sin rodeos al muchacho.

Sin comentarios.

—¿Y el que metió los caimanes en los lavabos?

Dedos de Salmonete se limitó a mirar hacia delante, entrecerrando los ojos.

—No lo entiendo —insistió Roy—. ¿Por qué te dedicas a hacer locuras de esas? ¿A quién le importa que construyan aquí una estúpida crepería?

El chico volvió la cabeza de golpe y obsequió a Roy con una fría mirada.

Beatrice habló.

—A mi hermanastro le mordieron los perros porque se le enganchó el brazo al tratar de meterlo por la valla. Ahora pregúntame por qué metió el brazo.

—Muy bien. ¿Por qué? —le preguntó Roy.

—Liberaba serpientes.

—¿Las mismas serpientes del campo de golf? ¡Las mocasín! —exclamó Roy—. Pero ¿por qué? ¿Es que intentas matar a alguien?

Dedos de Salmonete sonrió divertido al saber lo absurdo de aquella pregunta.

—No podrían hacerle daño ni a una mosca. Les he vendado la boca con esparadrapo.

—Ya lo creo —desconfió Roy.

—Además, les he pegado purpurina en la cola, de manera que puedan ser vistas fácilmente.

Beatrice aseveró:

—Está diciendo la verdad, Eberhardt.

Y Roy había visto por sí mismo los destellos de la cola.

—Pero, bueno —dijo—, ¿cómo se puede vendar la boca a una serpiente?

—Con mucho cuidado —dijo Beatrice con una sonrisa seca.

—Bah, no es tan difícil —añadió Dedos de Salmonete—, siempre y cuando sepas lo que te llevas entre manos. Mira, no estaba intentando hacer daño a los perros... Solo fastidiarlos un poco.

—A los perros no les gustan las serpientes —le explicó Beatrice.

—Los ponen frenéticos. Ladran, aúllan y no paran de dar vueltas —continuó su hermanastro—. Sabía que el amaestrador se los llevaría de aquí enseguida en cuanto viera las serpientes. Los Rottweilers no son baratos.

Era el plan más descabellado que Roy había oído jamás.

—Con lo único que no contaba —confesó Dedos de Salmonete echando un vistazo a su brazo vendado— era con que me mordieran.

—Casi me da miedo preguntar —dijo Roy—, pero ¿qué les ha pasado a tus serpientes?

—Ah, están bien —lo informó el muchacho—. Volví a recogerlas y me las llevé a un lugar seguro. Y una vez allí las solté.

—Pero antes tuvo que quitarles la venda de la boca —dijo Beatrice con una risita.

—¡Basta! —Roy estaba completamente fuera de quicio—. No me contéis más.

Dedos de Salmonete y Beatrice lo miraron con total naturalidad. Roy tenía un montón de preguntas dando vueltas por la cabeza. Aquel par debía ser de otro planeta.

—¿Alguno de vosotros hará el favor de contarme qué tiene que ver todo esto con las crepes? —les pidió—. Quizá sea un poco obtuso, pero de verdad que no lo entiendo.

Con una mueca de dolor, el chico se frotó el brazo hinchado.

—Es muy sencillo, hombre —le dijo a Roy—. No pueden construir aquí un local de Mamá Paula por la misma razón que no pueden dejar sueltos a unos rottweilers enormes y sanguinarios.

—Enséñale por qué —animó Beatrice a su hermanastro.

—Vale. Dame la carne.

Roy le tendió el paquete. Dedos de Salmonete sacó la carne del envoltorio de plástico y separó con los dedos un trozo, que convirtió con precisión en seis pequeñas bolas perfectas.

—Sígueme —dijo—. Pero trata de guardar silencio.

El muchacho guió a Roy hasta un trozo de tierra cubierto de césped. Al lado de un orificio, Dedos de Salmonete puso dos bolas de carne.

Luego se dirigió hasta un orificio idéntico en el otro extremo del solar y allí dejó dos bolas más. Repitió el ritual en un último orificio en la esquina más alejada de la propiedad.

Roy echó un vistazo al oscuro interior de uno de los agujeros y preguntó:

—¿Qué hay ahí abajo?

En Montana, los únicos animales que cavaban túneles como aquellos eran los tejones y las ardillas de tierra, pero Roy estaba convencido de que en Florida no debía haber muchos de aquellos animales.

—Silencio —le ordenó el muchacho.

Roy lo siguió hasta la excavadora, donde Beatrice permanecía sentada en la pala, limpiando las gafas.

—¿Y bien? —le preguntó a Roy.

—Y bien, ¿qué?

Dedos de Salmonete le dio unos golpecitos en el brazo.

—Escucha.

Roy oyó un breve ululato de tono agudo. Luego, procedente de algún lugar del solar, llegó otro. El hermanastro de Beatrice se levantó con cuidado, se quitó sus nuevas zapatillas de deporte y empezó a avanzar con sigilo. Roy lo siguió de cerca.

El muchacho tenía la cara desencajada por la fiebre cuando indicó el momento de detenerse.

—¡Mira!

Señaló la primera madriguera.

—¡Hala! —exclamó Roy, con voz casi imperceptible.

Allí, junto al orificio y contemplando con curiosidad una de las bolas de carne, había un búho, el más pequeño que había visto jamás.

Dedos de Salmonete le dio una suave palmada en el hombro.

—Bueno… ¿Lo entiendes ahora?

—Sí —dijo Roy—. Ya lo entiendo.

Once

El agente David Delinko había convertido en un hábito el paso diario en coche patrulla por el solar de la obra cada mañana de camino a la comisaría, y por la tarde de vuelta a casa. A veces, llegaba a acercarse por la noche si salía a tomar algo; por suerte, había un local a pocas manzanas.

Hasta el momento, el policía no había observado nada extraordinario, excepto la escena de aquel mismo día: un hombre con cara de loco que agitaba un paraguas rojo y perseguía a varios perrazos negros por la propiedad. El director de obra había dicho que era un ejercicio de adiestramiento, nada por lo que alarmarse. Y el agente Delinko no tenía motivos para dudarlo.

A pesar de que tenía la esperanza de ser él quien capturara a los vándalos, el policía comprendía que la idea de construir una valla y poner perros guardianes era excelente. Seguro que aquello ahuyentaría a los posibles intrusos.

Aquella tarde, tras otras ocho aburridas horas de trabajo administrativo, el agente Delinko decidió dejarse caer una vez más por la obra de Mamá Paula. Quedaban dos horas de luz natural y estaba ansioso por ver a aquellos perros guardianes en acción.

Fue allí con la esperanza de presenciar un coro de ladridos frenéticos, pero en su lugar se percibía un extraño silencio. No se captaba ni rastro de los perros. Caminando alrededor del perímetro exterior de la valla, el policía empezó a dar palmadas y a gritar por si los animales estaban escondidos bajo el remolque de Rizos o dormitaban a la sombra de las excavadoras.

—¡Eh! —gritó el agente Delinko—. ¡Hola!

Nada.

Cogió un listón de madera y golpeó con él uno de los postes metálicos de la valla. De nuevo, solo silencio.

El agente Delinko volvió a la puerta y comprobó el candado, que estaba bien cerrado.

Probó de silbar, y esta vez obtuvo una respuesta inesperada: Uhu–uhu, uhu–uhu, uhu–uhu.

Estaba claro que no era un rottweiler.

El policía vislumbró un movimiento dentro del recinto y se esforzó por descubrir qué era. Al principio, pensó que se trataba de un conejo, debido a su color parduzco, pero de pronto se alzó del suelo y voló de un extremo a otro de la propiedad, para acabar aterrizando en la cuchara de una excavadora.

El agente Delinko sonrió. Era uno de aquellos pequeños búhos tozudos de los que Rizos se había quejado.

Pero ¿dónde estaban los perros?

El policía retrocedió y se rascó la barbilla. Al día siguiente se detendría junto al remolque y le preguntaría al director de obra qué estaba ocurriendo.

Al soplar una brisa cálida, el agente Delinko se percató de que algo se movía por encima de la valla. Se parecía a la cinta de alguna de las estacas de replanteo, pero no lo era. Se trataba de un jirón de tela verde.

El policía se preguntaba si el alambre le habría desgarrado la camisa a alguien al saltar la valla.

El agente Delinko se puso de puntillas, retiró el trozo de tela y se lo guardó con cuidado en un bolsillo. Luego, se montó en el coche patrulla y se dirigió hacia East Oriole.

—¡Más rápido! —gritó Beatrice Leep.

—No puedo. —Roy jadeaba mientras corría tras ella.

Beatrice iba montada en la bicicleta que había cogido del aparcamiento de Trace Middle. Dedos de Salmonete yacía desplomado sobre el manillar, apenas consciente. Se había mareado y se había caído de la valla cuando se daban prisa por salir de la parcela de la obra.

Roy pudo ver que el muchacho empeoraba por momentos debido a la mordedura de los perros. Necesitaba un médico de inmediato.

—No querrá ir —aseguró Beatrice.

—Entonces tenemos que decírselo a su madre.

—¡Ni hablar! —Y se puso a pedalear.

En aquel momento, Roy intentaba no perderla de vista. No sabía adónde llevaba Beatrice a su hermanastro, y tenía la sensación de que ella tampoco.

—¿Cómo está? —gritó Roy.

—No muy bien.

Roy oyó un coche y volvió la cabeza para mirar. Acercándose, tras ellos, apenas a dos manzanas, había una patrulla. Automáticamente, Roy dejó de seguir la pista y empezó a agitar los brazos en el aire. Todo en cuanto podía pensar era en llevar a Dedos de Salmonete al hospital lo antes posible.

—¡Qué haces! —le gritó Beatrice.

Roy oyó un traqueteo al caer la bicicleta al suelo. Se volvió y vio a Beatrice pedalear a toda pastilla, con su hermano colgando como un saco de patatas encima del hombro. Sin mirar atrás, pasó entre dos casas al final de la manzana y desapareció.

Roy se quedó paralizado en medio de la calle. Tenía que tomar una decisión importante, y rápido. Por un lado venía el coche de policía, por el otro sus dos amigos se alejaban deprisa...

Bueno, eran lo más parecido a un amigo que tenía en Coconut Cove.

Roy respiró hondo y corrió tras ellos. Oyó una bocina, pero siguió su marcha; esperaba que el policía no saliera del coche y lo atrapara. Roy no creía haber hecho nada malo, pero se preguntaba si podía meterse en un lío por ayudar a Dedos de Salmonete, un fugitivo del sistema escolar.

El chico solo trataba de hacerse cargo de unos búhos... ¿Cómo podía aquello ser un crimen?, pensó Roy.

Cinco minutos después, encontró a Beatrice Leep descansando a la sombra de un árbol de caoba en un patio ajeno. Su hermanastro reposaba la cabeza en su regazo, tenía los párpados entrecerrados y la frente brillante.

La profunda herida y el brazo hinchado se mostraban al descubierto, pues la venda (junto con una de las mangas de su camisa verde) se había quedado enganchada al caerse de la valla.

Beatrice le dio unas palmaditas en las mejillas y alzó los ojos para mirar a Roy con tristeza.

—¿Qué vamos a hacer, vaquera?

Rizos llevaba muy mal lo de los perros guardianes. Y aunque no le entusiasmaba la idea de pasarse las noches en el remolque, era la única manera segura de evitar que los delincuentes —o quien fuera que estuviera saboteando la obra— saltaran la valla e hicieran salvajadas.

Si el fin de semana ocurría algo que obligara a volver a retrasar el proyecto de construcción de Mamá Paula, Rizos sería despedido. Chuck Muckle había sido muy claro al respecto.

Cuando Rizos le dijo a su esposa que tenía que hacer guardias nocturnas, esta recibió la noticia sin ninguna muestra de enfado o preocupación. Su madre estaba de visita en la ciudad y las dos habían planeado juntas un montón de compras para el sábado y el domingo. No echarían de menos su encantadora presencia.

Rizos, molesto, metió en su neceser el hilo dental y el dentífrico, la maquinilla y el jabón de afeitar, y un frasco de aspirinas. Metió unas cuantas camisas limpias y ropa interior en una bolsa de viaje y cogió la almohada de su lado de la cama. Al salir por la puerta, su esposa le dio dos grandes bocadillos de atún, uno para la cena y el otro para el desayuno.

—Ten cuidado por ahí fuera, Leroy —le recomendó.

—Sí, claro.

En cuanto volvió a la obra, Rizos cerró con llave la verja tras de sí y subió el alto escalón para ponerse a salvo en el remolque. Había estado toda la tarde preocupado por aquellas escurridizas serpientes mocasín, preguntándose por qué el amaestrador de reptiles no había sido capaz de encontrarlas.

¿Cómo podían desaparecer tantas serpientes de repente?

Rizos temía que los reptiles se encontraran al acecho en alguna guarida subterránea, aguardando la oscuridad para deslizarse por el exterior y empezar su caza mortal.

Estoy listo para hacerles frente —dijo Rizos en voz alta, tratando de convencerse a sí mismo.

Cerró el seguro de la puerta del remolque, se sentó frente al televisor portátil y sintonizó ESPN. Más tarde, los Devil Rays iban a jugar contra los Orioles, y Rizos estaba ansioso por presenciar el partido. De momento, se contentaba con mirar el que tenía lugar en Quito, Ecuador, donde fuera que aquello estuviera.

Se echó hacia atrás y se desabrochó el cinturón del revólver de 38 milímetros que llevaba consigo como protección para acomodar la barriga en la cinturilla del pantalón. Aunque en realidad no había disparado ni un tiro desde que estuviera en los Marines, treinta y un años atrás, había conservado una pistola en casa y seguía confiando en su destreza.

De cualquier manera, ¿qué dificultad podía conllevar dar en el blanco si se trataba de dispararle a una serpiente gruesa y larga?

Rizos se estaba terminando el primer bocadillo de atún cuando salió por televisión un anuncio de Mamá Paula. La protagonista, que aparecía disfrazada de la buena ancianita Mamá Paula, era ni más ni menos Kimberly Lou Dixon, la finalista del último concurso Miss América. Echaba pasta de crepe en una plancha caliente mientras cantaba una especie de cancioncilla tonta.

A pesar del buen trabajo de los maquilladores, Rizos podía ver que la viejecita del anuncio era en realidad una mujer mucho más joven, y que era muy guapa. Se acordó de lo que Chuck Muckle le había contado sobre la última película de la actriz e intentó imaginársela de reina de los invasores mutantes. Sin duda, los encargados de los efectos especiales le añadirían seis piernas verdes y un par de antenas, que Rizos pensaba que sería fascinante contemplar.

Se preguntaba si le presentarían personalmente a Kimberly Lou Dixon cuando llegara a Coconut Cove para asistir a la ceremonia por el inicio del movimiento de tierras para la construcción de la crepería. No era una idea tan descabellada, tratándose del director de obra, el cargo más elevado.

Rizos no había conocido nunca a ninguna estrella de cine, ni actriz de televisión, ni Miss América, ni Miss nada. ¿Sería correcto pedirle un autógrafo?, se preguntaba. ¿Le importaría posar con él en una foto? Y ¿le hablaría con la voz de Mamá Paula o con la propia de Kimberly Lou Dixon?

Todas estas preguntas le daban vueltas en la cabeza mientras la imagen del televisor se convertía en nieve a causa de alguna interferencia ante sus ojos atónitos. Indignado, dio un golpe con la mano pringosa de mayonesa en un lateral del aparato, pero no sirvió de nada.

¡Se había cortado la conexión justo a mitad del anuncio de Mamá Paula! Rizos pensó con amargura que no se trataba de un buen presagio.

Utilizaba muchas palabrotas para maldecir su pésima suerte. Hacía muchos años que no pasaba una sola noche sin ver la televisión y no sabía cómo podía entretenerse de otra forma. En el remolque no había radio y la única lectura que tenía al alcance era un periódico del sector de la construcción con artículos aburridos sobre tejados resistentes a los huracanes y tratamientos antitermita para madera.

Rizos consideró la posibilidad de acercarse en un momento hasta el videoclub y alquilar algunas películas, pero para ello tendría que atravesar la propiedad y llegar al camión. Estaba anocheciendo y no consiguió armarse de valor para arriesgarse a salir al exterior… con aquellas mortales serpientes mocasín dando vueltas por allí.

Se colocó la almohada bajo la cabeza y echó el respaldo del asiento hacia atrás. Solo, en medio del silencio, se preguntaba si sería posible que alguna serpiente reptara hasta el remolque. Recordaba haber oído una historia sobre una boa constrictor que había trepado por las cañerías y había salido por el desagüe de la bañera en un piso de Nueva York.

Al imaginarse la escena, a Rizos se le encogió el estómago. Se levantó y caminó con cautela hasta el pequeño aseo del remolque. Pegó un oído a la puerta y prestó atención…

¿Eran imaginaciones suyas o había oído un crujido al otro lado? Rizos desenfundó la pistola y puso el dedo en el gatillo.

Ahora estaba seguro. ¡Algo se movía!

En el instante en que abrió la puerta, Rizos se dio cuenta de que no había ninguna serpiente venenosa en el aseo, ningún motivo de vida o muerte para alarmarse. Por desgracia, su cerebro no transmitió el mensaje lo bastante rápido al dedo del gatillo.

El ruido del disparo asustó a Rizos casi tanto como al ratoncillo que descansaba en el pavimento de baldosas. La bala atravesó su pequeña cabeza peluda, destrozó la tapa del inodoro y el ratoncito salió despedido proyectando la imagen borrosa de algo gris que chillaba mientras desaparecía a través de la puerta, entre los pies de Rizos.

Con la mano temblorosa, Rizos bajó la pistola y contempló arrepentido lo que había hecho. Le había disparado accidentalmente a la taza.

Iba a ser un fin de semana muy largo.

El señor Eberhardt se encontraba leyendo en su mesa de despacho cuando en la puerta apareció la señora Eberhardt con semblante preocupado.

—Ese policía está aquí —dijo.

—¿Qué policía?

—El que trajo a Roy a casa el otro día. Es mejor que salgas a hablar con él.

El agente Delinko estaba de pie en el salón, con la gorra en la mano.

—Encantado de volver a verle —saludó al padre de Roy.

—¿Hay algún problema?

—Se trata de Roy —intervino la señora Eberhardt.

—Es posible —dijo el agente Delinko—. No estoy seguro.

—Vamos a sentarnos —propuso el señor Eberhardt. Estaba acostumbrado a mantener la calma mientras trataba de ordenar fragmentos aislados de información—. Cuéntenos qué ha ocurrido —lo invitó.

—¿Dónde está Roy? ¿Se encuentra en casa? —les preguntó el policía.

—No. Ha ido a casa de una amiga para poner en práctica un experimento de ciencias —le explicó la señora Eberhardt.

—Lo pregunto —dijo el agente— porque he visto a unos cuantos chicos en East Oriole hace un rato. Uno de ellos se parecía a su hijo. Lo raro es que primero me hizo señas para que detuviera el coche y luego, de repente, salió corriendo.

La señora Eberhardt frunció el ceño.

—¿Salió corriendo? No parece que se trate de Roy.

—Claro que no —convino el señor Eberhardt—. ¿Por qué habría de hacerlo?

—Los chicos se dejaron una bicicleta en la calle.

—Bueno, no puede ser la de Roy. La suya tiene la rueda pinchada —se tranquilizó la madre del chico.

—Sí, ya me acuerdo —dijo el policía.

—Tuvimos que dejarla para que encargaran un neumático nuevo —añadió el señor Eberhardt.

El agente Delinko asintió pacientemente.

—Ya sé que no es la de Roy. Esta la robaron de Trace Middle a primera hora de la tarde, poco después de que finalizaran las clases.

—¿Está seguro? —se sorprendió el señor Eberhardt.

—Sí, señor. Lo he descubierto cuando han anunciado el número de serie.

Se hizo el silencio en la habitación. La madre de Roy miró con gravedad a su marido y luego fijó la vista en el policía.

—Mi hijo no es un ladrón —aseveró con firmeza.

—No estoy acusando a nadie —le advirtió el agente Delinko—. El chico que salió corriendo se parecía a Roy, pero no puedo asegurar que lo fuera. Solo lo comparto con ustedes porque son sus padres y, bueno, es parte de mi trabajo. —El policía se volvió hacia el padre de Roy en busca de apoyo—. Como usted también se dedica a hacer cumplir la ley, señor Eberhardt, estoy seguro de que lo entiende.

—Claro —murmuró el padre de Roy, trastornado—. ¿Cuántos chicos ha visto en la calle?

—Al menos dos, quizá tres.

—¿Y todos han salido corriendo?

—Sí, señor. —El agente Delinko trataba de actuar al máximo como un profesional. Quizá algún día pudiera solicitar un puesto de agente en el FBI y el señor Eberhardt podría hablar bien de él.

—¿Y cuántas bicicletas había? —quiso saber el señor Eberhardt.

—Tan solo una. Está en el coche, si quiere echarle un vistazo.

Los padres de Roy siguieron al policía hasta el camino de entrada a la casa y este abrió el maletero del Crown Victoria.

—¿Lo ve? —El agente Delinko hizo ademanes señalando la bicicleta robada, que era un modelo azul de paseo.

—No la reconozco —informó el señor Eberhardt—. ¿Y tú, Lizzy?

La madre de Roy respiró hondo. Parecía la bicicleta que llevaba la nueva amiga de Roy, Beatrice, cuando lo había acompañado a casa al salir de la escuela.

Antes de que la señora Eberhardt consiguiera ordenar sus ideas, el agente Delinko dijo:

—Ah, casi se me olvida. ¿Qué hay de esto? —Se metió la mano en el bolsillo y sacó lo que parecía la manga de una camisa rasgada.

—¿Lo ha encontrado junto con la bicicleta? —le preguntó la señora Eberhardt.

—Cerca. —El agente Delinko exageraba un poco. El solar de la obra estaba en realidad a unas cuantas manzanas del lugar en el que había visto a los chicos.

—¿Les resulta familiar? —dirigió la pregunta a los Eberhardt mientras sostenía en alto el trozo de tela rasgada.

—A mí no —le respondió el padre de Roy—. ¿Lizzy?

La señora Eberhardt parecía aliviada.

—Bueno, seguro que no es de Roy —informó al agente Delinko—. No tiene nada de color verde.

—¿De qué color llevaba la camisa el chico que salió corriendo? —se le ocurrió preguntar al señor Eberhardt.

—No podría decírselo —admitió el policía—. Estaba demasiado lejos.

Oyeron sonar el teléfono y la madre de Roy entró corriendo para cogerlo.

El agente Delinko se acercó al padre de Roy y se disculpó:

—Siento haberles molestado con esta historia.

—Como diría usted, es parte del trabajo. —El señor Eberhardt siguió comportándose de forma amable, aunque sabía que el policía no les estaba diciendo toda la verdad con respecto al trozo de tela verde.

—Hablando de trabajo —comentó el agente Delinko—, ¿se acuerda del día que acompañé a Roy porque se le había pinchado la rueda?

—Claro.

—Hacía un tiempo horrible.

—Sí, ya me acuerdo —dijo el señor Eberhardt impaciente.

—¿Llegó el chico a comentarle algo acerca de una carta para mí?

—¿Qué tipo de carta?

—Para el jefe de policía —continuó el agente Delinko—. No muy larga... Solo una nota para el expediente, diciendo que aprecian la ayuda que presté al chico. Algo así en unas cuantas líneas.

—Y esa «nota», ¿ha de ser dirigida al jefe?

—O al capitán. Incluso a mi sargento estaría bien. ¿No se lo pidió Roy?

—No que yo recuerde —dijo el señor Eberhardt.

—Bueno, ya sabe cómo son los chicos. Es posible que se olvidara.

—¿Cómo se llama su sargento? Veré lo que puedo hacer.

El padre de Roy no hizo ningún esfuerzo por disimular su

falta de entusiasmo. Estaba empezando a perder la paciencia con aquel poli trepa.

—Un millón de gracias —dijo el agente Delinko, estrujándole la mano al señor Eberhardt. Cualquier cosa ayuda cuando uno intenta salir adelante. Y algo así, viniendo de un agente federal como usted...

Pero no tuvo oportunidad de dar el nombre de su sargento al señor Eberhardt, porque en aquel preciso momento la señora Eberhardt apareció en la puerta de la casa, con un monedero en una mano y un sonoro juego de llaves de coche en la otra.

—¡Lizzy! ¿Qué ocurre? —le gritó el señor Eberhardt—. ¿Quién ha llamado?

—¡De urgencias! —gritó sin aliento—. ¡Roy está herido!

Doce

Roy estaba agotado. Parecía que hubieran pasado mil años desde que Dana Matherson tratara de ahogarlo tras encerrarlo en el cuarto del conserje, pero había ocurrido aquella misma tarde.

—Gracias. Ahora estamos en paz —le dijo Beatrice Leep.

—Puede ser —le respondió Roy.

Aguardaban en la sala de urgencias del centro médico de Coconut Cove, que era más una clínica grande que un hospital. Era allí a donde habían llevado al hermanastro de Beatrice después de llevarlo erguido a peso durante casi un kilómetro y medio, sujetándolo cada uno por un hombro.

—Se pondrá bien —aseguró Roy.

Por un momento, pensó que Beatrice se iba a echar a llorar. Alargó la mano y estrechó la suya, que era considerablemente más grande.

—Es fuerte, pequeña cucaracha —le respondió Beatrice sorbiéndose los mocos—. Se pondrá bien.

Se les acercó una mujer que llevaba puesta una bata azul celeste y un estetoscopio en la mano. Se presentó como la doctora González.

—Explicadme con exactitud lo que le ha ocurrido a Roy —les pidió.

Beatrice y el Roy de verdad intercambiaron una mirada llena de preocupación.

El hermanastro de la chica les había prohibido que dieran su nombre en el hospital, por miedo a que su madre se enterara. El muchacho se puso tan nervioso que Roy no quiso discutir. Cuando el recepcionista de urgencias le preguntó a Beatrice el nombre, dirección y teléfono de su hermanastro, Roy de un impulso se adelantó y le soltó sus datos. Le pareció la forma más rápida de conseguir que Dedos de Salmonete fuera ingresado en el hospital.

Roy era consciente de que se estaba metiendo en líos. Y Beatrice también lo sabía. Por eso le dio las gracias.

—A mi hermano le ha mordido un perro —le explicó a la doctora González.

—Varios perros —la rectificó Roy.

—¿Qué tipo de perros? —quiso saber la doctora.

—Unos muy grandes.

—¿Y cómo ocurrió?

En este punto, Roy le cedió la palabra a Beatrice, ya que tenía mucha más experiencia que él en contar trolas a los mayores.

—Lo atacaron durante un entreno de fútbol —dijo—. Llegó a casa lleno de mordeduras, así que lo trajimos hasta aquí en cuanto pudimos.

—Hummm —se limitó a contestar la doctora González, frunciendo ligeramente el ceño.

—¿Qué...? ¿No se lo cree? —La indignación de Beatrice parecía auténtica. Roy estaba impresionado.

Pero la doctora también era una tipa dura.

—Claro que me creo que tu hermanastro ha sido atacado por unos perros —dijo—. Lo que no me creo es que haya sido hoy.

Beatrice se puso muy tensa. Roy sabía que tenía que inventarse algo enseguida.

Las heridas del brazo no son recientes —les explicó la doctora González—. A juzgar por cómo se ha extendido la infección, estimo que le mordieron hace entre dieciocho y veinticuatro horas.

Beatrice se había puesto nerviosa. Roy no aguardó a que se recuperara.

—Sí, hace dieciocho horas. Eso es —le mintió a la doctora.

—No lo entiendo.

—Mire, justo después de que le mordieran, perdió el conocimiento —se inventó Roy—. No se despertó hasta el día siguiente, y es cuando fue corriendo a casa. Entonces Beatrice me llamó y me pidió si podía ayudarla a traerlo al hospital.

La doctora González le clavó a Roy una mirada severa, pero su voz transmitía algo de diversión.

—¿Cómo te llamas, chico?

Roy tragó saliva. Lo había pillado fuera de juego.

—Tejano —le respondió con voz débil.

Beatrice le dio un codazo, como diciendo: ¿eso es todo lo que sabes hacer?

La doctora se cruzó de brazos.

—Muy bien, Tejano, vamos a empezar por el principio. A tu amigo Roy le mordieron unos cuantos perrazos en el campo de fútbol. Nadie trató de ayudarlo y se quedó inconsciente durante toda la noche y la mayor parte del día siguiente. De repente, se despertó y fue corriendo hasta casa. ¿Es así?

—Ssss… —Roy asintió. Era patético contando mentiras y lo sabía.

La doctora González dirigió su mirada dura hacia Beatrice.

—¿Por qué has sido tú quien ha traído aquí a tu hermanastro? ¿Dónde están tus padres?

—Trabajando —le respondió Beatrice.

—¿No los has llamado para decirles que ha habido una emergencia?

—Trabajan en una barca de pesca. No hay teléfono.

No está mal, pensó Roy. Sin embargo, la doctora no se lo tragó.

—Me cuesta entenderlo —le dijo a Beatrice—. ¿Cómo puede ser que tu hermanastro estuviera ausente durante tanto tiempo y que nadie de la familia se preocupara lo suficiente como para llamar a la policía?

—A veces se escapa de casa —dijo Beatrice con voz queda—, y tarda en volver.

Era la respuesta más cercana a la realidad que había dado hasta entonces y sin embargo, irónicamente, fue la que hizo que la doctora González dejara de preguntar.

—Ahora voy a reconocer a Roy —les dijo—. Mientras tanto, vosotros haced el favor de pulir la historia.

—Y hablando de todo, ¿cómo está? —le preguntó Beatrice.

—Mejor. Le hemos puesto la vacuna del tétanos y ahora vamos a darle antibióticos y calmantes. Son medicamentos bastante fuertes, por eso está prácticamente dormido.

—¿Podemos verlo?

—Ahora no.

En cuanto la doctora desapareció, Roy y Beatrice salieron a toda prisa para buscar un lugar más seguro donde pudieran hablar. Roy se sentó en las escaleras de la entrada de urgencias; Beatrice se quedó de pie.

—No va a salir bien, vaquera. En cuanto se den cuenta de que no eres tú…

—Tendremos problemas —convino Roy—. Es el eufemismo del año.

—Y si Lonna se entera, sabes que él acabará en un correccional —dijo Beatrice con tristeza— hasta que vuelva a encontrar una escuela privada donde meterlo; seguramente alguna que esté muy lejos, como Guam, de donde no pueda escaparse.

Roy no comprendía cómo una madre podía apartar a su propio hijo de su vida, pero sabía que aquel tipo de tragedias existía. Había oído cosas sobre padres que actuaban así. Pensarlo resultaba deprimente.

—Ya se nos ocurrirá algo —le prometió a Beatrice.

—¿Sabes, tejano? Me caes bien. —Le pellizcó la mejilla y bajó las escaleras dando saltos.

—¡Eh! ¿Adónde vas? —le gritó él.

—A prepararle la cena a mi padre, como todas las noches.

—Estás bromeando, ¿no? No vas a dejarme aquí solo…

—Lo siento —le respondió Beatrice—. A mi padre le dará un ataque si no aparezco. No sabe preparar ni una tostada sin quemarse.

—¿No le puede hacer Lonna la cena por una vez?

—No. Tiene que atender la barra en Elk's Lodge. —Beatrice le dijo un breve adiós con la mano—. Volveré en cuanto pueda. No dejes que lo operen ni nada parecido.

—¡Espera! —Roy se puso en pie de golpe—. Dime su verdadero nombre. Es lo menos que puedes hacer, después de todo lo que ha ocurrido.

—Lo siento, vaquera, pero no puedo. Le hice un juramento de sangre hace mucho tiempo.

—Por favor.

—Si quiere que lo sepas, te lo dirá él mismo —le respondió Beatrice. Luego, se echó a correr y sus pasos desaparecieron en medio de la noche.

Roy regresó pesaroso a la sala de urgencias. Sabía que su madre se estaría empezando a preocupar, así que le preguntó a la recepcionista si podía llamar por teléfono. El timbre sonó doce veces en casa de los Eberhardt antes de que saltara el contestador. Roy dejó un mensaje explicando que llegaría a casa en cuanto terminara con Beatrice de limpiar los restos del experimento.

Solo en la sala de espera, Roy rebuscó entre un montón de revistas hasta que encontró un ejemplar de *Outdoor Life* que contenía un artículo sobre la pesca de la trucha con navaja en las montañas Rocosas. Lo mejor eran las fotografías: los pescadores metidos hasta la rodilla en los ríos azules del Oeste, en cuyas riberas se alineaban los altos álamos de Virginia, con las montañas nevadas al fondo.

Roy empezaba a sentir bastante añoranza por Montana cuando procedente del exterior oyó una sirena que se aproximaba. Decidió que era un buen momento para ir en busca de una máquina dispensadora de colas, aunque solo llevaba veinte centavos en el bolsillo.

La verdad era que Roy no quería quedarse en aquella sala para ver lo que transportaba la ambulancia. No estaba preparado para contemplar cómo llevaban en la camilla a un herido grave, a alguien que podía incluso estarse muriendo.

Los demás chicos sentían verdadera curiosidad por aquel tipo de historias macabras, pero Roy no. Una vez, cuando tenía siete años y vivía con su familia en Milwaukee, un cazador bebido que conducía un trineo a motor a toda velocidad se estrelló contra un viejo abedul. El accidente tuvo lugar tan solo a cien metros de la ladera por la que Roy y su padre se deslizaban también en trineo.

El señor Eberhardt había subido corriendo la colina para tratar de ayudarlo, y Roy lo siguió de cerca jadeando. Cuando alcanzaron el árbol se dieron cuenta de que en realidad no podían hacer nada. El hombre estaba muerto, empapado de sangre y retorcido como un muñeco roto. Roy nunca iba a olvidar aquella escena, y no quería volver a ver nada parecido nunca más.

En consecuencia, no tenía ninguna intención de quedarse en la sala esperando a que llegara un nuevo paciente de urgencias. Se coló por una puerta y deambuló por el hospital durante unos quince minutos hasta que una enfermera le cortó el paso.

—Creo que me he perdido —se inventó Roy, haciendo todo lo posible por aparentar desconcierto.

—Casi lo consigues.

La enfermera lo condujo por un pasillo interior de nuevo hasta la sala de urgencias, una vez en la cual Roy se sintió aliviado de no encontrarse con un auténtico caos ni ninguna carnicería. El lugar estaba tan sereno como cuando lo había dejado.

Perplejo, Roy se dirigió a la ventana y miró al exterior. No había ninguna ambulancia, solo un coche de policía. Pensó que tal vez no fuera nada, y reanudó la lectura de la revista.

Poco después, Roy oyó voces tras la puerta de doble hoja que conducía al área en la que Dedos de Salmonete estaba siendo atendido. En la sala donde aguardaban los pacientes, tenía lugar una discusión a voces y Roy se esforzó por averiguar qué era lo que decían.

Una voz destacaba entre las demás y Roy se sintió consternado al reconocerla. Se quedó sentado, nervioso perdido, intentando decidir qué hacer. Entonces oyó otra voz familiar y supo que no tenía elección.

Se dirigió hasta la puerta de doble hoja y empujó para abrirla.

—¡Eh! ¡Mamá! ¡Papá! —gritó—. ¡Estoy aquí!

El agente Delinko había insistido en acompañar a los Eberhardt al hospital. Era lo menos que podía hacer… Y una excelente oportunidad para ganarse el favor del padre de Roy.

El policía albergaba la esperanza de que el hijo del señor Eberhardt no estuviera involucrado en las continuas gamberradas que tenían lugar en la obra de la crepería. ¡Menuda situación embarazosa!

De camino al hospital, los padres de Roy, que viajaban en el asiento trasero, hablaban entre ellos en voz baja. La madre decía que no podía imaginarse que a Roy le hubiera mordido un perro mientras hacía un trabajo de ciencias.

—Tal vez tenga algo que ver con la carne picada —aventuró.

—¿Carne picada? —dijo el padre de Roy—. ¿Qué especie de experimento requiere carne picada?

Por el retrovisor, el agente Delinko vio que el señor Eberhardt rodeaba los hombros de su esposa con el brazo. Ella tenía los ojos húmedos y se mordía el labio inferior. El señor Eberhardt parecía muy afectado.

Cuando llegaron a urgencias, la recepcionista les dijo que Roy estaba durmiendo y que no podían molestarlo. Los Eberhardt trataron de hacerla entrar en razón pero ella no estaba dispuesta a ceder.

—Somos sus padres —declaró el señor Eberhardt con calma— y tenemos la intención de verlo ahora mismo.

—Señor, no me obligue a avisar a un supervisor.

—Por mí como si quiere avisar al Mago de Oz —le espetó el señor Eberhardt—. Vamos a entrar.

La recepcionista los siguió a través de la doble puerta oscilante.

—¡No pueden hacerlo! —objetó, caminando delante de los Eberhardt y bloqueando el paso hacia el área de pacientes.

El agente Delinko avanzaba tras ellos; daba por supuesto que la presencia de un policía uniformado moderaría la actitud de la chica. Pero se equivocaba.

—«Ni una visita», advierte el informe médico. —La recepcionista agitó en el aire con solemnidad una tablilla sujetapapeles—. Me temo que tendrán que regresar a la sala de espera. Eso le incluye a usted, agente.

El agente Delinko se echó atrás, pero los Eberhardt no.

—Escuche: es nuestro hijo el que está ahí dentro —le recordó la madre de Roy a la recepcionista—. Usted nos ha llamado, ¿recuerda? ¡Nos ha pedido que viniéramos!

—Ya. Y podrán ver a Roy en cuanto el doctor diga que están autorizados.

—Entonces llame al doctor. ¡Ahora mismo! —el tono de voz del señor Eberhardt se mantenía suave, pero había subido mucho el volumen—. Levante el auricular y marque el número. Si ha olvidado cómo hacerlo, se lo enseñaré encantado.

—El doctor está tomándose un descanso. Volverá en veinticinco minutos —dijo la recepcionista de forma lacónica.

—Entonces, nos encontrará aquí mismo —concluyó el señor Eberhardt—, visitando a nuestro hijo herido. Ahora, si no se aparta de nuestro camino, la empujaré hasta Chokoloskee. ¿Lo entiende?

La recepcionista palideció.

—S-s-se lo d-d-diré a mi s-s-supervisor.

—Es muy buena idea. —El señor Eberhardt se abrió paso y empezó a andar por el pasillo, tomando a su esposa por el codo.

—¡Déjelo ya! —gritó una voz femenina firme tras ellos.

Los Eberhardt se detuvieron y se dieron media vuelta. Por una puerta que indicaba «solo empleados» salía una mujer que llevaba puesta una bata azul celeste y un estetoscopio en la mano.

—Soy la doctora González, ¿adónde pretenden ir?

—A ver a nuestro hijo —le contestó la señora Eberhardt.

—He tratado de detenerlos —saltó la señora recepcionista.

—¿Son ustedes los padres de Roy? —les preguntó la doctora.

—Sí. —El padre de Roy se dio cuenta de que la doctora González los observaba con una curiosidad extraña.

—Perdónenme si mi actitud no es correcta, pero no tienen aspecto de trabajar en una barca de pesca.

—¿De qué demonios está hablando? —le espetó la madre de Roy—. ¿Es que en este hospital está todo el mundo chalado?

—Tiene que tratarse de algún error —intervino el agente Delinko—. El señor Eberhardt es un agente de la policía federal.

La doctora González suspiró.

—Ya hablaremos de esto más tarde. Vengan, vamos a echarle un vistazo a su hijo.

En la sala de urgencias había seis camas, de las cuales cinco estaban vacías. La sexta tenía una cortina blanca que la separaba del resto.

—Le hemos dado antibióticos y se está recuperando bien —dijo la doctora en voz muy baja—, pero hasta que encontremos a los perros, tendremos que administrarle varias inyecciones antirrábicas. Y no son muy agradables.

Los Eberhardt se cogieron del brazo al aproximarse a la

cama. El agente Delinko permaneció tras ellos, preguntándose de qué color sería la camisa de Roy. En el bolsillo, guardaba el trozo de tela rasgada de un verde vivo que se había quedado enganchado en la valla de la propiedad de Mamá Paula.

—No se sorprendan si está dormido —susurró la doctora, retirando la cortina con cuidado.

Durante unos momentos, nadie pronunció una sola palabra. Los cuatro adultos se quedaron de piedra, con el rostro lívido, al contemplar la cama vacía.

De un brazo metálico colgaba una bolsa de plástico llena de líquido de color rojo anaranjado y el tubo intravenoso estaba desconectado y colgaba hacia el suelo.

Al final, la señora Eberhardt reaccionó:

—¿Dónde está Roy?

La doctora González agitaba los brazos con desesperación.

—Yo… De verdad… No lo sé.

—¿Que no lo sabe? —El señor Eberhardt estalló—. ¿En un momento dado hay un chico herido en esta cama y al cabo de un minuto ha desaparecido?

El agente Delinko se interpuso entre el señor Eberhardt y la doctora. El policía temía que el padre de Roy se enojara hasta el punto de hacer algo que luego pudiera lamentar.

—¿Dónde está nuestro hijo? —preguntó de nuevo la señora Eberhardt.

La doctora salió en busca de una enfermera y empezó a buscar desesperadamente por la sala.

—Pero si era el único paciente —observó el señor Eberhardt con enfado—. ¿Cómo han podido dejar que se pierda el único paciente que tienen? ¿Qué ha ocurrido? ¿Acaso han venido unos alien y se lo han llevado en su nave espacial mientras ustedes se tomaban un café?

—¡Roy! ¡Roy! ¿Dónde estás? —gritó la señora Eberhardt.

Ella y la doctora González empezaron a buscar bajo las otras cinco camas. El agente Delinko sacó la radio portátil y dijo:

—Voy a buscar refuerzos.

En aquel preciso instante, la puerta de doble hoja que daba a la sala de espera se abrió.

—¡Mamá! ¡Papá! ¡Estoy aquí!

Los Eberhardt casi asfixian a su hijo al abrazarlo a la vez.

—Vaya diablillo —dijo el agente Delinko con una sonrisa mientras sacaba la radio. Se alegró de comprobar que no llevaba una camiseta verde rota.

—¡Basta! —La doctora González dio una fuerte palmada—. Que todo el mundo se calle un momento.

Los Eberhardt alzaron la mirada sorprendidos. La doctora no parecía muy satisfecha de haber encontrado a su paciente.

—¿Este es Roy? —les preguntó, señalando a su hijo.

—Claro. ¿Quién iba a ser si no? —La señora Eberhardt lo besó en la frente—. Cariño, ahora mismo vas a volver a esa cama…

—No tan deprisa —la interrumpió el señor Eberhardt—. No sé qué es lo que ocurre aquí, pero tengo la sensación de que le debemos una disculpa a la doctora. Quizá varias disculpas. —Posó las manos en los hombros de Roy—. Vamos a ver esas mordeduras, colega.

Roy bajó la mirada.

—No me han mordido, papá. No ha sido a mí.

La señora Eberhardt emitió un gemido.

—De acuerdo, ahora lo entiendo. Soy yo la loca, ¿verdad? Estoy como una cabra…

—Oigan, perdonen, pero aún tenemos un problema importante —les advirtió la doctora González—. Sigue habiendo un paciente desaparecido.

El agente Delinko estaba absolutamente confundido. Una vez más, sacó la radio para llamar a la comisaría.

—Antes de que me explote el cerebro —exageró la señora Eberhardt—, ¿quiere alguien explicarme de qué va todo esto?

—Solo puede hacerlo una persona. —El señor Eberhardt señaló a Roy, que de pronto deseó que se lo tragara la tierra. Su padre le hizo darse la vuelta y mirar de frente a la doctora González.

—¿Y bien, Tejano? —le dijo arqueando las cejas.

Roy notó que su rostro enrojecía.

—Lo siento muchísimo.

—Esto es un hospital. No es un sitio para jugar.

—Ya lo sé. Lo siento.

—Si tú eres Roy —continuó la doctora—, ¿quién era ese muchacho que yacía en la cama? ¿Y adónde ha ido? Quiero la verdad.

Roy se miró la punta de las zapatillas de deporte. No podía recordar ningún día de su vida en que tantas cosas hubieran salido así de mal.

—Hijo —lo animó su padre—, respóndele a la doctora.

Su madre le apretaba el brazo.

—Vamos, cariño. Esto es importante.

—Te aseguro que lo encontraremos —el agente Delinko metió baza—. Tarde o temprano.

Roy, sombrío, alzó la mirada para dirigirse a los mayores.

—No sé cómo se llama el muchacho, y no sé dónde está —confesó—. Lo siento, pero es la verdad.

Y, en sentido estricto, lo era.

TRECE

Mientras Roy se daba una ducha, su madre preparaba una cazuela de espaguetis. Se comió tres platos, aunque la reunión familiar resultó tan silenciosa como una partida de ajedrez.

Roy dejó el tenedor y se volvió hacia su padre.

—Supongo que hoy toca estudio, ¿no?

—Lo has adivinado.

Hacía muchos años que a Roy no le habían dado una paliza y dudaba que fueran a dársela en aquella situación. El estudio era el lugar donde su padre lo hacía ir cuando tenía que decirle algo serio. Aquella noche, Roy estaba tan cansado que no estaba seguro de poder asimilar nada de lo que le dijera.

Su padre lo esperaba sentado tras el gran escritorio de nogal.

—¿Qué llevas ahí? —le preguntó.

—Un libro.

—Ya veo que es un libro. Me refería a los detalles.

El padre de Roy podía ser muy sarcástico cuando pensaba que no le estaban contando toda la verdad. Roy suponía que se debía a tantos años de interrogar a sospechosos: gángsteres, espías o cualquiera sobre el que por alguna razón tuviera que hacer indagaciones.

—Supongo —le dijo a Roy— que el libro arrojará un poco de luz sobre los extraños sucesos de esta noche.

Roy se lo acercó desde el otro lado del escritorio.

—Mamá y tú me lo regalasteis para Navidad hace dos años.

—Ya me acuerdo —convino su padre, echando un vistazo a la cubierta—. *Guía Sibley de pájaros.* ¿Seguro que no fue para tu cumpleaños?

—Seguro, papá.

Roy había incluido el libro en la lista de regalos de Navidad tras hacer una apuesta amistosa con su padre. Una tarde habían visto a un ave rapaz de color marrón rojizo bajar en picado y atrapar a una ardilla de un grupo en el valle del río Gallatin. Su padre se había apostado con él un batido a que el pájaro era una joven águila pelona cuyas plumas de la coronilla no se habían tornado aún blancas, pero Roy había asegurado que era un águila dorada adulta, más común en las praderas secas. Más tarde, tras pasar por la biblioteca Bozeman y consultar la *Sibley*, su padre admitió que tenía razón.

El señor Eberhardt tomó el libro y le preguntó:

—¿Qué tiene que ver esto con el desbarajuste del hospital?

—Mira en la página 278 —le dijo Roy—. La he subrayado para ti.

—«*Athene cunicularia* —leyó en voz alta del texto—. De patas largas y cola corta, alas relativamente largas y estrechas y cabeza achatada. Es el único búho de pequeño tamaño que puede ser visto con facilidad en plena luz del día.» —Su padre lo miró con detenimiento por encima del libro—. ¿Tiene esto algo que ver con el supuesto experimento de ciencias de esta tarde?

—No hay ningún experimento de ciencias —confesó Roy.

—¿Y la carne picada que te ha dado tu madre?

—Ha servido de aperitivo para los búhos.

—Continúa —lo animó el señor Eberhardt.

—Es una historia muy larga, papá.

—El tiempo no es el problema.

—De acuerdo —dijo Roy. En cierta manera, pensó con ánimo cansino, una paliza sería más fácil de llevar.

—Verás, hay un chico —empezó—, más o menos de la misma edad que yo…

Roy se lo explicó todo a su padre, bueno, casi todo. No le contó que las serpientes que soltó el hermanastro de Beatrice eran muy venenosas y que el chico les había vendado la boca. Ese tipo de detalle habría alarmado al señor Eberhardt más que las pequeñas gamberradas.

Roy decidió no revelar tampoco que Beatrice lo había llamado Dedos de Salmonete, por si su padre sentía la obligación legal de denunciarlo a la policía o registraba su nombre en algún archivo de datos del gobierno.

Por el resto, Roy le explicó lo que sabía sobre el muchacho. Su padre lo escuchó sin interrupción.

—Papá, de verdad que no es mal chico —insistió Roy al acabar su relato—. Solo intenta salvar a los búhos.

El señor Eberhardt se quedó en silencio unos momentos. Volvió a abrir la *Sibley* y se fijó en las fotografías a todo color de las pequeñas aves.

—Mira, si los de Mamá Paula proceden con el movimiento de tierras, cubrirán todas las madrigueras —razonó Roy.

Su padre apartó el libro y le dedicó una mirada cariñosa, aunque teñida de tristeza.

—Roy: ellos son los propietarios de esa parcela. Pueden hacer prácticamente lo que quieran.

—Pero…

—Seguro que tienen toda la documentación y permisos necesarios.

—¿Tienen permiso para enterrar a los búhos? —le preguntó Roy incrédulo.

—Los búhos levantarán el vuelo. Encontrarán un nuevo hogar.

—¿Y si tienen crías? ¿Cómo huirán? —le gritó Roy enfadado—. ¿Cómo, papá?

—No lo sé —admitió su padre.

—¿Os gustaría a ti y a mamá —continuó Roy— que unos extraños aparecieran un buen día con excavadoras para tirar abajo esta casa? Y que como toda justificación dijeran: «No se preocupen, señor y señora Eberhardt, no pasa nada. Solo tienen que recoger sus cosas y mudarse a otro lugar». ¿Qué os parecería?

Su padre se levantó despacio, como si llevara un gran peso encima de los hombros.

—Vamos a dar un paseo —dijo.

Era una noche serena y limpia, y el cuarto lunar se dejaba ver sobre los tejados. Insectos del tamaño del confeti revoloteaban por encima de las farolas.

El padre de Roy marchaba cabizbajo y con las manos en los bolsillos.

—Creces deprisa —observó. Ese comentario cogió a Roy por sorpresa.

—Papá, soy el tercer chico más bajo de la clase.

—No me refiero a eso.

Mientras caminaban, Roy iba dando saltos por la acera. Hablaron de temas agradables (la escuela, el deporte, el deporte en la escuela), hasta que Roy volvió a dirigir la conversación hacia el delicado asunto de Dedos de Salmonete. Tenía que saber de qué parte estaba su padre.

155

—¿Te acuerdas del último verano en que navegamos por el cañón de Madison?

—Claro —le aseguró su padre.

—¿Y te acuerdas de que vimos cinco búhos en un álamo? ¡Cinco!

—Sí, ya me acuerdo.

—¿Y de que intentaste hacerles una foto pero se te cayó la cámara al río?

—No fue así exactamente. Me caí yo al río —le recordó algo avergonzado.

—Bueno, era una cámara desechable.

—Ya, pero hubiera sido una foto fantástica. Cinco en el mismo árbol.

—Sí —reconoció Roy—. Era muy curioso.

La historia de los búhos hizo su efecto. Su padre siguió el hilo.

—Ese chico del que me hablabas… ¿De verdad no sabes cómo se llama?

—No me lo dijo, ni él ni Beatrice —le explicó Roy—. Es la pura verdad.

—¿No lleva el apellido de su padre?

—¿Leep? No, según Beatrice.

—Y dices que no va a la escuela.

A Roy se le cayó el alma a los pies. Parecía que su padre quería denunciarlo por absentismo.

—Lo que me preocupa —continuó el señor Eberhardt— es la situación familiar. No parece muy buena.

—No, no lo es —admitió Roy—. Por eso no vive en casa.

—¿Y no hay ningún familiar que pueda hacerse cargo de él?

—Está bien donde está —trató de hacerle entender Roy.

—¿Seguro?

—Papá, por favor. No lo denuncies. Por favor.

—¿Cómo, si no sé dónde puedo encontrarlo? —El padre de Roy le guiñó un ojo—. Te diré lo que voy a hacer: voy a pensar en serio en todo esto. Y tú deberías hacer lo mismo.

—De acuerdo —dijo Roy—. ¿Cómo podría pensar en otra cosa? Si hasta el altercado con Dana Matherson parecía un sueño lejano y confuso.

—Será mejor que volvamos a casa —aconsejó su padre—. Se está haciendo tarde y para ti ha sido un día muy largo.

—Muy largo —convino Roy.

Pero al meterse en la cama, no conseguía dormir. Tenía el cuerpo agotado, pero su mente se encontraba muy despierta, navegando por las aguas agitadas de aquel día. Decidió ponerse a leer algo y cogió un libro que se titulaba *A Land Remembered*, que había tomado en préstamo de la escuela. Trataba de la historia de una familia que vivía en Florida en la década de 1850, cuando todavía era una tierra sin explotar. Había muy pocos seres humanos y los pantanos y los bosques estaban repletos de vida animal y vegetal.

Probablemente, pensó Roy, una buena época para ser búho.

Una hora más tarde, se estaba quedando dormido cuando oyó unos golpecitos en la puerta del dormitorio. Era su madre, que se acercaba a decirle buenas noches. Le cogió el libro de las manos y bajó la intensidad de la luz al mínimo. Luego, se sentó en la cama y le preguntó cómo se encontraba.

—Molido —confesó Roy.

Con delicadeza, lo arropó hasta el cuello. A pesar de que tenía mucho calor, Roy no rechistó. Eran cosas de madre, no podía evitarlo.

—Cariño —le dijo—, ya sabes cuánto te queremos.

Vaya, pensó Roy. Ya empieza.

—Pero lo que has hecho hoy en el hospital, dejar que el otro chico se sirviera de tu nombre para ingresar en urgencias…

—Ha sido idea mía, mamá, no suya.

—Y estoy segura de que tu intención era buena —continuó—. Pero has mentido, en sentido estricto. Dar información falsa, o cualquier cosa así, es algo muy serio, cariño…

—Ya lo sé.

—…Y solo es que, bueno, a tu padre y a mí no nos gustaría que te metieras en líos. Ni por ayudar a un amigo.

Roy se incorporó apoyándose sobre un codo.

—Se hubiera ido corriendo antes de dar su verdadero nombre, y no podía permitírselo. Estaba enfermo. Necesitaba que lo viera un médico.

—Lo entiendo, créeme.

—Le hicieron todo tipo de preguntas impertinentes, mamá, y él a punto de desmayarse por la fiebre —dijo—. Quizá lo que he hecho no está bien, pero volvería a hacer lo mismo si fuera necesario. Te lo aseguro.

Roy esperaba una ligera reprimenda, pero su madre se limitó a sonreír. Alisó la sábana con ambas manos y le dijo:

—Cariño, a veces tendrás que hacer frente a situaciones en las que no hay una frontera clara entre lo que está bien y lo que no. Tus sentimientos te dirán que hagas una cosa y tu cabeza, otra. Al final, lo único que podrás hacer es valorar ambas partes y obrar con el criterio que mejor te parezca.

Bueno, pensó Roy, eso es más o menos lo que he hecho.

—Ese chico —continuó su madre—, ¿por qué no te ha dicho su verdadero nombre? ¿Y por qué se ha escapado así del hospital?

Dedos de Salmonete se había escapado por una ventana del lavabo de señoras, contiguo a la sala de rayos X. Dejó la camiseta verde rota colgando de la antena del coche del agente Delinko, que estaba estacionado en la puerta de urgencias.

—Seguramente, se ha escapado porque teme que avisen a su madre —le confesó Roy.

—¿Eh?

—No lo quiere. Pretende que lo encierren en un correccional.

—¿Cómo?

—Su madre lo envió a una escuela privada —le explicó . Y ahora no quiere que vuelva. Lo dijo ella misma, delante de Beatrice.

La madre de Roy ladeó la cabeza, como si quisiera asegurarse de que lo había oído bien.

—¿Que su madre no lo quiere?

Roy descubrió un ligero brillo en sus ojos. No estaba seguro de si era pena o rabia… O las dos cosas.

—¿Que no lo quiere? —repitió.

Roy asintió con gravedad.

—Dios… —exclamó.

Pronunció la palabra en voz tan baja que Roy se asustó. Lo que transmitía era dolor, y se sintió mal por haberle contado aquella parte de la historia de Dedos de Salmonete.

—Lo siento, mamá —se disculpó—. Te quiero.

—Yo también te quiero, cariño.

Lo besó en la mejilla y lo arropó una vez más. Al cerrar la puerta, la vio dudar y al final se volvió a mirarlo.

—Estamos orgullosos de ti, Roy. Tienes que saberlo. Tu padre y yo estamos muy orgullosos.

—¿Te ha contado papá lo de los búhos?

—Sí. Es horrible.

—¿Qué se supone que debo hacer?

—¿Qué quieres decir?

—Nada —dijo Roy apoyándose cómodamente en la almohada—. Buenas noches, mamá.

Su madre ya había contestado a la pregunta. Lo único que tenía que hacer era resolver la batalla entre los sentimientos y la razón.

CATORCE

Por suerte, al día siguiente era sábado, de modo que Roy no tuvo que madrugar para coger el autocar de la escuela.

Al sentarse a la mesa del desayuno, el teléfono empezó a sonar. Era Garrett. Nunca antes había llamado a Roy, pero ahora quería que le acompañara al centro comercial de las afueras para pasar un rato con el monopatín.

—No tengo monopatín, ¿recuerdas? —repuso Roy.

—No pasa nada. Yo tengo dos.

El verdadero motivo por el que Garrett había llamado era, claro está, la intención de averiguar lo que le había pasado a Dana Matherson en Trace Middle.

—Tío, ¡alguien le ató a un mástil!

—Yo no fui —dijo Roy. No podía hablar con libertad de aquel tema en presencia de sus padres.

—Y entonces, ¿quién fue? Y ¿por qué? —preguntó Garrett.

—Sin comentarios —contestó Roy, parafraseando a Dedos de Salmonete.

—¡Ah, vamos, Eberhardt!

—Nos vemos el lunes.

Después de desayunar, su padre lo llevó a la tienda de bicicletas para comprar un nuevo neumático, y para el mediodía Roy volvía a disfrutar de total movilidad. En el listín telefónico figuraba una dirección de «L. B. Leep», y Roy no tuvo dificultad para encontrar la casa. Estaba en la avenida West Oriole, la misma calle de la parada del autocar donde había visto por vez primera al chico corriendo.

En el acceso para coches de la casa de los Leep había un viejo Suburban abollado y un Camaro descapotable, nuevo y reluciente. Roy apoyó la bicicleta contra el buzón y enfiló el camino a paso ligero. Oyó voces discutiendo dentro de la casa, y confió en que solo se tratara de un programa de la televisión a todo volumen.

Después de tocar tres veces con firmeza, la puerta se abrió y por ella asomó León Leep, con su metro noventa y cinco de estatura. Llevaba pantalones cortos de deporte, rojos y holgados, y una camiseta de malla sin mangas que dejaba a la vista un vientre pálido del tamaño de una caldera. León tenía aspecto de no haber pasado ni cinco minutos en el gimnasio desde que se retirara del equipo de baloncesto; lo único que pervivía de su físico de NBA era la estatura.

Roy retrocedió levemente para mirar a la cara a León. Su expresión facial parecía perturbada y preocupada.

—¿Es esta la casa de Beatrice? —preguntó Roy.

—Sí, pero ahora está ocupada.

—Solo será un momento —insistió Roy—. Es algo de la escuela.

—Ah, la escuela —dijo León, como si hubiera olvidado adónde iba su hija cinco días a la semana. Picado por la curiosidad, soltó un gruñido y retrocedió un poco.

Instantes después, apareció Beatrice. Parecía agobiada.

—¿Puedo entrar? —preguntó Roy.

162

—No —susurró ella—. Es un mal momento.

—Entonces, ¿puedes salir tú?

—Tampoco. —Beatrice dirigió una mirada nerviosa a sus espaldas.

—¿Has oído lo que ha pasado en el hospital?

Ella asintió con la cabeza.

—Siento no haber llegado a tiempo para ayudar.

—¿Está bien tu hermano? —preguntó Roy.

—Mejor que antes —respondió Beatrice.

—¿Quién hay ahí? ¿Quién es? —exigió saber una voz gélida desde el pasillo.

—Un amigo.

—¿Un chico?

—Sí, un chico —contestó Beatrice, y puso los ojos en blanco, en un gesto de complicidad para Roy.

Una mujer no mucho más alta que Beatrice se materializó en el umbral de la puerta, detrás de ella. Tenía la nariz afilada, los ojos grandes e inquisitivos, y un torrente de pelo rizado castaño rojizo. Espirales de humo azul brotaban de un cigarrillo que sostenía entre dos fastuosas uñas.

Solo podía tratarse de Lona, la madre de Dedos de Salmonete.

—Y tú, ¿quién eres? —preguntó.

—Me llamo Roy.

—¿Qué quieres, Roy? —Lonna dio una sonora calada al cigarrillo.

—Cosas de la escuela —interpuso Beatrice.

—Ya, en fin, hoy es sábado —dijo Lonna.

Roy lo intentó.

—Siento mucho molestarla, señora Leep. Beatrice y yo estamos haciendo un proyecto de ciencia juntos y…

163

—Hoy no —le interrumpió Lonna—. La señorita Beatrice va a estar hoy ocupada en limpiar la casa. Y la cocina. Y los cuartos de baño. Y todo lo que se me ocurra.

Roy creía que Lonna se adentraba en arenas movedizas. Beatrice era, sin duda, la más fuerte de las dos, y se estaba volviendo loca. Lonna habría suavizado su tono de voz de haberse percatado de lo que los dientes de su hijastra le habían hecho al neumático de la bicicleta de Roy.

—Tal vez mañana —le dijo Beatrice a Roy, con una mueca rabiosa en los labios.

—Claro. Vale. —Roy empezó a descender los peldaños.

—Ya veremos mañana. —La voz de Lonna era malévola y ronca—. La próxima vez, llama antes —le espetó a Roy—. ¿Sabes lo que es el teléfono?

Mientras se alejaba en la bicicleta, Roy sopesó la posibilidad de que Dedos de Salmonete estuviera mejor vagando por los bosques que viviendo en su casa con una bruja por madre. Se preguntó qué sería lo que hacía que un adulto se volviera tan malhumorado y detestable. No le sorprendería que un día Beatrice le arrancara literalmente la cabeza de un mordisco.

La siguiente parada fue la casa de Dana Matherson, donde vivía otro escalofriante ejemplo de maternidad. Roy tenía la impresión de que el padre de Dana tampoco era ninguna joya, y fue precisamente él quien abrió la puerta. Roy había esperado encontrarse con otro espécimen del Neanderthal, pero el señor Matherson era delgado, menudo y de aspecto enfermizo.

—Hola. Me llamo Roy.

—Lo siento, no nos interesa —dijo con voz amable el padre de Dana, y se dispuso a cerrar la puerta.

—Pero si no vendo nada… —alcanzó a decir Roy por la rendija—. He venido a ver a Dana.

—Ah, otra vez no. —El señor Matherson volvió a abrir la puerta y bajó la voz—. Déjame adivinar… Te ha contratado para que le hagas los deberes.

—No, señor. Solo soy un amigo de la escuela.

—¿Un amigo?

Roy sabía que Dana no tenía muchos amigos, y los pocos que tenía eran mucho más altos y temibles que él.

—Vamos juntos en el autocar —explicó Roy, y decidió reciclar el truco de Beatrice una vez más—: Estamos haciendo un proyecto de ciencias juntos.

El señor Matherson frunció el entrecejo.

—¿Es una broma? ¿Quién eres en verdad?

—Ya se lo he dicho.

El padre de Dana se sacó la cartera del bolsillo.

—Muy bien, jovencito. Vayamos al grano. ¿Cuánto te debo?

—¿Por qué?

—Por los deberes de mi hijo. —El señor Matherson blandió un billete de cinco dólares—. ¿Lo de siempre?

Parecía rendido y azorado. Roy sintió lástima por él. Ciertamente, criar a un memo como Dana tenía que ser todo un suplicio.

—Usted no me debe ni un centavo —respondió Roy—. ¿Está en casa?

El señor Matherson le dijo a Roy que esperara allí. Instantes después, apareció Dana, ataviado con unos calzoncillos largos medio caídos y unos calcetines mugrientos.

—¡Eh! —gruñó.

—¿Qué hay? —dijo Roy—. Soy yo.

—¿Qué miras, vaquera?

No mucho, pensó Roy. Observó que el ceceo de Dana había desaparecido, junto con la hinchazón de su labio superior.

—Debes de estar loco para venir hasta aquí en bici —comentó Dana—, solo para que te haga picadillo.

—Sal. No tengo todo el día.

—¿Qué has dicho?

Dana salió al porche y cerró la puerta a su paso, con toda probabilidad para que su padre no presenciara el derramamiento de sangre. Trató de asestarle un puñetazo iracundo en la cabeza, pero Roy lo vio venir. Se agachó y el puño de Dana se estrelló directamente contra un comedero de pájaros de fibra de vidrio.

Cuando Dana dejó de lloriquear, Roy dijo:

—Cada vez que intentas hacerme daño, te pasa algo malo. ¿No te has dado cuenta?

Dana estaba doblado sobre sí mismo y sacudía la mano herida. Le dirigió una mirada rebosante de odio a Roy.

—Como ayer —prosiguió Roy—, cuando intentaste matarme en la garita del conserje. ¿Lo recuerdas? Acabaste siendo atrapado por una chica, desnudo y atado a un mástil.

—No estaba desnudo —gritó Dana—. Llevaba puestos los calzoncillos.

—Cuando vuelvas a la escuela el lunes, todos se reirán de ti. Todos, Dana, y solo por tu culpa. Lo único que tenías que hacer era dejarme en paz. ¿Tan difícil te resulta?

—Sí, bueno, se reirán incluso más cuando patee tu escuálido culo hasta el día del juicio final, vaquera. Se reirán como hienas, pero tú no estarás ahí para oírles.

—En otras palabras —añadió Roy, irritado—, no has aprendido nada.

—Cierto. ¡Y tú tampoco me vas a obligar a hacerlo!

Roy suspiró.

—El único motivo por el que he venido era hablar de la situación. Acabar de una vez con esta estúpida lucha.

Esa había sido su misión. Si al menos consiguiera hacer las paces con Dana Matherson, incluso por un tiempo, quedaría libre para consagrar todas sus energías en resolver el dilema de Dedos de Salmonete.

Pero Dana le rechifló en la cara.

—Debes de estar loco. Después de toda la mierda que me ha pasado, estás muerto, Eberhardt. Estás tan muerto que ni tan siquiera me hace gracia.

Roy comprendió que era inútil.

—Imposible. Eso es lo que eres —dijo—. Por cierto, muy bonita esa mancha violeta. —Y señaló hacia los nudillos inflamados de Dana.

—¡Fuera de aquí, vaquera! ¡Ahora!

Roy le dejó allí, en el porche, aporreando la puerta y bramando para que su padre le abriera. Obviamente, se había cerrado con llave cuando él había salido para asestarle un puñetazo a Roy.

Era una escena graciosa, Dana saltando en calzoncillos, pero Roy no estaba de humor para disfrutarla.

Se montó en la bicicleta y salió por el hueco que había en la valla. A plena luz del día, el depósito de chatarra no parecía tan espeluznante; solo parecía abarrotado. Aun así, Roy no tuvo dificultad en atisbar la vieja y oxidada furgoneta con la insignia de TARRINAS Y CUCURUCHOS JO-JO pintada en el endeble toldo.

El hermanastro de Beatrice estaba en la parte trasera de la furgoneta, refugiado dentro de un mohoso saco de dormir. Al oír los pasos de Roy, se agitó y abrió un ojo. Roy se arrodilló a su lado.

—Te he traído un poco de agua.

—Gracias, amigo. —Dedos de Salmonete alargó una mano

hacia la botella de plástico—. Y gracias por lo de anoche. ¿Tuviste problemas?

—No gran cosa —contestó Roy—. ¿Cómo te encuentras?

—Como una boñiga.

—Tienes mejor aspecto —le dijo Roy, y era verdad. Las mejillas del chico habían recuperado el candor; el brazo que le había mordido el perro ya no estaba hinchado ni rígido. En el otro brazo lucía un morado del tamaño de un botón, justo donde había tenido insertado el tubo intravenoso, antes de arrancárselo y escabullirse del hospital.

—Ya no tengo fiebre, pero me duele todo —explicó, mientras salía del saco de dormir. Roy miró hacia otro lado esperando a que se vistiera.

—He venido a decirte algo. Se trata de la nueva crepería —dijo Roy—. He hablado con mi padre y dice que pueden construir lo que quieran en ese terreno, puesto que tienen todos los papeles legales. No podemos hacer nada.

Dedos de Salmonete sonrió.

—¿«Podemos»?

—Quiero decir que…

—Quieres decir que es una causa perdida, ¿verdad? Vamos, Tejano, tienes que empezar a pensar como un forajido.

—Pero yo no soy un forajido.

—Sí, lo eres. Anoche, en el hospital… Fue una huida de forajido.

—Estabas enfermo. Necesitabas ayuda —se justificó Roy.

Dedos de Salmonete se acabó el agua y arrojó a un lado la botella vacía. Se puso en pie y se estiró como un gato.

—Cruzaste el límite, y ¿por qué? Porque te importaba lo que me sucediera —le dijo a Roy—, del mismo modo que a mí me importa lo que les ocurra a los búhos.

—He estado leyendo un poco sobre ellos. —El muchacho hablaba con un deje de impaciencia—. Escucha. Lo que está pasando allí no está bien. El terreno pertenecía a los búhos mucho antes que a los propietarios de la crepería. ¿De dónde eres, Tejano?

—De Montana —respondió Roy al instante, y luego añadió—: Bueno, en realidad nací en Detroit, pero vivimos en Montana antes de mudarnos aquí.

—Nunca he estado en el Oeste —dijo Dedos de Salmonete, pero sé que hay montañas.

—Sí, montañas increíbles.

—Eso es lo que necesitamos aquí —añadió el chico—. Florida es demasiado llana, no hay ningún obstáculo que les impida dejar de demoler de costa a costa.

Roy no encontró el valor para decirle que ni tan siquiera las montañas están a salvo de máquinas como aquellas.

—Desde que era pequeño —prosiguió Dedos de Salmonete— he visto desaparecer de este lugar los pinares, la maleza, los arroyos, los claros… Incluso las playas, amigo. Construyen esos hoteles gigantescos y solo se permite el paso a esos monicacos de turistas. Da rabia.

—Eso mismo está pasando en todas partes —comentó Roy.

—Lo cual no es motivo para no luchar en contra. Mira, echa un vistazo. —El muchacho extrajo un trozo de papel arrugado de uno de los bolsillos de sus ajados vaqueros—. Lo intenté, tejano, ¿lo ves? Le dije a Beatrice que les escribiera una carta explicándoles lo de los búhos y todo lo demás. Esto es lo que han contestado.

Roy alisó el papel, que estaba encabezado con el emblema de la compañía Mamá Paula. Decía lo siguiente:

Apreciada señorita Leep:

Le agradecemos mucho su carta.

En Auténticas Crepes Americanas Mamá Paula, Inc., nos sentimos orgullosos de nuestro sólido compromiso con el medio ambiente. Haremos todos los esfuerzos que sean necesarios para encauzar sus inquietudes.

Tiene usted mi palabra de que Mamá Paula está trabajando mano a mano con las autoridades, y que respeta y cumple todas las leyes, códigos y regulaciones.

Sinceramente,

CHUCK E. MUCKLE
Vicepresidente de Relaciones Corporativas

—Malo… —exclamó Roy al tiempo que le tendía el papel al hermanastro de Beatrice.

—Sí, es una… ¿cómo se llama?… una carta formal. Ni siquiera menciona a los búhos.

Bajaron de la furgoneta y salieron a la luz del sol. Ondas de calor se alzaban de los coches abandonados, que estaban alineados en filas, según alcanzaba a ver Roy.

—¿Cuánto tiempo piensas esconderte aquí? —le preguntó Roy.

—Hasta que empiecen a buscarme. Eh, ¿qué haces esta noche?

—Los deberes.

En realidad, Roy solo tenía que leer un capítulo corto para la clase de historia del señor Ryan, pero quería una excusa para quedarse en casa. Intuía que Dedos de Salmonete estaba planeando otra visita ilegal al emplazamiento de Mamá Paula.

—Bueno, si cambias de opinión, reúnete conmigo ya sabes

dónde al anochecer —dijo el muchacho—, y trae una llave de tubo.

Roy sintió una mezcla de aprensión y excitación. Una parte de él estaba consternado por las tácticas que empleaba el hermanastro de Beatrice; otra, anhelaba sumarse a ellas.

—Has estado enfermo —dijo Roy—. Necesitas descansar.

—¡Ja! No hay tiempo para eso.

—Pero lo que estás haciendo… no funcionará —insistió Roy—. Es probable que les frene, pero no los detendrá. Mamá Paula es una empresa grande. No van a rendirse y marcharse sin más.

—Ni yo tampoco, tejano.

—Tarde o temprano te atraparán y acabarás en un reformatorio y…

—Pues volveré a escaparme. Lo de siempre.

—Pero ¿no añoras llevar una vida normal?

—No puedo añorar lo que nunca he tenido —repuso el hermanastro de Beatrice. Roy no detectó el menor rastro de amargura en su voz.

—Quizá algún día vuelva a la escuela —prosiguió el chico—, pero de momento soy casi tan inteligente como necesito serlo. Es probable que no sepa álgebra ni decir «lindo caniche» en francés ni decirte quién descubrió Brasil, pero sé prender fuego con dos ramas secas y una piedra. Sé trepar a una palmera y conseguir suficiente leche de coco para subsistir un mes…

Oyeron arrancar un motor y se escondieron de nuevo en la furgoneta.

—El viejo propietario de este lugar —susurró Dedos de Salmonete— tiene un quad genial. Va volando por ahí como si fuera Jeff Gordon.

Cuando el rugido del todo terreno se ahogó en la distancia, hacia el otro extremo del cementerio de coches, el chico indicó que ya era seguro salir de la furgoneta. Precedió a Roy hasta un atajo que conducía al orificio de la valla y se escabulleron por él juntos.

—¿Adónde vas ahora? —preguntó Roy.

—No lo sé. A lo mejor voy a hacer un reconocimiento.

—¿Reconocimiento?

—Ya sabes. Exploración —contestó Dedos de Salmonete—. Detectar objetivos para esta noche.

—Ah.

—¿No vas a preguntarme qué tengo planeado?

—Tal vez sea mejor que no lo sepa —respondió Roy. Consideró mencionar que su padre era agente de policía. Quizá eso ayudaría a comprender al muchacho las reticencias de Roy para participar en sus planes, aunque simpatizaba con la cruzada por los búhos. Roy no podía soportar la idea de mirar a los ojos a sus padres a través de los barrotes de la cárcel si los atrapaban a Dedos de Salmonete y a él.

—Mi padre trabaja para el gobierno —comentó Roy.

—Es sensacional —exclamó el chico—. Mi padre se pasa el día entero comiendo sándwiches envasados y viendo la ESPN. Vamos, tejano, tengo algo genial que enseñarte.

—Me llamo Roy.

—De acuerdo, Roy. Sígueme.

Y echó a correr, una vez más.

Un verano, a finales de los años setenta, mucho antes de que Roy Eberhardt naciera, una pequeña pero intensa tormenta tropical se formó en el golfo de México y desembarcó a pocas millas al sur de Coconut Cove. No hubo muertos ni heridos, aunque el fuerte oleaje causó graves perjuicios en edificios y carreteras en la zona costera.

Entre las víctimas se contó un barco cangrejero llamado Molly Bell, que fue arrancado del anclaje y arrastrado hasta una cala, donde se bamboleó y acabó hundiéndose.

La tormenta amainó y, cuando cesó por completo, el oleaje remitió; allí, asomando a la superficie, estaba la embarcación. Y allí se quedó, pues la cala era tan angosta, y las corrientes tan traicioneras y el lecho de ostras tan peligroso que ningún capitán de salvamento se atrevió a arriesgar sus propios barcos para retirar el *Molly Bell*.

Con cada estación que pasaba, parecía más consumida y maltrecha; sus macizos casco y cubiertas cedían a los estragos de la carcoma, los percebes y las inclemencias del tiempo. Tras dos décadas, lo único que asomaba del *Molly Bell* sobre la superficie era la cabina del piloto, ladeada y con el techo blanquecino, lo bastante amplia para que dos muchachos se sentaran uno al lado del otro, con la cara al sol y las piernas colgando sobre el agua verde pálido.

Roy estaba atónito por el denso silencio; los viejos y poblados manglares estaban aislados y a salvo del bullicio infernal de la civilización. El hermanastro de Beatrice cerró los ojos e inhaló encantado la brisa salina.

Un águila pescadora solitaria acechaba en lo alto, atraída por un cebo que brillaba en la superficie. Curso arriba del arroyo que desembocaba en la cala, pasaba un banco de pececillos, también con el almuerzo en mente. Cerca, una garza blanca descansaba con aire regio sobre una pata, en el mismo árbol donde los chicos habían colgado los zapatos antes de nadar hasta el barco abandonado.

—Hace dos semanas vi un cocodrilo aquí de más de dos metros y medio —comentó el hermanastro de Beatrice.

—Genial. Y me lo dices precisamente ahora —exclamó Roy, entre risas.

Lo cierto era que se sentía totalmente a salvo. La cala era hermosísima y salvaje; un santuario oculto, a solo veinte minutos de su jardín.

Podría haber encontrado este lugar solo, pensó, si no hubiese perdido tanto tiempo deprimido y añorando Montana.

—No debes preocuparte por los cocodrilos sino por los mosquitos —dijo el chico.

—¿Has traído aquí a Beatrice?

—Solo una vez. Un cangrejo azul le pellizcó el pulgar de un pie, y no lo contó más.

—Pobre cangrejo —dijo Roy.

—Sí, no fue bonito, precisamente.

—¿Puedo preguntarte algo?

—Lo que quieras menos mi nombre —contestó Dedos de Salmonete—. No quiero un nombre, ni tampoco lo necesito. Aquí no.

—Lo que quería preguntarte tiene que ver con tu madre —dijo Roy—. ¿Cuál es el problema?

—No lo sé. Nunca conectamos —respondió el muchacho, con voz cansina—. Hace mucho tiempo que dejé de preocuparme por eso.

A Roy le costaba creerlo.

—¿Y tu auténtico padre?

—No llegué a conocerle. —Se encogió de hombros—. Ni tan siquiera he visto una foto suya.

Roy no sabía qué decir, así que prefirió dejar el tema. En el arroyo, un alboroto agitó el agua, y una docena de peces pla-

174

teados del tamaño de un puro saltaron al unísono, tratando de escapar de algún predador hambriento.

—¡Genial! Ahí vienen. —El hermanastro de Beatrice señaló a la frenética estela en forma de V. Se tendió boca abajo y le indicó a Roy que le sujetara por los tobillos.

—¿Para qué?

—¡Date prisa, amigo! ¡Vamos!

Roy subió y le aferró los tobillos; el chico se acercó al extremo de la cabina hasta que su enjuto torso quedó suspendido sobre el agua.

—¡No me sueltes! —gritó, y alargó sus morenos brazos hasta que sus dedos rozaron la superficie.

Roy notó cómo los tobillos del otro empezaban a resbalar de sus manos y se inclinó hacia delante, tratando de depositar todo el peso sobre sus muslos. Temía que ambos acabaran cayendo al agua, lo cual no hubiera estado mal de no ser por el lecho de ostras cortantes.

—¡Ahí vienen! ¡Prepárate!

—Te tengo. —Roy intentó sostener al otro mientras daba la primera embestida. Oyó un gruñido, un golpe y, por último, una exclamación triunfante.

Roy sujetó al chico por las trabillas de los pantalones y tiró de él hacia la cabina. El otro se sentó y le mostró las manos, cerradas la una sobre la otra.

—Echa un vistazo —le dijo a Roy.

El chico sostenía un pez brillante de cabeza roma que refulgía como el cromo líquido. Roy no tenía ni idea de cómo había conseguido atrapar a un fantasma tan diminuto y resbaladizo solo con las manos. Incluso el águila se habría quedado impresionada.

—Así que esto es un salmonete —dijo Roy.

—Sí. —El chico esbozó una sonrisa espléndida—. Por esto me pusieron el apodo.

—¿Cómo lo haces? ¿Cuál es el truco?

—La práctica —respondió el muchacho—. Confía en mí, es más útil que dedicarse a hacer los deberes.

El pez irradiaba destellos azules y verdes al retorcerse entre sus manos. El chico lo sostuvo sobre la superficie y lo dejó ir. El salmonete cayó al agua con un suave plop y desapareció en un remolino.

—Adiós, pequeño —dijo el hermanastro de Beatrice—. Nada deprisa.

Más tarde, después de haber regresado a la orilla, Roy no pudo resistir más la curiosidad y se sorprendió diciendo:

—Muy bien, ya puedes decírmelo. ¿Qué va a pasar esta noche en Mamá Paula?

Dedos de Salmonete, que en ese momento arrancaba un caracol de una de sus deportivas nuevas, le dirigió una mirada pícara.

—Sólo hay una manera de saberlo —contestó—. Ven.

Quince

Roy se sentó en el suelo con las piernas cruzadas y la mirada clavada en el póster del rodeo de Livingston. Deseó haber sido tan valiente como aquel vaquero, pero no lo era.

La misión de Mamá Paula era, sencillamente, demasiado arriesgada. Alguien, o algo, estaría esperando. Era probable que los perros ya no estuvieran allí, pero la empresa no estaría dispuesta a dejar sin vigilancia mucho tiempo el terreno donde tenía previsto abrir la crepería.

Además del miedo a ser descubierto, Roy tenía serios reparos en intentar hacer algo ilegal, y tampoco era posible esquivar el hecho de que el vandalismo era un delito, por muy noble que fuera la causa.

Aun así, no podía dejar de pensar en el día en que las excavadoras destruyeran los nidos de los búhos. Imaginaba al búho mamá y al búho papá volando impotentes en círculos mientras sus polluelos morían ahogados bajo toneladas de tierra.

La imagen entristecía y enfurecía a Roy. ¿Y si Mamá Paula disponía de todos los permisos legales? Un acto no necesariamente tiene que ser correcto por el simple hecho de ser legal.

Roy no conseguía equilibrar los argumentos del cerebro y del corazón. Estaba seguro de que había algún modo en que pudiera ayudar a las aves —y al hermanastro de Beatrice— sin quebrantar la ley. Necesitaba dar con un plan.

Al mirar por la ventana, Roy recordó que el tiempo iba transcurriendo. Las sombras se habían alargado, lo que significaba que el sol no tardaría en ocultarse y que Dedos de Salmonete pronto se pondría en marcha.

Antes de salir de casa, Roy se asomó a la cocina; allí estaba su madre, frente a los fogones.

—¿Adónde vas? —le preguntó.

—A dar una vuelta en bici.

—¿Otra? Pero si acabas de volver.

—¿A qué hora cenaremos? Huele de maravilla.

—Es estofado, cielo. Nada especial, pero no cenaremos hasta las siete y media o las ocho. Tu padre ha tomado tarde el té.

—Perfecto —exclamó Roy—. Adiós, mamá.

—¿Qué te traes entre manos? —le gritó ella a su espalda—. ¿Roy?

Pedaleó a toda prisa hasta el edificio donde vivía Dana Matherson y encadenó la bicicleta al poste de una señal de tráfico. Se acercó a la casa a pie y se coló con sigilo por la cerca en el patio posterior.

Roy no era lo bastante alto para atisbar por las ventanas; tuvo que saltar y sostenerse colgado por los dedos. En la primera estancia vio una figura delgada y arrugada, tendida boca arriba en el sofá: era el padre de Dana, que se sostenía sobre la frente lo que parecía ser una bolsa de hielo.

En la segunda estancia estaba la madre de Dana o bien el propio Dana, ataviada con unas mallas rojas y una peluca raída. Roy decidió que probablemente se trataba de la señora

Matherson, pues la persona en cuestión manejaba una aspiradora. Roy bajó de un salto y volvió a encaramarse a una tercera ventana.

Y allí, sin lugar a dudas, estaba Dana.

Estaba despatarrado en su cama, una masa perezosa vestida con pantalones de lona y unas deportivas altas desatadas. Llevaba auriculares y su cabeza se agitaba adelante y atrás al ritmo de la música.

Roy, de puntillas, tocó al cristal con los nudillos, pero Dana no lo oyó. Roy siguió repiqueteando hasta que un perro empezó a ladrar en el porche de la casa adyacente.

En la siguiente ocasión en que Roy se elevó un poco más para mirar dentro, Dana lo escrutaba con el entrecejo fruncido a través de la ventana. Se había quitado los auriculares y vocalizaba unas palabras que hasta la persona más torpe leyendo los labios habría sabido interpretar.

Roy sonrió, se dejó caer al césped y retrocedió dos pasos. Acto seguido, procedió a hacer algo que estaba totalmente fuera de lugar para un chico tan tímido como él.

Lo que hizo fue saludar con fervor, darse media vuelta, bajarse los pantalones y doblarse hacia delante.

Vista desde abajo (tal y como la veía Roy), la sorpresa que reflejaba su rostro le hizo suponer que Dana nunca había visto una exhibición semejante. Parecía muy ofendido.

Roy se levantó los pantalones muy despacio, se dirigió a la parte frontal de la casa y esperó a que Dana saliera hecho una furia. No tardó en hacerlo.

Roy echó a correr con Dana siguiéndole a menos de veinte metros, maldiciendo y resoplando palabrotas. Roy sabía que corría muy deprisa, por lo que moderó el paso; no quería que Dana se desanimara y se rindiera.

No obstante, solo después de tres manzanas quedó claro que Dana estaba incluso en peor forma de lo que Roy había supuesto. Lentamente fue quedándose sin aliento; las maldiciones iracundas fueron transformándose en jadeos de fatiga; las palabrotas se ahogaron entre resuellos.

Cuando Roy miró atrás, vio que Dana renqueaba en un trote ladeado. Era patético. Todavía faltaban unos doscientos metros hasta donde Roy quería llegar, pero sabía que Dana no lo conseguiría sin parar a descansar. El pobre estaba a punto de derrumbarse.

A Roy no le quedó más opción que fingir que también estaba cansado. Corría cada vez más despacio hasta que Dana le ganó ventaja y estaba a punto de alcanzarle. Unas manos conocidas y sudorosas se le agarraron al cuello, pero Roy sabía que Dana estaba demasiado exhausto para estrangularle. El chico solo intentaba sujetarse a algo para no caerse.

No funcionó. Los dos cayeron hechos un manojo, Dana sobre Roy. Dana jadeaba como un caballo de tiro.

—¡No me hagas daño! ¡Me rindo! —exclamó Roy con voz convincente.

—¡Aaarrrggg! —Dana tenía el rostro tan rojo como un pimiento y los ojos desorbitados.

—¡Tú ganas! —gritó Roy.

—¡Aaarrrggg!

El aliento de Dana era hediondo, pero el olor que desprendía su cuerpo era feroz. Roy ladeó la cabeza para respirar una bocanada de aire fresco.

Debajo de ellos, el suelo era blando y tan negro como el carbón. Roy supuso que habían caído en algún jardín. Se quedaron allí durante lo que les pareció una eternidad mientras Dana se recuperaba de la persecución. Roy se sentía aplastado e incómodo, pero de nada le hubiera servido intentar zafarse. Dana era un peso muerto.

Finalmente, Dana se agitó, sujetó a Roy con fuerza y dijo:

—Y ahora te voy a patear el culo, Eberhardt.

—No lo hagas, por favor.

—¡Me has enseñado el trasero!

—Era una broma. Lo siento, de verdad.

—Eh, si le enseñas el trasero a alguien, te fastidias si luego te patea el culo.

—No te culpo por ser tan basto —dijo Roy.

Dana le dio un codazo en las costillas, pero no encontró mucho músculo donde golpear.

—¿Te parece divertido esto, vaquera?

Roy negó con la cabeza, fingiendo dolor.

Dana esbozó una sonrisa maliciosa. Tenía los dientes montados y amarillentos, como el perro guardián de un granero viejo. Se arrodilló sobre el pecho de Roy y se inclinó hacia atrás para coger impulso y volver a golpearle.

—¡Espera! —chilló Roy.

—¿A qué? Esta vez Beatrice la Osa no está aquí para salvarte.

—¡Pitillos! —susurró Roy en tono confidencial.

—¿Eh? —Dana bajó el puño—. ¿Qué has dicho?

—Sé dónde hay una caja llena de cigarrillos. Si me prometes que no me pegarás, te la enseñaré.

—¿Qué clase de cigarrillos?

Roy no había pensado en ese detalle al inventar la historia. No se le había ocurrido la posibilidad de que Dana fuera maniático con las marcas de cigarrillos.

—Gladiators —contestó Roy, recordando de pronto un anuncio que había visto en una revista.

—¿Normales o bajos en nicotina?

—Normales.

—¡Ni hablar! —exclamó Dana.

—Que sí —insistió Roy.

No era difícil interpretar la expresión facial de Dana: estaba planeando quedarse con parte de los cigarrillos y venderles los demás a sus colegas para obtener cierto beneficio.

—¿Dónde están? —Se apartó de Roy y tiró de él hasta dejarlo sentado—. ¡Dímelo!

—Antes tienes que prometerme que no me pegarás.

—Claro, amigo. Te lo prometo.

—Nunca más —dijo Roy—. Jamás de los jamases.

—Sí, lo que tú quieras.

—Quiero oír cómo lo dices.

Dana se echó a reír con aire condescendiente.

—Muy bien, pequeña vaquera. Nunca, jamás de los jamases volveré a patear tu lamentable culo, ¿vale? Lo juro sobre la tumba de mi padre. ¿Tienes suficiente con eso?

—Tu padre no está muerto —puntualizó Roy.

—Pues entonces lo juro sobre la tumba de Natalie. Y ahora, dime dónde están escondidos esos Gladiators. Y no estoy para bromas.

—¿Quién es Natalie? —preguntó Roy.

—La periquita de mi madre. Es el único muerto que conozco.

—Bueno, supongo que con eso vale. —Por lo que había visto del hogar de los Matherson, Roy tenía la inquietante sensación de que Natalie no había muerto por causas naturales.

—¿Trato hecho? —preguntó Dana.

—Sí —respondió Roy.

Llegó el momento de liberar al monigote. El sol empezaba a ponerse por el Golfo y las farolas se encendieron.

—Hay un aparcamiento vacío en la esquina de Woodbury con East Oriole.

—¿Sí?

—En un rincón del aparcamiento hay un camión-caravana. Allí es donde están escondidos los cigarrillos.

—Genial. Toda una caja —dijo Dana con avaricia—. Pero ¿cómo la has descubierto?

—Porque mis amigos y yo la escondimos allí. Nos la llevamos a escondidas de un camión de la reserva Seminole.

—¿Tú?

—Sí, yo.

Era una mentira difícilmente creíble, pensó Roy. Los indios vendían tabaco libre de tasas y los fumadores recorrían muchas millas para aprovisionarse allí.

—Y dentro del camión, ¿dónde? —preguntó Dana.

—No tiene pérdida —contestó Roy—. Si quieres, te los enseñaré.

Dana resopló.

—No, gracias. Ya los encontraré.

Posó dos dedos en el centro del pecho de Roy y le dio un empujón. Roy cayó de espaldas sobre el bancal de flores y su cabeza acabó sobre aquella misma superficie blanda. Esperó un par de minutos antes de ponerse en pie y sacudirse la ropa.

Para entonces, Dana Matherson estaba ya lejos. Roy se habría sentido muy decepcionado de no haber sido así.

Rizos superó la noche del viernes, aunque no sin molestias. Lo primero que hizo el sábado por la mañana fue ir en coche a la ferretería y comprar un asiento nuevo y macizo para el retrete del camión, además de una docena de ratoneras gigantes. Luego hizo una parada en el Blockbuster y alquiló una película por si la televisión por cable volvía a fallar.

De allí volvió directo a casa, donde su esposa le informó de que iba a necesitar la furgoneta, pues su madre iba a coger el otro coche para ir al bingo. A Rizos no le gustaba que nadie condujera su furgoneta, y se quedó enfurruñado cuando su esposa le dejó en el camión.

Antes de plantarse frente al televisor, Rizos cogió la pistola e inspeccionó rápidamente su propiedad. Todo parecía en orden, incluidas las estacas de replanteo. Empezaba a creer que su mera presencia ahuyentaba a los intrusos de la parcela. Aquella noche iba a constituir una auténtica prueba; sin la furgoneta aparcada junto al camión, el lugar parecería solitario e invitaría a entrar.

Al caminar a lo largo de la valla, Rizos se relajó al no tropezar con ninguna serpiente mocasín. Eso significaba que podría reservarse las cinco balas que le quedaban para amenazas más graves, aunque no quería repetir el fiasco desquiciante con el ratón de campo.

Decidido a ahuyentar a roedores intrusos, Rizos untó con mantequilla de cacahuete las ratoneras y las colocó en puntos estratégicos junto a los laterales del camión.

Hacia las cinco, improvisó una cena congelada e introdujo la película en el reproductor de vídeo. El estofado turco no estaba mal del todo, y el pastel de cerezas resultó ser sorprendentemente sabroso. Rizos no dejó ni una miga.

Por desgracia, la cinta fue decepcionante. Se titulaba *La última casa del Bulevar de la Bruja III*, y uno de los coprotagonistas no era ni más ni menos que Kimberly Lou Dixon.

Uno de los dependientes de Blockbuster le había ayudado a buscar la película, que se había estrenado hacía ya varios años, antes de que Kimberly Lou Dixon firmara para aparecer en los anuncios publicitarios de la televisión de Mamá Paula. Rizos supuso que aquel había sido su primer papel en Hollywood después de retirarse de los concursos de belleza.

En la película, Kimberly Lou encarnaba a una hermosa animadora de instituto que sufría el maleficio de una bruja y empezaba a hervir a los jugadores estrella de fútbol americano en un caldero del sótano. Para la ocasión se teñía el pelo de rojo rabioso y se ponía una nariz falsa con una verruga de goma en la punta.

La interpretación era bastante pobre y los efectos especiales, pésimos, de modo que Rizos pasó la cinta hasta el final. En la última escena, el mariscal de campo escapaba del caldero y le lanzaba a Kimberly Lou Dixon alguna clase de polvos mágicos, y esta dejaba de ser una bruja para transformarse de nuevo en la hermosa animadora, antes de abandonarse en sus brazos. Entonces, justo cuando el mariscal de campo estaba a punto de besarla, se metamorfoseó en una iguana muerta.

Rizos apagó el reproductor de vídeo, asqueado. Decidió que si algún día conocía a Kimberly Lou Dixon en persona, no le hablaría de *La última casa del Bulevar de la Bruja III*.

Pasó a la televisión por cable y encontró un torneo de golf que le adormeció. El primer premio era un millón de dólares y un Buick nuevo, pero Rizos no consiguió mantener los ojos abiertos.

Cuando se despertó, ya había anochecido. Un ruido le había sobresaltado, pero no estaba seguro de qué había sido. De pronto, volvió a oírlo: ¡snap!

Acto seguido se oyó un grito… con toda probabilidad humano, pero Rizos seguía sin estar seguro. Desactivó el sonido del televisor y agarró la pistola.

Algo… ¿Un brazo? ¿Un puño?… Algo golpeó el lateral de aluminio del camión. Y entonces, de nuevo: ¡snap!, acompañado de una blasfemia susurrada.

Rizos se acercó de puntillas a la puerta y aguardó. Le latía el corazón con tal fuerza que temía que el intruso pudiera oírlo.

En cuanto la maneta empezó a girar, Rizos se puso en acción. Agachó un hombro, soltó un rugido de marine y saltó del camión con tal ímpetu que a punto estuvo de arrancar la puerta.

El intruso dejó escapar un grito cuando Rizos saltó al suelo. Este lo aprisionó bajo una de sus botas.

—¡No te muevas!

—¡No lo haré! ¡No lo haré! ¡No lo haré!

Rizos bajó el cañón de la pistola. Con la luz que salía del camión, vio que el ladrón solo era un niño… un niño alto y desgarbado. Había tropezado por casualidad con las ratoneras dos de las cuales se habían quedado retorcidas alrededor de sus zapatillas de deporte.

Eso tiene que doler, pensó Rizos.

—¡No me dispare! ¡No me dispare! —gritaba el chico.

—Bah, cállate. —Rizos se enfundó el revólver de 38 milímetros en el cinturón—. ¿Cómo te llamas, hijo?

—Roy, Roy Eberhardt.

—Bien, estás con la mierda hasta el cuello, Roy.

—Lo siento, señor. Por favor, no llame a la policía.

El muchacho empezó a contonearse, de modo que Rizos tuvo que presionarle aún más con la bota. Miró al otro extremo del aparcamiento y vio que el candado de la valla había sido forzado con un trozo de hormigón.

—Debes de creerte muy ingenioso —dijo—, entrando y saliendo de aquí a tu antojo. Tú y tu sabihondo sentido del humor.

El chico alzó la cabeza.

—¿De qué está hablando?

—No te hagas el tonto, Roy. Tú eres el que arrancó todas las estacas y metió los caimanes en las letrinas portátiles…

—¿Qué? Usted está loco, amigo.

—… y pintó el coche de la policía. No me extraña que no quieras que la avise. —Rizos se inclinó aún más sobre él—. ¿Cuál es tu problema, muchacho? ¿Te has enfadado con Mamá Paula? Para ser sincero, tienes aspecto de gustarte un buen crepe.

—¡Sí! ¡Me encantan las crepes!

—Entonces, ¿qué ocurre? —preguntó Rizos—. ¿Por qué no quieres esto?

—¡Pero si ni siquiera había estado aquí nunca!

Rizos levantó el pie del vientre del chico.

—Vamos, muchacho. Levántate.

El chico aceptó su mano, pero en lugar de dejar que Rizos tirara de él para ayudarle a incorporarse, lo derrumbó al suelo. Rizos se las arregló para rodear su cuello con un brazo, pero el otro se zafó y le arrojó un puñado de tierra a los ojos.

Esto es como una mala película, pensó al tiempo que se frotaba los ojos, desconcertado—, solo que yo no me estoy convirtiendo en una animadora.

Se aclaró la vista justo a tiempo para ver huir al chico; mientras corría, las ratoneras repiqueteaban como castañuelas, colgadas de los pulgares de sus pies. Rizos intentó perseguirle, pero apenas dio cinco pasos y tropezó con una madriguera de búhos que le hizo caer de bruces.

—¡Te atraparé, Roy! —chilló en la oscuridad—. El señor no está de suerte.

El agente David Delinko libraba el sábado, lo cual le complacía. Había sido una semana ajetreada, que para colmo había culminado en aquella insólita escena en la sala de emergencias.

La víctima de las fauces de los perros, desaparecida, todavía no había sido encontrada ni identificada, aunque el agente Delinko tenía ahora una camisa verde con la que cotejar la manga arrancada que había encontrado en el cercado del solar donde se estaba construyendo la crepería Mamá Paula. El chico que había huido del hospital debía de haber dejado la camisa colgada de la antena del coche patrulla del agente Delinko, obviamente a modo de chanza.

El agente Delinko estaba cansado de ser objeto de tales bromas, aunque agradecía disponer de esa nueva prueba, pues sugería que el fugitivo de la sala de emergencias era uno de los gamberros de Mamá Paula, y que el joven Roy Eberhardt sabía más del caso de lo que admitía. El agente Delinko imaginaba que el padre de Roy estaría sufriendo horrores, teniendo en cuenta su experiencia en interrogatorios.

El agente pasó la tarde viendo béisbol en la televisión, pero los dos equipos de Florida perdieron: el Devil Ray por cinco y el Marilin por siete. Hacia la hora de la cena, abrió la nevera y descubrió que dentro no había nada que comer, salvo tres lonchas individuales de queso fundido Kraft.

Se embarcó de inmediato en una visita al supermercado para comprar pizza congelada. Siguiendo su nueva rutina, el agente Delinko dio un rodeo para pasar por la propiedad de Mamá Paula. Todavía albergaba la esperanza de atrapar a los vándalos, fueran quienes fueran, con las manos en la masa. Si eso ocurría, el capitán y el sargento no tendrían más opción que eximirle de las tareas de despacho y destinarle de nuevo a una patrulla, con reconocimientos honoríficos vitalicios.

Mientras doblaba por East Oriole con el coche patrulla, el agente Delinko se preguntó si los Rottweilers adiestrados estarían vigilando aquella noche el emplazamiento de la crepería. De ser así, no tendría sentido parar; nadie se atrevería a acercarse a esos perros enloquecidos.

En la distancia, vio una figura corpulenta apostada en mitad de la carretera. Avanzaba con aire vacilante. El agente Delinko pisó el freno del Crown Victoria y aguzó la vista cautelosamente a través del parabrisas.

A medida que la figura se acercaba, cruzando los radios de luz de las farolas, el agente vio que era un fornido adolescente. El chico caminaba con la cabeza gacha y parecía tener prisa, aunque no corría con normalidad; más bien se tambaleaba. Cada paso que daba producía un sonido metálico que resonaba en el pavimento.

Cuando el muchacho alcanzó el extremo de la luz de los faros, el agente Delinko advirtió que en cada una de sus zapatillas de deporte llevaba enganchado un objeto plano y rectangular. Pasaba algo muy extraño.

El policía activó las luces giratorias azules y se apeó del coche. El joven, sorprendido, se detuvo en seco y alzó la mirada. Su abultado pecho parecía agitado y su rostro estaba empapado en sudor.

—¿Podemos hablar un momento, muchacho? —preguntó el agente Delinko.

—No —respondió el chico; acto seguido, dio media vuelta y echó a correr.

Con ratoneras en los pies, no llegó lejos. El agente Delinko no tuvo dificultad para atraparle e introducirle en la parte posterior del coche patrulla, enrejada. Las esposas del agente, prácticamente nuevas, funcionaron a la perfección.

—¿Por qué huías? —preguntó a su joven prisionero.

—Quiero un abogado —respondió el chico, con el rostro petrificado.

—Qué mono.

El agente Delinko giró en redondo con el coche para llevarle a la comisaría. Al mirar por el espejo retrovisor, vio a otra figura corriendo por la calle y haciéndole señas desesperadamente.

Y ahora ¿qué?, pensó el policía al tiempo que pisaba el pedal del freno.

—¡Eh! ¡Pare! —gritaba la figura mientras se aproximaba; su inconfundible calva refulgía a la luz de las farolas.

Era Leroy Branitt, alias Rizos, el director de obra de Mamá Paula. Jadeaba casi sin aliento al llegar al coche patrulla, y se dejó caer sin fuerzas sobre el capó. Tenía el rostro encendido y manchado de tierra.

El agente Delinko bajó el cristal de la ventanilla y le preguntó qué problema tenía.

—¡Le ha atrapado! —exclamó el director de obra entre resuellos—. ¡Fantástico!

—Atrapado... ¿a quién? —El agente tanteó con la mirada al prisionero que llevaba en el asiento trasero.

—¡A él! Al chivato que ha estado merodeando por nuestra casa. —Rizos se irguió y señaló con un dedo acusador al adolescente—. Hace un rato ha intentado colarse en mi camión. Ha tenido suerte de que no le haya volado la cabeza de un tiro.

El agente Delinko se esforzó por contener la excitación. ¡Lo había conseguido! ¡Había atrapado al malhechor de Mamá Paula!

—Le inmovilicé, pero escapó —explicaba Rizos—, aunque antes conseguí arrancarle su nombre. Se llama Roy. Roy Eberhardt. Ande, ¡pregúntele!

—No tengo por qué hacerlo —repuso el agente Delinko—. Conozco a Roy Eberhardt y no es él.

—¿Qué? —Rizos estaba furioso, como si hubiese esperado que el joven ladrón hubiese sido sincero con él.

—Deduzco que quiere interponer una denuncia —dijo el agente Delinko.

—Puede apostar su reluciente placa a que lo haré. Este gamberro también ha intentado dejarme ciego. ¡Me arrojó tierra a los ojos!

—Eso es una agresión —confirmó el agente Delinko—, sumada al intento de robo, allanamiento de morada, destrucción de la propiedad privada, etcétera, etcétera. No se preocupe, lo incluiré todo en el informe. —Se acercó a la puerta del acompañante y le indicó a Rizos que subiera—. Tendrá que acompañarme a la comisaría.

—Será un placer. —Rizos escrutó el bulto sentado en el asiento trasero—. ¿Quiere saber cómo han llegado a sus pies esas ridículas ratoneras?

—Después —contestó el agente Delinko—. Quiero saberlo todo. —Aquella era la ocasión que había estado esperando. Estaba impaciente por llegar a la comisaría y extraer una confesión completa del adolescente.

De los documentales de formación, el agente Delinko recordaba lo necesaria que era una psicología sutil al tratar con sospechosos poco dispuestos a cooperar. Por ello, empleando una voz templada, dijo:

—Supongo que sabrás, jovencito, que en tus manos está que esto resulte más fácil para todos.

—Sí, ya —musitó el chico desde el otro lado de la reja.

—Podrías empezar por decirnos tu verdadero nombre.

—¡Anda ya! Olvídalo.

Rizos se rió sonoramente.

—Será divertido meter a este en la cárcel.

El agente Delinko se encogió de hombros.

—Como prefieras —le dijo al joven prisionero—. Si no tienes nada que decir, no pasa nada. La ley te protege.

El muchacho esbozó una sonrisa sesgada.

—¿Y qué pasa si tengo una pregunta?

—Adelante. Pregunta.

—Muy bien —dijo Dana Matherson—. ¿Alguno de vosotros dos tiene un cigarrillo?

Dieciséis

El timbre de la puerta sonó mientras los Eberhardt estaban comiendo.

—En domingo, ¡hay que ver! —se quejó el padre de Roy cuando volvió de ir a ver quién era.

Roy sintió un nudo en el estómago porque no esperaba a nadie. Sospechó que algo gordo tenía que haber ocurrido la noche anterior en el solar de la crepería.

—Uno de tus amigos —anunció el señor Eberhardt—. Dice que teníais planes para salir con el monopatín.

—Ah. —Tenía que ser Garrett. Roy casi se sintió mareado de alivio—. Sí, lo olvidé.

—Pero, cariño, si no tienes monopatín —observó la señora Eberhardt.

—No pasa nada. Su amigo se ha traído uno de sobras —dijo el señor Eberhardt.

Roy se levantó de la mesa mientras se limpiaba la boca con una servilleta a toda prisa.

—No importa si me voy, ¿verdad?

—Pero, Roy, es domingo —objetó su madre.

—Por favor. Solo una hora.

Sabía que sus padres dirían que sí. Se alegraban de que hiciera nuevos amigos en la escuela.

Garrett estaba esperando en los escalones de la entrada. Le comenzó a decir algo, pero Roy le hizo una señal para que callara hasta que estuvieran lejos de la casa. Mudos, fueron en monopatín hasta el final de la calle, donde Garrett se bajó del suyo y exclamó:

—¡No te lo vas a creer! ¡Anoche pillaron a Dana Matherson!

—¡No me digas! —Roy trató de parecer más sorprendido de lo que estaba. Como había imaginado, era obvio que el solar de Mamá Paula estaba bajo vigilancia.

—Los polis llamaron a mi madre esta mañana —le informó Garrett—. Trató de entrar en un camión para llevarse algo.

Como orientadora vocacional en Trace Middle, siempre que un estudiante tenía problemas con la ley, la madre de Garrett recibía una notificación. Roy tenía la impresión de que no sucedía muy a menudo.

—Tío, es para mondarse, Dana les dijo que fuiste tú —dijo Garrett.

—Ah, mira qué bien.

—Qué caraculo, ¿eh?

—Y seguro que lo creyeron —dijo Roy.

—Ni de lejos.

—¿Estaba solo? —preguntó Roy—. ¿Arrestaron a alguien más?

A alguien como el hermanastro de Beatrice, es lo que quería preguntar.

—No. Solo a él —respondió Garrett—, y adivina qué… ¡Tiene antecedentes!

—¿Antecedentes?

—Antecedentes penales, tío. A Dana ya lo habían pescado antes, es lo que los polis le dijeron a mi madre.

Una vez más, a Roy no le sorprendieron tanto las noticias.

—Pescado, ¿por qué?

—Por robar en tiendas, destrozar máquinas de Coca-Cola… Cosas por el estilo —contestó Garrett—. Una vez tiró al suelo a una señora y le robó el monedero. Mi madre me hizo prometerle que no lo contaría. Se supone que es un secreto porque Dana es menor.

—Vale —dijo Roy con sarcasmo—. No vayamos a arruinarle su buena reputación.

—Pues eso. Eh, deberías estar dando saltos de alegría.

—Sí, ¿por qué?

—Porque mi madre dice que lo van a encerrar un tiempo.

—¿En el correccional?

—Sin duda —le confirmó Garrett—, por su expediente.

—Vaya —murmuró Roy.

No estaba de humor para dar saltos de alegría, aunque no podía negar que experimentaba cierta sensación de alivio. Estaba cansado de ser el saco de arena de Dana Matherson.

Y al mismo tiempo que se sentía culpable por haberse inventado la historia de los cigarrillos, Roy tampoco pudo evitar pensar que poner a Dana detrás de los barrotes era un servicio público. Era un chico muy desagradable. Tal vez una temporadita en el correccional lo enmendaría.

—Eh, ¿quieres que vayamos al parque con el monopatín? —le preguntó Garrett.

—Claro.

Roy se subió a su monopatín prestado y se dio un fuerte impulso con el pie derecho. Durante el camino hacia el parque, ni una sola vez miró hacia atrás por encima del hombro para ver si lo seguían.

Se sentía bien, como uno debería sentirse todos los domingos.

Rizos se despertó en su propia cama y ¿por qué no?

El gamberro de Mamá Paula por fin estaba bajo custodia, así que no había razón alguna para pasar la noche de guardia en el remolque.

Después de que el agente Delinko lo llevara a casa, Rizos había amenizado a su mujer y a su suegra con el relato de los excitantes sucesos con pelos y señales. Por puro propósito dramático, Rizos lo había animado un poco con unos cuantos detalles de su cosecha.

En su versión, por ejemplo, el hosco y joven intruso lo dejó fuera de combate con una experta llave de kárate (algo que sonaba más serio que echarle a uno tierra a la cara). Rizos también decidió que era innecesario mencionar que había tropezado con una madriguera de búho y que se había caído. En lugar de eso, describió la persecución como una carrera muy reñida. El papel del agente Delinko en la captura del criminal a la fuga se vio convenientemente minimizada.

El relato de Rizos funcionó tan bien en casa que confiaba en que Chuck Muckle también le diera crédito. Lo primero que haría el lunes por la mañana sería llamar a las oficinas centrales de Mamá Paula para relatar al vicepresidente los detalles del arresto y de su heroicidad. No podía esperar a oír cómo al señor Muckle se le atragantaba una felicitación.

Después de comer, Rizos se sentó frente al televisor para ver un partido de béisbol. No había hecho más que sentarse, cuando apareció un anuncio de Mamá Paula promocionando el especial del fin de semana: 6,95 dólares por todas las crepes que pudieras comerte, con café y salchichas gratis.

La visión de Kimberly Lou Dixon encarnando a Mamá

Paula hizo que Rizos pensara en la pésima película que había alquilado, *La última casa del Bulevar de la Bruja III*. No recordaba si tenía que devolverla al Blockbuster aquella tarde o al día siguiente. Rizos odiaba pagar recargos por el alquiler de vídeos, así que decidió ir al camión y coger la cinta.

De camino, Rizos se angustió al pensar en que se había dejado algo más en la parcela: ¡su pistola!

Durante el jaleo de la noche, le había perdido la pista a su revólver de 38 milímetros. No recordaba llevarlo encima cuando iba en el coche patrulla del agente Delinko, así que tenía que habérsele caído del cinturón durante la refriega con el chico, fuera del camión. Otra posibilidad era que se le hubiera caído cuando tropezó con el maldito agujero de los búhos.

Perder una pistola cargada era un asunto serio y Rizos se sintió muy irritado consigo mismo. Cuando llegó a la obra vallada, fue corriendo a la zona en la que el adolescente y él habían forcejeado. Por allí no había ningún revólver a la vista.

Angustiado, Rizos volvió sobre sus pasos hacia la madriguera del búho y apuntó con la linterna hacia el agujero. Nada.

Ahora sí que estaba preocupado. Miró dentro del camión y vio que todo seguía igual que la noche anterior. La puerta estaba muy dañada como para volverla a poner en su sitio, así que Rizos cubrió el hueco con dos placas de contrachapado.

A continuación comenzó una búsqueda sistemática por toda la propiedad con los ojos pegados al suelo. En una mano llevaba una piedra pesada por si acaso se encontraba con una de aquellas serpientes mocasín venenosas.

Poco a poco, una idea angustiosa fue tomando forma en el cerebro de Rizos, una idea que lo hizo estremecerse como si le hubieran echado un jarro de agua fría: ¿Y si el ladrón adolescente le había cogido el revólver del cinturón mientras estaban peleándose? El chico podría haberlo tirado a un contenedor o arrojado entre los matorrales mientras salía huyendo.

Rizos se estremeció y siguió con la búsqueda. Tras una media hora, se encaminó hacia la zona de la propiedad en la que se encontraba la maquinaria de excavación para el movimiento de tierras.

Para entonces ya casi había perdido la esperanza de encontrar la pistola. Estaba bastante alejado de donde recordaba haberla tenido por última vez y en la dirección opuesta al camino tomado por el gamberro para huir. Rizos pensó que no era posible que el 38 milímetros apareciera tan lejos del camión, salvo que un búho enorme lo hubiera cogido y lo hubiera llevado hasta allí.

Sus ojos se posaron en una depresión en la tierra blanda: la huella de un pie descalzo, sin duda humano. Rizos contó los dedos para asegurarse.

El pie parecía ser considerablemente más pequeño que el de Rizos, y también más pequeño que el del malhumorado ladrón adolescente.

Un poco más allá, Rizos dio con otra huella… Y luego otra, y otra más después de aquella. El rastro conducía directamente hacia la hilera de excavadoras y Rizos avanzó con una creciente sensación de intranquilidad.

Se detuvo frente a una excavadora y se hizo pantalla con la mano para protegerse del sol. Al principio, no se percató de que nada estuviera fuera de lugar, pero entonces cayó en la cuenta de algo que lo aturdió como la coz de una mula.

¡Los asientos del conductor habían desaparecido!

Dejó caer la piedra que llevaba para protegerse y se dirigió como el rayo hacia la siguiente excavadora de la hilera. El asiento también había desaparecido.

Con un ataque de furia, Rizos se aproximó a la tercera y última máquina, una retroexcavadora. De nuevo, faltaba el asiento.

Rizos escupió un taco. Sin asientos, las excavadoras eran inútiles. Los operadores tenían que sentarse para poder accionar los pedales y el volante al mismo tiempo.

Las ideas se agolpaban en la mente del director de obra. O bien el chico que habían cogido la noche anterior tenía un cómplice escondido, o bien alguien más había entrado a hurtadillas en la propiedad después de que él se hubiera ido.

Pero ¿quién?, se preguntó Rizos exasperado. ¿Quién ha saboteado mi equipo y cuándo?

En vano buscó los asientos desaparecidos mientras su ánimo se agriaba por momentos. Ya no pensaba en llamar al señor Muckle a las oficinas centrales de Mamá Paula; en realidad, la idea le provocaba pavor. Rizos sospechaba que el malhumorado vicepresidente estaría encantado de echarlo a la calle por teléfono.

Desesperado, Rizos se encaminó hacia las letrinas portátiles. Tras haberse tragado casi una jarra entera de té helado durante la comida, en aquellos momentos sentía que su barriga estaba a punto de estallar. El nerviosismo provocado por la situación tampoco ayudaba.

Rizos se armó con la linterna, entró en una de las cabinas sanitarias y dejó la puerta ligeramente entornada por si fuera necesario salir pitando. Quería asegurarse de que nadie había vuelto a gastarle una broma arrojando reptiles peligrosos al inodoro.

Con precaución, Rizos apuntó la linterna hacia el agujero oscuro de la taza. Tragó saliva cuando el haz de luz iluminó algo brillante y negro en el agua. Sin embargo, tras examinarlo con mayor detenimiento, Rizos vio que no era un caimán.

—Fantástico —murmuró Rizos desconsolado—. Esto es fantástico.

Era su pistola.

Roy estaba deseando entrar a hurtadillas en el depósito de chatarra y hacerle una visita a Dedos de Salmonete. Quería descubrir qué había ocurrido la noche anterior en la propiedad de Mamá Paula.

El problema era la madre de Roy. Apeló a la norma dominical tan pronto como regresó de la vuelta en monopatín por el parque y emprendieron una salida familiar. Haciendo honor a su palabra, el padre de Roy se desvió de la Tamiami Trail hasta una tienda india para turistas en la que ofertaban viajes en lancha por las Everglades.

Roy acabó pasándoselo bien aun cuando el ruido era tan ensordecedor que le retumbaban los oídos. El alto seminola que los guiaba llevaba un sombrero vaquero de paja. Les explicó que el motor de la barca era del mismo tipo que el de los aeroplanos pequeños.

Las ráfagas de viento hicieron que a Roy se le llenaran los ojos de lágrimas mientras la lancha de fondo llano se balanceaba a través de las juncias y serpenteaba por los estrechos meandros de los riachuelos. Era mejor que una montaña rusa. Por el camino se detuvieron para contemplar las serpientes, las ranas toro, los camaleones, los mapaches, las comadrejas, las tortugas, los patos, las garzas, dos águilas, una nutria y (según la cuenta de Roy) diecinueve caimanes. Su padre lo iba grabando casi todo en vídeo mientras que su madre sacaba fotos con su cámara digital nueva.

Aunque la lancha era muy rápida, el viaje a través de los

bajíos fue como deslizarse sobre la seda. De nuevo, Roy se maravilló ante la inmensidad del terreno llano, los exuberantes horizontes y la exótica abundancia de vida. Una vez que te alejabas del mundanal ruido, Florida era tan salvaje como Montana.

Aquella noche, en la cama, Roy se sintió más unido a Dedos de Salmonete, y comprendió con mayor profundidad la cruzada privada del chico contra la crepería. No se trataba solo de los búhos, se trataba de todo: de las aves y los animales, de los parajes salvajes que estaban en peligro de ser borrados de un plumazo. No era de extrañar que el chico estuviera enfadado, pensó Roy, y no es de extrañar que estuviera tan decidido.

Cuando los padres de Roy entraron para desearle buenas noches, les dijo que nunca olvidaría el viaje a las Everglades, y no mentía. Su madre y su padre seguían siendo sus mejores amigos y se lo podía pasar bien con ellos. Roy sabía que para ellos tampoco era fácil hacer las maletas y trasladarse sin descanso. Los Eberhardt eran un equipo que se mantenía unido.

—Mientras hemos estado fuera, el agente Delinko ha dejado un mensaje en el contestador —le informó su padre—. Anoche arrestó a un sospechoso por el asalto a la obra.

Roy no dijo nada.

—No te preocupes —añadió el señor Eberhardt—. No ha sido el tipo del que me hablaste, el que se escapó del hospital.

—Fue el chico de los Matherson —intervino la señor Eberhardt, nerviosa—, el que te atacó en el autocar. ¡Y trató de convencer a la policía de que fuiste tú!

Roy no podía fingir que no lo sabía.

—Garrett me lo ha contado —admitió.

—¿De verdad? Garrett debe de tener un topo —observó el padre de Roy.

—El mejor —le aseguró Roy—. ¿Qué más decía el mensaje del policía?

—Eso es lo raro. Tengo la impresión de que quería preguntar si tú sabías algo sobre lo ocurrido.

—¿Yo? —se extrañó Roy.

—Eso es ridículo —añadió su madre—. ¿Cómo iba a saber Roy lo que un matón como Dana Matherson se traía entre manos?

Roy sintió la boca tan seca como si mascara tiza. Por muy unido que se sintiera a sus padres, no estaba preparado para contarles que él había camelado a Dana, que lo había atraído hacia la propiedad de Mamá Paula a propósito y que luego se había inventado una historia sobre un alijo de cigarrillos dentro del camión.

—Qué coincidencia tan extraña —observó el señor Eberhardt—, dos niños diferentes con el mismo objetivo en mente. ¿Es posible que Matherson se uniera a tu amigo, el hermanastro de Beatrice...?

—Imposible —lo interrumpió Roy con firmeza—. A Dana no le importan los búhos. No le importa nada que no sea él mismo.

—Claro que no —convino la madre de Roy.

Cuando sus padres estaban cerrando la puerta de la habitación, Roy dijo:

—Eh, papá.

—¿Sí?

—¿Recuerdas cuando dijiste que la gente de la crepería podía hacer lo que quisiera en ese lugar si tenía todos los permisos?

—Correcto.

—¿Cómo puedo comprobarlo? —preguntó Roy—. Ya sabes, para asegurarme de que todo es legal.

—Supongo que deberías dirigirte a los servicios técnicos del ayuntamiento.

—Los servicios técnicos. Vale, gracias.

Cuando se cerró la puerta, Roy oyó a sus padres hablar en voz baja en el pasillo. No consiguió descifrar lo que decían, así que se cubrió con la sábana hasta el cuello y se enrolló en esta. Empezó a adormecerse de inmediato.

Poco después, alguien susurró su nombre. Roy supuso que estaba soñando.

Luego, volvió a oírlo, y aquella vez la voz parecía tan real que se incorporó. El único ruido que oía era el de su propia respiración.

Genial, pensó, ahora imagino cosas.

Volvió a tumbarse en la almohada y miró el techo con los ojos abiertos de par en par.

—¿Roy?

Se puso rígido bajo la sábana.

—Roy, no estás alucinando.

Sin embargo, era exactamente aquello lo que creía estar haciendo. La voz provenía de debajo de su cama.

—Roy, soy yo.

—Yo ¿quién?

La respiración de Roy se volvió entrecortada y el corazón le golpeaba el pecho como un tambor. Sentía la presencia de otra persona debajo de él, en la oscuridad, debajo del colchón.

—Yo, Beatrice. Calma, tío.

—¿Qué estás haciendo aquí?

—Chsss. Baja la voz.

Roy la oyó salir de debajo de la cama. En silencio, Beatrice se puso en pie y se acercó a la ventana. La luna desprendía suficiente luz en el cielo como para iluminar su cabello rubio y rizado y proyectar un reflejo en sus gafas.

—¿Cómo has entrado en la casa? —Roy luchaba por mantener un tono de voz bajo, pero estaba demasiado agitado—. ¿Cuánto tiempo llevas escondida ahí debajo?

—Toda la tarde —le informó Beatrice—, mientras vosotros estabais fuera.

—¡Eso es allanamiento de morada!

—Relájate, vaquera. No he forzado ninguna ventana ni nada por el estilo. La puerta corrediza del porche se salió del riel… Todas lo hacen —dijo Beatrice con toda naturalidad.

Roy saltó de debajo de las sábanas, cerró la puerta y encendió la lámpara del escritorio.

—¿Es que te has vuelto majara? —le soltó—. ¿Te han dado una patada en la cabeza mientras jugabas a fútbol o qué?

—Perdona, lo siento de veras —se disculpó Beatrice—. Es que, bueno, las cosas están un poco peliagudas en casa. No sabía de otro sitio adónde ir.

—Ah. —Roy lamentó de inmediato haber perdido los estribos—. ¿Es por Lonna?

Beatrice asintió tristemente con la cabeza.

—Creo que se ha caído de la escoba o algo así.

—Qué asco.

—Sí, mi padre y ella se han enzarzado en una pelea. Me refiero a una gorda. Le lanzó un despertador de radio a la cabeza y él dio un mamporro con un mango.

Roy siempre había pensado que Beatrice no le tenía miedo a nada, pero en aquellos momentos no parecía tan valiente. Se sintió mal por ella; era difícil imaginar cómo sería vivir en una casa en la que los adultos se comportaban de forma tan estúpida.

—Esta noche puedes quedarte aquí —le dijo.

—¿De verdad?

—Mientras mis padres no te pillen…

—Roy, eres un tío legal —dijo Beatrice.

Roy sonrió de oreja a oreja.

—Gracias por llamarme Roy.

—Gracias por dejar que me cuele aquí.

—Quédate la cama —dijo—. Yo dormiré en el suelo.

—Ni hablar.

Roy no discutió. Le dio una almohada y una manta y ella se estiró contenta en la alfombra.

Roy apagó la luz y le deseó buenas noches. Luego recordó que quería preguntarle algo.

—Eh, ¿hoy has visto a tu hermanastro?

—Quizá.

—Bueno, me dijo que tenía algo planeado para anoche.

—Siempre tiene algo planeado.

—Sí, pero esto no puede seguir así —dijo Roy—. Tarde o temprano lo van a pillar.

—Creo que es suficientemente listo como para saberlo.

—Entonces tenemos que hacer algo.

—¿Como qué? —preguntó Beatrice con voz cansina. Se estaba adormeciendo—. No puedes detenerlo, Roy. Tiene una cabeza muy dura.

—Entonces, creo que deberíamos unirnos a él.

—¿Perdona?

—Buenas noches, Beatrice.

Diecisiete

Rizos miró fijamente el teléfono, como si contemplarlo pudiera hacer que dejara de sonar. Al final se decidió y levantó el auricular.

Al otro lado estaba Chuck Muckle, cómo no.

—¿Eso que oigo son excavadoras, señor Branitt?

—No, señor.

—¿Por qué no? Aquí, en la bella Memphis, Tennessee, es lunes por la mañana. ¿Es que en Florida no es lunes por la mañana?

—Tengo buenas noticias —le informó Rizos— y también malas.

—¿Las buenas noticias son que ha encontrado trabajo en otro sitio?

—Por favor, déjeme acabar.

—Por supuesto —respondió Chuck Muckle—, mientras va despejando el escritorio.

Rizos le relató con rapidez su versión de lo ocurrido el sábado por la noche. La parte sobre los asientos desaparecidos de la maquinaria restó brillantez al resto de la historia. Con el fin de no empeorar las cosas, Rizos no mencionó que su pistola había acabado, no sabía cómo, sumergida en una letrina portátil.

Un silencio crispado se prolongó en el extremo Memphis de la conversación. Rizos se preguntó si el vicepresidente de Mamá Paula le habría colgado.

—¿Hola? —dijo Rizos—. ¿Sigue ahí?

—Sí, sigo aquí —contestó Chuck Muckle con aspereza—. Permítame aclarar una cosa, señor Branitt. Un joven fue arrestado por tratar de robar en nuestra propiedad…

—Correcto. ¡Asalto y allanamiento de propiedad privada!

—… Pero entonces, esa misma noche, otra persona o personas desconocidas se llevaron los asientos de las excavadoras y las retroexcavadoras o lo que sea.

—Sí, señor. Eso serían las noticias no tan buenas —asintió Rizos.

—¿Denunció el robo a la policía?

—Claro que no. No quería que saliera en los periódicos.

—Tal vez todavía podamos sacar algo de provecho con usted —dijo Chuck Muckle. Le preguntó a Rizos si creía posible que la maquinaria funcionara sin los asientos del conductor.

—Únicamente si se es una especie de pulpo.

—De modo que no me equivoco si asumo que hoy no habrá movimiento de tierras.

—Ni mañana —puntualizó Rizos con gravedad—. Ya he pedido nuevos asientos al mayorista de Sarasota, pero no llegarán hasta el miércoles.

—Qué feliz coincidencia —observó Chuck Muckle—. Resulta que es el último día que la señorita Kimberly Lou Dixon está libre. Su película sobre los insectos mutantes comienza a rodarse la semana que viene en Nuevo México.

Rizos tragó saliva.

—¿Quiere que la ceremonia tenga lugar este miércoles? ¿Y qué hay del movimiento de tierras?

—Cambio de planes. Culpe a Hollywood —se excusó Chuck Muckle—. Primero llevaremos a cabo la inauguración y en cuanto la gente se haya ido, usted puede poner en funcionamiento las máquinas. Siempre que para entonces no le hayan desmontado los ejes.

—Pero es que… ¡El miércoles es pasado mañana!

—No hace falta que se preocupe por nada, señor Branitt. Nos encargaremos de todos los detalles desde aquí: de la publicidad, de los comunicados de prensa y todo eso. Me pondré en contacto con la oficina del alcalde y la cámara de comercio. Mientras tanto, su trabajo es muy sencillo, no podrá encontrar el modo de meter la pata.

—¿Y eso qué significa?

—Que lo único que tiene que hacer es cerrar la obra durante las próximas cuarenta y ocho horas. ¿Cree que será capaz de encargarse de eso?

—Por supuesto —respondió Rizos.

—Y nada de caimanes ni serpientes venenosas ni robos —le advirtió Chuck Muckle—. Ni un problema más, punto. ¿Comprendido?

—Solo una pregunta sobre los búhos.

—¿Qué búhos? —le espetó Chuck Muckle—. Esas madrigueras están abandonadas, ¿lo recuerda?

Creo que alguien olvidó decirle lo de las aves, pensó Rizos.

—No existe ninguna ley contra la destrucción de nidos abandonados —dijo el vicepresidente—. Si alguien pregunta, usted se limita a responder que las madrigueras están abandonadas.

—¿Y si a algún búho le da por asomar la cabeza? —preguntó Rizos.

—¿Qué búho? —casi gritó Chuck Muckle—. No hay búhos en esa propiedad, no lo olvide, señor Branitt. Ni uno. *Niente*. Si alguien ve alguno, les dice que es un… No lo sé, un petirrojo o una gallina o algo así.

¿Una gallina?, pensó Rizos.

—Por cierto —prosiguió Chuck Muckle—. Volaré a Coconut Cove para acompañar en persona a la encantadora señorita Dixon para la inauguración del movimiento de tierras. Recemos porque no tenga nada más sobre lo que hablar cuando llegue.

—No se preocupe —le aseguró Rizos, aunque él ya estaba bastante preocupado.

Beatrice Leep se había ido cuando Roy se despertó. No tenía ni idea de cómo había salido de la casa sin que nadie se percatara, pero se alegró de que lo hubiera hecho.

Durante el desayuno, el padre de Roy leyó en alto el breve artículo del periódico sobre el arresto de Dana Matherson. El titular rezaba: «Joven local arrestado en un intento de robo».

Dado que Dana era menor de edad, a las autoridades no se les permitía divulgar su nombre en los medios; un hecho que fastidió a la madre de Roy quien creía que la foto de Dana debería haber sido publicada en la portada. El artículo solo decía que era estudiante de la Trace Middle, y que la policía lo consideraba sospechoso de varios actos vandálicos recientes. No mencionaba específicamente a Mamá Paula como la víctima.

El arresto de Dana fue la comidilla del colegio. Muchos sabían que se había estado metiendo con Roy, de modo que estaban ansiosos por ver la reacción de este a las noticias de que la poli había atrapado a su torturador.

Roy se cuidó mucho de regodearse o bromear sobre aquello, o de atraer una atención especial sobre su persona. Si Dana se iba de la lengua sobre el alijo imaginario de cigarrillos, trataría de culpar a Roy del robo fallido. La policía no tenía motivo alguno para creer nada de lo que dijera, pero Roy no quería arriesgarse.

En cuanto sonó el timbre que anunciaba el final de las clases, Garrett se lo llevó aparte para compartir un nuevo detalle un poco extraño.

—¡Ratoneras! —dijo, cubriéndose la boca con una mano.

—¿De qué estás hablando? —preguntó Roy.

—Cuando lo cogieron, llevaba ratoneras enganchadas a los zapatos. Por eso no pudo salir corriendo.

—Ya.

—De verdad, tío. Los polis le dijeron a mi madre que las pisó cuando intentaba entrar a hurtadillas en el camión.

Conociendo a Dana, a Roy no le costaba imaginárselo.

—Le rompieron tres dedos del pie —dijo Garrett.

—Venga ya.

—¡Te lo juro! Estamos hablando de ratoneras enormes. —Garrett separó las manos unos cuarenta centímetros para ilustrarlo.

—Sí, lo que tú digas. —Roy sabía que Garrett era famoso por exagerar—. ¿La policía le dijo a tu madre algo más?

—¿Como qué?

—Como qué era lo que buscaba Dana.

—Él dijo que cigarrillos, pero la poli no le creyó.

—¿Y quién sí? —dijo Roy, echándose al hombro la mochila.

Durante toda la mañana, entre clase y clase, intentó encontrar a Beatrice Leep, pero no la vio en los pasillos. A la hora de la comida, las jugadoras de fútbol estaban sentadas en la cafetería, pero Beatrice no se encontraba entre ellas. Roy se acercó a la mesa y les preguntó si alguna sabía dónde estaba.

—En el dentista —contestó una de sus compañeras, una cubana larguirucha—. Se cayó por las escaleras de casa y se rompió un diente. Pero esta tarde vendrá a jugar.

—Genial —dijo Roy, aunque no se sentía tan bien acerca de lo que acababa de oír.

Beatrice era una atleta tan fabulosa que Roy no se la pudo imaginar cayéndose por las escaleras como un patán cualquiera. Y después de haber visto lo que podía hacerle a una llanta de bicicleta, tampoco se la imaginaba rompiéndose un diente.

Roy seguía pensando en Beatrice cuando entró en la clase de historia de América. Se descubrió tratando de concentrarse en el examen del señor Ryan, aunque tampoco es que fuera tan difícil.

La pregunta final era la misma que el profesor le había hecho el viernes en el pasillo: «¿Quién ganó la batalla de 1812?». Sin dudarlo, Roy escribió: «El comodoro Oliver Perry».

Era la única respuesta que estaba seguro de haber acertado.

Durante el trayecto en el autocar de vuelta a casa, Roy no le quitó el ojo de encima a los amigos grandullones de Dana Matherson, aunque ellos no miraron ni una sola vez en su dirección. O Dana no había soltado prenda sobre lo que Roy había hecho, o a sus colegas no les importaba un pimiento.

El capitán de policía estaba leyendo el informe del arresto cuando el agente Delinko y el sargento entraron. El capitán les indicó a ambos que tomaran asiento.

—Buen trabajo —felicitó al agente Delinko—. Me has hecho la vida mucho más fácil. Acabo de tener una charla con el concejal Grandy, qué feliciano que es.

—Me alegro, señor —dijo el agente Delinko.

—¿Qué pensáis de ese Matherson? ¿Qué os ha dicho?

—No mucho.

El interrogatorio de Dana Matherson no había ido tan bien como el agente Delinko esperaba. En los pases de entrenamiento, los sospechosos siempre se hundían y confesaban sus crímenes. Sin embargo, Dana se había negado a cooperar con tozudez y su declaración había sido confusa.

Al principio, había dicho que estaba curioseando por la propiedad de Mamá Paula para dar un golpe al cargamento de cigarrillos Gladiator. No obstante, después de hablar con un abogado, el chico cambió la historia. Aseguró que, en realidad, había ido al remolque a gorronear un cigarrillo, pero que el director de obra lo tomó por un ladrón y fue tras él con una pistola.

—Matherson es un caso difícil —le dijo el agente Delinko al capitán.

—Sí —convino el sargento—, ya ha pasado por aquí en alguna que otra ocasión.

El capitán asintió.

—He visto sus antecedentes penales. No obstante, lo que me preocupa es que el chico es un ladrón, no un bromista. No me lo imagino soltando caimanes en lavabos químicos portátiles. Robando lavabos portátiles, quizá.

—Yo también me lo he preguntado —aseguró el agente Delinko.

El gamberro de Mamá Paula había demostrado un cáustico sentido del humor que no encajaba con el historial criminal del muchacho. Parecía más probable que le quitara las ruedas a un coche de patrulla que no que pintara el parabrisas de negro o que colgara su camisa como un estandarte de la antena.

—¿Qué motivos tendría para meterse en este asunto tan extraño? —se preguntó el capitán en alto.

—Le pregunté si tenía quejas sobre las crepes de Mamá Paula —dijo el agente Delinko— y dijo que las de IHOP eran mejores.

—¿Y ya está? ¿Que le gustan más las crepes de IHOP?

—Salvo por la nata —añadió el agente Delinko—. De la nata de Mamá Paula habla bien.

—Venga, el chico está tomándonos el pelo, nada más —intervino el sargento con brusquedad.

El capitán se separó del escritorio lentamente. Ya notaba que iba a tener otro de aquellos dolores de cabeza que lo dejaban tan derrotado.

—De acuerdo, voy a tomar una resolución —anunció—. Considerando que no disponemos de nada mejor sobre lo que trabajar, tengo la intención de decirle al jefe Deacon que el gamberro de Mamá Paula ha sido atrapado. Caso cerrado.

El agente Delinko se aclaró la garganta.

—Señor, encontré un trozo de camisa en la escena del crimen; una camisa demasiado pequeña como para que fuera de Matherson.

No mencionó que lo que quedaba de la prenda había sido atado, como una burla, a la antena de su coche patrulla.

—Necesitamos algo más que un jirón de tela —gruñó el capitán—. Necesitamos alguien a quien cargarle el muerto, y el único que tenemos está sentado en el correccional de menores. De modo que, oficialmente, él es nuestro autor, ¿comprendido?

El agente Delinko y su sargento asintieron al unísono.

—Voy a arriesgarme y ya sabéis lo que eso significa —les advirtió el capitán—. Si vuelve a perpetrarse un nuevo crimen en esa propiedad, quedaré como un auténtico bobo. Y si acabo quedando como un auténtico bobo, ciertas personas de por aquí van a pasarse el resto de su vida profesional recogiendo los centavos de los parquímetros. ¿Me he expresado con suficiente claridad?

De nuevo, el agente Delinko y su sargento asintieron.

—Excelente —concluyó el capitán—. Vuestra misión consiste, básicamente, en aseguraros de que no haya más sorpresas desde ahora hasta la inauguración del movimiento de tierras de Mamá Paula el miércoles que viene.

—Ningún problema. —El sargento se puso en pie—. ¿Podemos comunicarle a David las buenas nuevas?

—Cuanto antes mejor —asintió el capitán—. Agente Delinko, va a volver a patrullar con efecto inmediato. Además, el sargento ha escrito una carta de felicitación en la que elogia el magnífico trabajo que realizó en la captura de nuestro sospechoso. Pasará a formar parte de su expediente.

El agente Delinko sonrió encantado.

—¡Gracias, señor!

—Aún hay más. Vista la experiencia que tiene en este caso, le asigno a una patrulla especial en la obra de Mamá Paula. Doce horas de guardia, doce de descanso, comenzando esta misma noche. ¿Está preparado?

—Absolutamente, capitán.

—Luego váyase a casa y duerma un poco —le sugirió el capitán—, porque si se duerme de nuevo ahí fuera, escribiré una carta mucho más corta para su expediente. Una carta de despido.

Fuera de la oficina del capitán, el sargento del agente Delinko le propinó una campechana palmada en la espalda.

—Dos noches y tenemos la victoria asegurada, David. ¿Estás nervioso?

—Una pregunta, señor. ¿Estaré de servicio solo?

—Bueno, en estos momentos vamos un poco justos en el turno de noche —se excusó el sargento—. A Kirby le picó una avispa y Miller está de baja por una sinusitis. Parece ser que cabalgarás en solitario.

—No hay problema —le aseguró el agente Delinko, aunque, dadas las circunstancias, hubiera preferido contar con un compañero. Lo más seguro es que Rizos estuviera en su remolque, aunque no era la mejor de las compañías.

—¿Toma café, David?

—Sí, señor.

—Bien. Tome el doble de lo habitual —le recomendó el sargento—. No creo que vaya a suceder nada, aunque, por si acaso, será mejor que esté bien despierto.

De camino a casa, el agente Delinko se detuvo en una tienda de recuerdos junto a la carretera. Luego se pasó por el correccional de menores para tener una charla con Dana Matherson. Sería todo un alivio que el chico admitiera, como mínimo, una de las gamberradas más recientes.

Dana fue conducido a la sala de interrogatorios por un guarda uniformado que se apostó fuera, junto a la puerta. El chico vestía un mono gris arrugado con la palabra «preso» escrita en letras mayúsculas en la espalda. Solo llevaba calcetines porque seguía teniendo los dedos de los pies hinchados por culpa de las ratoneras. El agente Delinko le ofreció un chicle y el chico se lo metió en la boca.

—Así, joven, has tenido un tiempo para pensar.

—¿Sobre qué? —Dana hizo un globo y lo reventó.

—Ya lo sabes. Sobre tu situación.

—No necesito pensar —le respondió el chico—. Para eso ya tengo un abogado.

El agente Delinko se inclinó hacia delante.

—Olvida a los abogados, ¿de acuerdo? Le hablaré bien de ti al juez si me ayudas a esclarecer otros casos. ¿Fuiste tú el que pintó las ventanillas de mi coche patrulla?

El chico resopló.

—¿Por qué iba yo a hacer una gilipollez como esa?

—Venga, Dana, puedes hacer que las cosas te sean más fáciles. Solo tienes que decirme la verdad.

—Tengo una idea mejor —dijo el chico—. ¿Por qué no me das un beso en el culo?

El agente Delinko entrelazó las manos.

—Verás, en primer lugar, ese es exactamente el tipo de falta de respeto por la autoridad que te ha traído hasta aquí.

—No, tío, yo te diré lo que me ha traído hasta aquí. Ese imbécil de Roy Eberhardt es lo que me ha traído hasta aquí.

—No empecemos —le pidió el agente Delinko, levantándose—. Está claro que estamos perdiendo el tiempo.

Dana Matherson adoptó un aire despectivo.

—Ajá. —Señaló la pequeña bolsa de la compra que el policía había colocado encima de la mesa—. ¿Al final me has traído cigarrillos?

—No, pero te he comprado otra cosa. —El agente Delinko buscó dentro de la bolsa—. Un amiguito para que te haga compañía —dijo, dejándolo caer en el regazo del chico.

Dana Matherson gritó, se sacudió y trató de quitárselo de encima, derribando la silla invadido por el pánico. Se levantó de un salto del suelo y cruzó la puerta en la que el guarda lo agarró por el brazo con una de sus manos musculosas y se lo llevó de allí.

El agente Delinko se quedó solo para reflexionar sobre el objeto que descansaba sobre el linóleo: todo dientes, escamoso y muy real, salvo por la pegatina del precio de 3,95 dólares pegada al morro.

Era un caimán de goma que el agente Delinko había comprado en la tienda de turistas.

La reacción de Dana Matherson ante el inofensivo juguete convenció al policía de que no pudo haber sido el autor de los actos de vandalismo de Mamá Paula. Cualquiera que se asustara tanto ante una mala imitación sería incapaz de vérselas con un caimán de verdad, especialmente en la oscuridad imponente de un lavabo químico portátil.

El verdadero culpable seguía ahí fuera, urdiendo un nuevo plan. Al agente Delinko le esperaban dos largas y agitadas noches por delante.

Los Eberhardt tenían un ordenador personal que le permitían utilizar a Roy para sus deberes y para divertirse con videojuegos de snowboard.

Era bueno navegando por internet, así que sin dificultad alguna fue capaz de recopilar gran abundancia de información sobre los búhos. Por ejemplo, que el nombre en latín de la especie que se encuentra en Florida es *Athene cunicularia floridana* y que tiene las plumas más oscuras que la variedad más occidental. Era un ave tímida y pequeña y, como otros búhos, se mostraba más activa tras la caída del sol. El anidamiento se producía, por lo general, entre febrero y julio, aunque incluso en octubre se habían descubierto polluelos en las madrigueras.

De forma sistemática, Roy hizo avanzar las páginas encontradas hasta que, al final, sacó el gordo. Imprimió dos páginas a un espacio, las metió en la mochila y se subió a la bicicleta de un salto.

El trayecto hasta el ayuntamiento de Coconut Cove era corto. Roy le puso el seguro a la bicicleta y siguió los indicadores hasta los servicios técnicos de arquitectura y urbanismo.

Detrás del mostrador había un hombre de cara pálida y pecosa y hombros caídos. Dado que el hombre no le prestó atención, Roy avanzó con audacia y solicitó el archivo del futuro establecimiento de auténticas crepes americanas Mamá Paula.

El oficinista pareció divertido.

—¿Tienes una descripción legal?

—¿De qué?

—De la propiedad.

—Claro. Está en la esquina de East Oriole con Woodbury.

—Eso no es una descripción legal —objetó el oficinista—. Ni siquiera es una dirección como Dios manda.

—Disculpe. Es todo lo que tengo.

—¿Es para un trabajo de la escuela? —le preguntó el oficinista.

¿Por qué no?, pensó Roy.

—Sí —respondió.

No veía qué había de malo en una pequeña mentira si eso le ayudaba a salvar a los búhos.

El oficinista le dijo a Roy que esperara mientras comprobaba la ubicación de la calle. Volvió al mostrador con una pila enorme de archivos en los brazos.

—Bueno, ¿cuál quieres consultar? —preguntó con una sonrisita.

Roy contempló aquello desconcertado. No tenía ni idea de por dónde empezar.

—¿La que contenga todos los permisos de construcción? —aventuró.

El oficinista manoseó los archivos. Roy tenía el mal presentimiento de que los formularios y los documentos estarían escritos en unos términos legales que, de todas formas, no le permitirían comprenderlos. Sería como si estuvieran escritos en chino.

—Hummm. Ese archivo no lo tenemos —dijo el oficinista, recomponiendo la pila con cuidado.

—¿Qué quiere decir? —preguntó Roy.

—Que la carpeta con todos los permisos y los avisos de inspección… está siendo estudiada, supongo.

—¿Por quién?

—Tendría que hablar con mi supervisora —dijo el oficinista— y ya se ha ido. La oficina cierra a las cuatro y media y ya son… Veamos, las cuatro y veintisiete. —Para darle mayor énfasis, le dio unas palmaditas a la esfera de su reloj de pulsera.

—Muy bien, volveré mañana —dijo Roy.

—Tal vez deberías elegir otro tema para tu trabajo. —El tono del oficinista poseía una cortesía artificiosa. Roy sonrió fríamente.

—No, gracias, señor. No me rindo con tanta facilidad.

Desde el ayuntamiento condujo la bicicleta hasta una tienda de cebos y, con unos cuantos dólares que le sobraban del dinero para la comida, compró una caja de grillos vivos. Quince minutos después, entraba a hurtadillas en el depósito de chatarra.

Dedos de Salmonete no estaba escondido en el camión de los helados, aunque su saco de dormir arrugado seguía allí. Roy esperó un rato dentro, pero sin aire acondicionado hacía un calor húmedo e insoportable. Poco después regresó a su bicicleta y se encaminó hacia la esquina de East Oriole con Woodbury.

La puerta estaba cerrada con candado; no había rastro alguno del director de obra calvo y malhumorado. Roy recorrió el exterior de la valla en busca del hermanastro de Beatrice o de cualquier otra sorpresa desagradable que pudiera haber dejado para el personal de la obra.

Roy no habría notado nada fuera de lo normal si no hubiera asustado a uno de los búhos que salió disparado de su madriguera y se posó en la cabina de la excavadora. Fue entonces cuando vio que le faltaba el asiento. Miró de inmediato la otra excavadora y vio que ocurría lo mismo.

Así que esto es lo que el chico se traía entre manos la pasada noche, pensó Roy con regocijo. Por eso me dijo que trajera una llave inglesa.

Roy volvió a la puerta, abrió la caja de grillos y la colocó sobre la valla. De uno en uno, los insectos saltaron fuera de la caja, se introdujeron a través de los agujeros de la alambrada y aterrizaron en el suelo. Roy tenía la esperanza de que los búhos los encontraran cuando salieran de sus madrigueras para cenar.

Probablemente debería haberse ido cuando oyó el primer bocinazo, pero no lo hizo. Se arrodilló con paciencia y esperó hasta que el último pequeño grillo hubo abandonado la caja.

Para entonces, los bocinazos se habían convertido en un estruendo continuo y la camioneta azul se paró en seco con un chirrido. Roy tiró la caja y se subió a su bicicleta de un salto, pero ya era demasiado tarde. La camioneta había bloqueado la salida.

El tipo calvo de cara de remolacha saltó de la cabina y agarró la bicicleta por el sillín mientras Roy pedaleaba con energía, en el aire. Sus pies eran un remolino, pero no avanzaba ni un milímetro.

—¡¿Cómo te llamas?! ¡¿Qué estás haciendo aquí?! —bramó el director de obra—. Esto es una propiedad privada, ¿es que no lo sabes? ¿Quieres ir a la cárcel, jovencito?

Roy dejó de pedalear y contuvo la respiración.

—¡Ya sé lo que te traes entre manos! —gruñó el hombre calvo—. Ya me conozco tus jueguecitos.

—Por favor, señor, déjeme ir —suplicó Roy—. Solo estaba dando de comer a los búhos.

El rubor desapareció de las mejillas del director de obra.

—¿Qué búhos? —preguntó, no demasiado alto—. Por aquí no hay búhos.

—Sí, sí que los hay — insistió Roy—. Los he visto.

El tipo calvo parecía muy nervioso y agitado. Acercó tanto su cara a la de Roy que este percibió el olor a cebolla de su aliento.

—Escúchame, niño. Tú no has visto ningún maldito búho, ¿de acuerdo? Lo que has visto es una… ¡una gallina!

Roy reprimió una carcajada.

—Sí, seguro.

—Muy bien. Verás, tenemos esas gallinas enanas…

—Señor, lo que he visto es un búho y usted lo sabe —le interrumpió Roy—, y yo sé de qué tiene usted miedo.

El director de obra soltó el sillín de la bicicleta.

—No tengo miedo —contestó fríamente— y tú no has visto ningún búho. Ahora, largo de aquí y no vuelvas a no ser que quieras ir a la cárcel como el último crío que pillé aquí dentro.

Roy pedaleó alrededor de la camioneta con cuidado y luego se alejó como el rayo.

—¡Eran gallinas! —bramó el hombre calvo a su espalda.

—¡Búhos! —gritó Roy en tono triunfal.

Ladera de la montaña arriba, arriba, arriba… O, al menos, eso es lo que imaginaba. Aquello es lo que le dio la fuerza necesaria para pedalear con tanta energía.

En realidad, Roy cruzaba la avenida East Oriole, que era tan llana como una de las crepes de Mamá Paula. Le preocupaba que el director de obra cambiara de opinión y saliera tras él. En cualquier momento, Roy esperaba oír bocinazos y maldiciones a su espalda y ver la camioneta persiguiéndolo tan de cerca que podría sentir el calor que desprendía su motor de ocho cilindros.

De modo que Roy ni miró atrás ni aminoró la velocidad. Pedaleó tan rápido como pudo con los brazos tensos y las piernas ardiendo.

No se detendría hasta alcanzar la cima de su imaginaria montaña de Montana y deslizarse ladera abajo hacia la serenidad del valle.

Dieciocho

—El mismo mocoso enclenque que vi merodear por aquí la semana pasada —se quejó Rizos al agente Delinko—, ¡aunque esta vez atrapé al pequeño sinvergüenza!

El agente Delinko se ofreció a informar del incidente, pero Rizos le aseguró que no era necesario.

—No volverá por aquí, te lo garantizo. No después de habérselas conmigo.

Ya casi era medianoche en la obra. Los dos hombres estaban cerca del coche de patrulla, charlando con toda tranquilidad. Ambos creían para sí mismos que el verdadero autor de las gamberradas de Mamá Paula seguía en la calle, pero no estaban dispuestos a compartir sus sospechas.

El agente Delinko no le dijo a Rizos que el chico Matherson temía demasiado a los caimanes como para ser el gamberro porque no quería que el director de obra volviera a ponerse nervioso.

Y Rizos no le contó al agente Delinko lo de los asientos robados mientras Matherson estaba encarcelado porque no quería que el policía incluyera aquello en un informe que algún periodista entrometido pudiera encontrar.

A pesar de sus secretos, ambos se alegraban de no tener que pasar la noche solos en la propiedad. Estaba bien contar con un refuerzo cerca.

—Eh, tenía intención de preguntarte —dijo el agente Delinko— qué ocurrió con esos perros guardianes que vigilaban el lugar.

—¿Te refieres a esos chuchos locos? Lo más seguro es que se largaran de vuelta a Berlín —le respondió Rizos—. Escucha, creo que voy a entrar. Pega un grito si necesitas algo.

—De acuerdo —convino el agente Delinko.

—Y nada de cabezaditas esta noche, ¿de acuerdo?

—No te preocupes.

El agente Delinko se alegró de que fuera de noche, así el director de obra no pudo ver su sonrojo. Nunca podría olvidar la escalofriante visión de su precioso Crown Victoria con las ventanillas pintadas de negro alquitrán. El agente Delinko seguía soñando con atrapar al culpable y llevarlo ante la justicia.

Después de que Rizos se retirara a la comodidad del aire acondicionado del remolque, el agente de policía empezó a patrullar por la propiedad dirigiendo el haz de luz de su linterna de una estaca de replanteo a la otra. Tenía la intención de hacer aquello toda la noche si era necesario, asegurarse de que nadie tocaba las estacas. Se había preparado cinco termos llenos hasta el borde de café que guardaba en el coche, así que no había posibilidad alguna de que se le acabara.

Vigilar una propiedad desierta no era el trabajo policial más seductor, el agente Delinko lo sabía, pero aquella era una misión de suma importancia. El jefe, el capitán, el sargento; todos ellos confiaban en él para que mantuviera la propiedad de la crepería intacta. El agente Delinko sabía que si hacía bien el trabajo, su carrera en el departamento de seguridad pública de

Coconut Cove volvería al buen camino. Ya veía una placa dorada de detective en su futuro.

Avanzando a trompicones entre las sombras, el agente Delinko se imaginó con un traje hecho a medida en vez de aquel uniforme almidonado. Conduciría un Crown Victoria diferente —el modelo gris marengo sin distintivos reservado para los detectives— y llevaría una pistolera de hombro en vez de un cinturón. También fantaseó con obtener una pistolera de espinilla a conjunto con una pistola ligera, cuando de forma abrupta dio una voltereta involuntaria sobre la vegetación arenosa.

Ay, otra vez no, pensó el oficial de policía.

Tanteó a su alrededor hasta que encontró la linterna, pero al principio no funcionaba. La agitó varias veces hasta que al fin la bombilla parpadeó con una luz débil.

Seguro que había vuelto a tropezar con otra madriguera de búho.

El agente Delinko se puso en pie y se alisó las arrugas del pantalón.

—Qué bien que Rizos no esté despierto para ver esto —murmuró.

—Eh —oyó una vocecita áspera en respuesta.

El agente Delinko le dio una palmada a la culata de su pistola. Con la mano izquierda dirigió la linterna hacia el intruso invisible.

—¡Alto ahí! —ordenó el policía.

—¡Eh! ¡Eh! ¡Eh!

El haz de luz amarilla danzaba de un lado a otro, sin revelar nada. Aquella voz infantil, como asmática, parecía proceder de ninguna parte.

El agente Delinko avanzó dos pasos con suma cautela y enfocó con la linterna el hoyo con el que había tropezado. Un

225

par de ojos inquisitivos y destellantes de color ámbar, atisbaban desde la penumbra.

—¡Eh!

El policía despegó la mano del arma y se puso en cuclillas lentamente.

—¿Hola? ¿Quién hay ahí?

—¡Eh! ¡Eh! ¡Eh!

Era un búho, apenas un polluelo que no levantaba más de un palmo del suelo. El agente Delinko nunca había visto nada de tal delicada perfección.

—¡Eh! —dijo el búho.

—¡Eh! —repitió el policía, aunque su voz era demasiado ronca para que la imitación fuera factible—. Apuesto a que estás esperando a que tu mamá y tu papá te traigan la cena, ¿no es así?

Los ojos ámbar parpadearon. El pico amarillo se abrió y volvió a cerrarse, expectante. La pequeña y redondeada cabeza se movía adelante y atrás.

El agente Delinko se rió sonoramente. Se sentía fascinado con aquella ave en miniatura. Atenuó la intensidad de la luz de la linterna y dijo:

—No te preocupes, amiguito, no voy a hacerte daño.

De algún lugar situado frente a ellos brotó un revoloteo frenético, seguido de un áspero ¡Hisss! ¡Hisss! ¡Hisss! El policía alzó la mirada y vio dos siluetas aladas recortadas en el cielo estrellado. Eran los padres del pequeño búho, que se aproximaban volando en círculos a su atemorizado retoño.

El agente Delinko empezó a retroceder muy despacio, confiando en que las dos aves adultas comprendieran que no corrían peligro alguno al posarse cerca de la madriguera. Observó sus perfiles oscuros en el cielo gris azulado, descendiendo poco a poco, y aceleró su retirada.

Incluso después de que los dos búhos tomaran tierra, incluso después de verlas desaparecer en el suelo como dos fantasmas con plumas, el agente Delinko siguió retrocediendo, paso a paso, hasta que…

Tropezó con algo tan grande, tan frío y tan contundente que a punto estuvo de quedarse sin aliento. Se dio media vuelta de un respingo y encendió la linterna.

Era una excavadora.

El agente Delinko había topado directamente con una de las máquinas de Rizos. Clavó la mirada en su carcasa de acero, mientras se frotaba el hombro magullado. No había reparado en que no tenía asiento, y, aunque lo hubiera hecho, no le hubiera preocupado en lo más mínimo.

Al policía le preocupaban otras cuestiones, y mucho. Alternó la mirada entre la excavadora gigantesca y la madriguera del búho.

Hasta aquel momento, el agente David Delinko había estado tan atareado en la resolución del caso de Mamá Paula y en salvaguardar su propio futuro profesional que apenas había pensado en nada más.

Pero entonces cayó en la cuenta de lo que iba a ocurrirles a los pequeños búhos si cumplía con su obligación como policía, y de pronto se sintió abrumado por un pesar doloroso e inconsolable.

El padre de Roy había trabajado hasta tarde, de modo que Roy no había tenido oportunidad de explicarle lo que había averiguado acerca de los búhos en internet, ni tampoco que uno de los archivos de la crepería había desaparecido de los servicios técnicos. Parecía algo muy sospechoso y Roy quería conocer

227

la teoría de su padre en relación con lo que debía de haber ocurrido.

Pero Roy se quedó mudo en cuanto se sentó a la mesa del desayuno. Allí, sonriéndole con ternura desde la contraportada del periódico de su padre, ¡estaba la mismísima Mamá Paula!

Se trataba de un anuncio a media página encabezado por un titular de letras gruesas y de aire patriótico:

Mamá Paula

LA CREPERÍA TÍPICA AMERICANA, HOGAR DEL LA MUNDIALMENTE FAMOSA Y DELICIOSA CREPE DE AVENA Y JARABE DE REGALIZ, SE ENORGULLECE DE CONVERTIRSE EN UN VECINO MÁS DE COCONUT COVE.
MAMÁ PAULA SE COMPLACE EN INVITARLES A QUE ASISTAN, MAÑANA AL MEDIODÍA, A LA CEREMONIA DE INAUGURACIÓN, EN LA ESQUINA DE EAST ORIOLE Y WOODBURY, FUTURO EMPLAZAMIENTO DE NUESTRO RESTAURANTE FAMILIAR NÚMERO 469 EN ESTADOS UNIDOS, CANADÁ Y JAMAICA.

Roy dejó caer la cuchara y con ello arrojó un buen puñado de cereales viscosos por la cocina.

—¿Qué ocurre, cariño? —le preguntó su madre.

Roy sentía náuseas.

—Nada, mamá.

En ese instante, también la señora Eberhardt reparó en el anuncio.

—Lo siento, Roy. Sé que resulta difícil pensar en esos pobres pájaros indefensos.

El señor Eberhardt cerró el periódico para ver qué era lo que su esposa y su hijo miraban con tanto interés. Frunció el entrecejo y dijo:

—Me temo que se están apresurando mucho con ese proyecto.

Roy se puso en pie con aire desconsolado.

—Será mejor que me vaya ya. No quiero perder el autocar.

—¡Pero si tienes tiempo de sobra! Siéntate y acaba de desayunar —dijo su madre.

Roy sacudió la cabeza, con desgana, y cogió la mochila que había dejado en la silla.

—Adiós, mamá. Adiós, papá.

—Roy, espera. ¿Quieres que hablemos?

—La verdad es que no, papá.

Su padre dobló el periódico y se lo tendió.

—¿No tenías hoy clase de actualidad?

—Ah, sí —contestó Roy—. Lo había olvidado.

Todos los martes, los alumnos de historia del señor Ryan debían aportar temas para entablar un debate sobre noticias de actualidad. El padre de Roy le daba siempre el periódico para que pudiera leerlo en el autocar y escoger un artículo que le pareciera conveniente.

—¿Qué te parece si te llevo a la escuela? —se ofreció su madre.

Roy sabía que se sentía apenada por él a causa de la noticia sobre la crepería. Ella creía que los búhos estaban condenados, pero Roy no estaba dispuesto a rendirse y abandonar las esperanzas que aún le quedaban.

—No, será mejor que no. —Embutió el periódico en la mochila—. Mamá, ¿me prestas tu cámara?

—Hummm…

—Es para la clase —añadió Roy, y sintió una punzada de remordimiento por haber mentido—. Te prometo que tendré mucho cuidado.

—Está bien. No tiene por qué pasar nada.

Roy guardó la cámara digital con cuidado entre los libros, abrazó a su madre, se despidió de su padre y se dirigió hacia la puerta. Caminaba a paso ligero; dejó atrás la parada donde solía coger el autocar y siguió avanzando hasta la que había en West Oriole, en la calle de Beatrice Leep. Todavía no había llegado ninguno de los demás chicos del Trace Middle, de modo que Roy corrió a casa de Beatrice y la esperó en la acera de enfrente.

Intentó idear una buena excusa para explicar su presencia allí, en caso de que Lonna o León lo vieran. Fue Beatrice quien finalmente apareció en la puerta principal, y Roy echó a correr tan deprisa que a punto estuvo de arrollarla.

—¿Qué te pasó ayer? ¿Dónde está tu hermano? ¿Has visto el periódico de hoy? ¿Fuiste…?

Ella le plantó una mano sobre la boca.

—Tranquila, vaquera —dijo—. Vamos a esperar al autocar. Hablaremos por el camino.

Tal y como Roy sospechaba, Beatrice no se había roto un diente al caerse por la escalera. Se lo había roto cuando intentaba arrancar un anillo de uno de los dedos de los pies de su madrastra.

El anillo estaba hecho a partir de un pequeño colgante de topacio que su madre había dejado en casa al mudarse. Lonna había hurtado la piedra del cajón de los calcetines de León Leep, y lo había hecho engarzar para convertirlo en un vistoso anillo de pie para sí misma.

A Beatrice le había ofendido el robo.

—Si mi viejo quisiera que Lonna lo tuviera, se lo habría dado —gruñó.

—Así que ¿se lo intentaste arrancar de un mordisco? ¿Cómo? —Roy estaba perplejo.

—No fue fácil.

Beatrice puso cara de chimpancé y se señaló el hueco que había dejado la parte del incisivo que había perdido.

—Me rompí la punta. Me van a hacer uno artificial que parecerá nuevo —explicó—. Menos mal que mi viejo tiene un seguro que cubre las intervenciones dentales.

—¿Estaba despierta cuando lo hiciste?

—Sí —contestó Beatrice—, pero seguramente habría preferido no estarlo. En fin. Explícame qué has visto en el periódico que te ha conmocionado tanto.

Gruñó cuando Roy le enseñó el anuncio del innovador espectáculo de Mamá Paula.

—Justo lo que el mundo necesita: otro tugurio de crepes.

—¿Dónde está tu hermano? —preguntó Roy—. ¿Crees que se ha enterado de esto?

Beatrice le dijo que no había visto a Dedos de Salmonete desde el domingo.

—Y eso fue cuando quien tú ya sabes chocó contra el ventilador. Estaba escondido en el garaje, esperando a que yo le llevara camisas limpias, cuando mi padre salió a buscar otra caja de Mountain Dew. Se encontraron y se pusieron a charlar, con una actitud de lo más amistosa, pero Lonna apareció y se puso como una fiera.

—Y ¿qué pasó después? —se interesó Roy.

—Echó a correr como un perro escaldado. Mientras tanto, Lonna y mi viejo se enzarzaron en una pelea de las gordas…

—Aquella de la que me hablaste.

—Exacto —confirmó Beatrice—. Papá quiere que mi hermano vuelva y siga viviendo con nosotros, pero Lonna dice que ni hablar, que es una semilla mala. ¿Qué demonios significa eso, tejano? Una «semilla mala». El caso es que Lonna y mi padre todavía no se hablan. Toda la casa da la impresión de estar a punto de explotar.

Para Roy, la situación de Beatrice era como estar viviendo una pesadilla.

—¿Necesitas un lugar donde esconderte? —preguntó.

—No, gracias. Papá dice que se siente mejor cuando estoy cerca. —Beatrice se echó a reír—. Lonna le dijo que soy peligrosa y que estoy loca. Debe de tener parte de razón.

Cuando llegaron a la parada del autocar, Beatrice se acercó a charlar con una de sus compañeras de equipo sobre el partido de fútbol de la noche anterior, que Beatrice había ganado con un chute de penalti. Roy se mantuvo apartado sin apenas participar en la conversación, aunque percibía las miradas curiosas de las demás chicas. Al fin y al cabo, él era el chico que había desafiado a Dana Matherson y había sobrevivido.

Se sorprendió cuando Beatrice Leep plantó a las demás compañeras de equipo y se sentó a su lado en el autocar.

—Déjame ver otra vez el periódico —susurró.

Mientras escrutaba el anuncio de Mamá Paula, comentó:

—Tenemos dos opciones, tejano: o se lo decimos o no se lo decimos.

—Yo opino que hagamos algo más que simplemente decírselo.

—Te refieres a sumarnos a él, como dijiste la otra noche.

—Son ellos contra él. Solo no tendrá la menor oportunidad —dijo Roy.

—Claro, pero podríamos acabar los tres en el correccional.

—No, si actuamos con frialdad.

Beatrice le dirigió una mirada curiosa.

—¿Tienes un plan, Eberhardt?

Roy extrajo de la mochila la cámara de su madre y se la mostró a Beatrice.

—Te escucho —dijo ella.

Así que Roy se lo explicó.

Se perdió la clase porque fue convocado al despacho de la subdirectora.

El pelo largo y solitario que lucía el labio superior de la señorita Hennepin parecía incluso más rizado y brillante que la última vez que Roy lo había visto. Era extraño, el pelo ahora era rubio dorado, en lugar de negro azabache, como antes. ¿Era posible que la señorita Hennepin se lo hubiera teñido?, se preguntaba Roy.

—Se nos ha informado de que un joven se escabulló de la sala de urgencias del hospital el viernes por la noche —dijo—, un joven que se registró con un nombre falso: el tuyo. ¿Qué puedes decirme al respecto, señor Eberhardt?

—Ni siquiera conozco su verdadero nombre —se limitó a responder Roy. Dedos de Salmonete había sido muy astuto al no revelarlo; sin saberlo, había salvado a Roy de decir otra mentira.

—¿De verdad esperas que me lo crea?

—En serio, señorita Hennepin. No lo sé.

—¿Es alumno de Trace Middle?

—No, señora —contestó Roy.

La subdirectora estaba visiblemente decepcionada. Era evidente que esperaba reclamar competencia sobre el fugitivo misterioso.

—En tal caso, ¿dónde estudia tu amigo sin nombre, señor Eberhardt?

Ahí va, pensó Roy.

—Creo que viaja mucho, señorita Hennepin.

—Entonces, ¿se educa en casa?

—Tal vez.

La señorita Hennepin escrutó a Roy con los ojos entornados. Se acarició el lustroso pelo que coronaba su boca con uno de sus descarnados dedos. Roy se estremeció, asqueado.

—Señor Eberhardt, para un muchacho de su edad es ilegal no asistir a la escuela —dijo la subdirectora, con voz punzante—. ¿Eres consciente de que el departamento de educación dispone de un cuerpo de policía especial para ir en busca de aquellos que hacen novillos? Son muy buenos en su trabajo, te lo aseguro.

Roy no creía que a la policía encargada de buscar a los que hacían novillos fuera a resultarle fácil seguir la pista de Dedos de Salmonete por entre los bosques y los manglares, pero la posibilidad de que dieran con él le inquietó. ¿Y si disponían de sabuesos y helicópteros?

La señorita Hennepin se acercó a él un poco más, estirando su fibroso cuello como un águila ratonera.

—Le dejaste usar tu nombre en el hospital, ¿no es verdad, señor Eberhardt? Permitiste a ese delincuente tomar prestada tu identidad para sus oscuros propósitos.

—Le mordieron unos perros rabiosos. Necesitaba que lo viera un médico.

—Y ¿esperas que me crea que la historia acaba ahí? ¿En serio?

Lo único que Roy pudo hacer fue encogerse de hombros.

—¿Puedo irme ya?

—Hasta que volvamos a hablar del tema, tú y yo —dijo la señorita Hennepin—. Reconozco a una rata cuando la huelo.

Sí, pensó Roy, por eso se está dejando crecer una en el labio.

A la hora de la comida, cogió prestada la bicicleta de Garrett y se dirigió al depósito de chatarra. Nadie lo vio marcharse, por suerte; que alguien abandonara el colegio sin avisar estaba terminantemente prohibido.

El hermanastro de Beatrice estaba echando una siesta cuando Roy irrumpió en el camión de los helados de Jo-Jo. Descamisado y picado por los mosquitos, el chico se libró del saco de dormir y cogió el periódico de las manos de Roy.

Roy había esperado una reacción emocionada ante la noticia de la inauguración de la excavación, pero Dedos de Salmonete mantuvo sorprendentemente la calma, casi como si se lo hubiera esperado. Rasgó con cuidado el anuncio de Mamá Paula y lo examinó con atención, como si fuera el mapa de un tesoro.

—Al mediodía, ¿no? —murmuró.

—Eso solo nos deja veinticuatro horas a partir de ahora —dijo Roy—. ¿Qué vamos a hacer?

—¿Quiénes?

—Tú, yo y Beatrice.

—Olvídalo, tío. No voy a meteros a vosotros dos en este jaleo.

—Espera, escúchame —le pidió Roy, con urgencia—. Ya lo hemos hablado, Beatrice y yo. Queremos ayudarte a salvar los búhos. En serio, estamos listos para el combate. —Sacó la cá-

mara de la bolsa y se la tendió—. Te enseñaré cómo funciona
—se ofreció Roy—. Es muy fácil.

—¿Para qué?

—Si consigues sacar una foto de los búhos, podemos detener a la gente de las crepes y así no excavarán el solar.

—Ah, eso es una tontería —opinó el chico.

—En serio —repuso Roy—. Lo busqué en internet. Esos
búhos están protegidos. Va totalmente en contra de la ley tocar
las madrigueras a no ser que tengas un permiso especial y el archivo de permisos de Mamá Paula no está en el ayuntamiento.
¿Eso te dice algo?

Dedos de Salmonete toqueteó la cámara con escepticismo.

—Muy sofisticado —dijo—, pero ya es demasiado tarde para
las sofisticaciones, tejano. Ha llegado el momento de pasar a la
acción.

—No, espera. Si les llevamos pruebas, entonces tendrán que
parar el proyecto —insistió Roy—. Lo único que necesitamos
es una sola fotografía de un búho…

—Será mejor que te vayas —le advirtió el chico—. Tengo
cosas que hacer.

—Pero no puedes luchar contra la gente de las crepes tú
solo. Ni hablar. No me iré hasta que cambies de opinión.

—¡He dicho que te vayas! —Dedos de Salmonete cogió a
Roy de un brazo, lo hizo dar media vuelta en el sentido de las
agujas del reloj y lo arrojó fuera del camión de los helados.

Roy aterrizó de cuatro patas en la gravilla ardiente. Estaba
un poco aturdido; había olvidado lo fuerte que era el chico.

—Ya os he causado suficientes problemas a mi hermana y
a ti. De ahora en adelante, esta guerra es únicamente mía. —El
hermanastro de Beatrice se plantó con aire desafiante en la
puerta del camión, tenía las mejillas sonrojadas y le centellea-

ban los ojos. En la mano derecha llevaba la cámara de la señora Eberhardt.

—Quédatela por ahora —dijo Roy, señalándola.

—No me tomes el pelo. En la vida sabría cómo funciona
una de estas cosas.

—Deja que te enseñe…

—No —terció el chico, sacudiendo la cabeza—. Vuelve a
clase. Tengo cosas que hacer.

Roy se levantó y se cepilló la gravilla del pantalón. Tenía un
nudo en la garganta, pero estaba decidido a no llorar.

—Ya has hecho suficiente —dijo el muchacho descalzo—,
más de lo que tenía derecho a esperar.

Había un millón de cosas que Roy quería decir, pero las
únicas palabras que le salieron fueron: «Buena suerte mañana».

Dedos de Salmonete le guiñó un ojo y levantó el pulgar.

—Adiós, Roy —se despidió.

El periódico contenía varios temas que hubieran sido excelentes
para los acontecimientos recientes.

Un soldado boina verde perdido había sido rescatado en las
montañas de Pakistán. Un médico de Boston había encontrado una nueva vacuna contra la leucemia. Y en Naples, Florida,
un comisionado del condado había sido arrestado por aceptar un soborno de cinco mil dólares del promotor de un campo
de golf.

Cuando Roy regresó para asistir a la clase del señor Ryan,
no utilizó ninguno de aquellos artículos para su exposición. En
vez de eso, alzó el periódico y señaló la página rasgada en la que
el anuncio de Mamá Paula había estado insertado.

—A la mayoría de los que estáis aquí os gustan las crepes

—comenzó Roy—. Por lo menos, a mí me encantan. Y cuando oí que iban a abrir un nuevo Mamá Paula aquí, en Coconut Cove, pensé que era genial.

Muchos asintieron y sonrieron. Una chica hizo ver que se frotaba la barriga, hambrienta.

—Ni siquiera cuando descubrí dónde iban a construirla, en el solar que hay en la esquina de Woodbury y East Oriole, creí que no fuera buena idea —continuó Roy—. Pero entonces, un día, un amigo mío me llevó allí y me enseñó algo que me hizo cambiar totalmente de opinión.

Los otros estudiantes dejaron de hablar entre ellos y prestaron atención. Nunca habían oído hablar tanto al chico nuevo.

—Fue un búho —prosiguió Roy—, de este tamaño, más o menos. —Alzó dos dedos, uno a unos veinte o veinticinco centímetros del otro, para que se hicieran una idea—. Cuando mi familia vivía en el Oeste, vimos muchos búhos, pero nunca tan pequeños. ¡Y además no era un polluelo, era adulto! Estaba tan estirado y serio que parecía un pequeño profesor de juguete.

La clase rió.

—Se les llama búhos «de madriguera» porque en realidad viven bajo tierra —continuó Roy—, en agujeros hechos por tortugas y armadillos. Resulta que un par de familias de búhos viven en ese terreno que hay en Woodbury y East Oriole. Hacen sus nidos en madrigueras en las que crían a sus polluelos.

Algunos se removieron incómodos en sus sillas, otros comenzaron a susurrar en tono preocupado y unos cuantos miraron al señor Ryan que estaba sentado en su escritorio con aire pensativo, reposando la barbilla sobre las manos.

—Roy —intervino con suavidad—, es un tema excelente para las clases de biología o de sociales, pero quizá no para acontecimientos recientes.

—Pero si es un acontecimiento reciente sin duda alguna —repuso Roy—. Tendrá lugar mañana al mediodía, señor Ryan.

—¿El qué?

—Van a empezar a mover las tierras para construir la crepería. Se trata de una gran fiesta o algo así —explicó Roy—. La mujer que hace de Mamá Paula en la televisión también va a asistir. Y el alcalde. Es lo que decía el periódico.

Una chica pelirroja de la primera fila levantó la mano.

—¿Y el periódico no decía nada de los búhos?

—No. Ni una palabra —contestó Roy.

—¿Y qué les va a ocurrir? —preguntó un chico pecoso del final de la clase.

—Pues lo que va a ocurrir es lo siguiente —Roy miró al señor Ryan—: las máquinas van a enterrar las madrigueras y todo lo que contengan.

—¡Ni hablar! —chilló la pelirroja, y la clase estalló en una agitada conversación hasta que el señor Ryan le pidió a alguien que por favor se callara y que dejara acabar a Roy.

—Los búhos adultos podrían tratar de escapar volando —prosiguió Roy— o puede que se queden en las madrigueras para proteger a sus polluelos.

—¡Pero morirán! —gritó el pecoso.

—¿Cómo puede la gente de las crepes seguir adelante con eso? —preguntó otro.

—No lo sé —admitió Roy—, pero es ilegal, e injusto.

Llegados a este punto, el señor Ryan lo interrumpió con firmeza.

—Un momento, Roy, ¿qué quieres decir con que es ilegal? Has de andarte con mucho cuidado con ese tipo de declaraciones.

Agitado, Roy explicó que esta especie de búhos estaban

protegidos por leyes estatales y federales, y que era ilegal hacerles daño o tocar las madrigueras sin un permiso especial del gobierno.

—Muy bien. De acuerdo —admitió el señor Ryan—, pero ¿qué tiene que decir la compañía de crepes sobre esto? Estoy seguro de que cuentan con el permiso necesario...

—El archivo se ha perdido —lo interrumpió Roy— y el director de obra intentó convencerme de que no había búhos en la propiedad, ni uno. Lo que no es cierto.

La clase comenzó a murmurar de nuevo.

—Así que, mañana a la hora de la comida —continuó Roy—, voy a ir allí a... Bueno, solo porque quiero que la gente de Mamá Paula sepa que algún habitante de Coconut Cove se preocupa por esos búhos.

El señor Ryan se aclaró la garganta.

—Es una situación un poco peliaguda, Roy. Sé lo impotente y frustrado que debes sentirte, pero déjame recordarte que los estudiantes no podéis abandonar el colegio.

—Entonces traeré un permiso de mis padres —dijo Roy.

El profesor sonrió.

—Ese es el camino correcto.

La clase esperaba que dijera algo más, pero no lo hizo.

—Mirad —dijo Roy—, todos los días leemos acerca de gente normal y corriente, estadounidenses de a pie que hicieron historia porque se alzaron y lucharon por algo en lo que creían. De acuerdo, ya sé que solo estamos hablando de unos cuantos búhos insignificantes, y sé que todo el mundo se pirra por las crepes de Mamá Paula, pero lo que está sucediendo ahí fuera no está bien. Nada bien.

La garganta de Roy estaba tan seca como un trapo de limpiar el polvo, y le escocía el cuello.

—De todos modos —murmuró—, será mañana al mediodía.

Y se sentó.

La clase quedó sumida en un silencio tan profundo que tronó en los oídos de Roy como si se tratara de un tren.

Diecinueve

—Estoy preocupado por los búhos —le confesó el agente Delinko a Rizos.

—¿Qué búhos?

La oscuridad había caído sobre el solar y las golondrinas descendían en picado por todas partes a la caza de mosquitos. Al día siguiente iba a ser el gran acontecimiento.

—Venga, los he visto con mis propios ojos —dijo el agente—. ¿No habría algún modo de trasladarlos a otro sitio?

—¿Quieres un consejo? —le preguntó Rizos—. No pienses en ello. Quítatelo de la cabeza, es lo que yo hago.

—No puedo. Ese es el problema.

Rizos señaló el remolque con un dedo.

—¿Te apetece un descanso? He alquilado la nueva de Jackie Chan.

El agente Delinko no comprendía cómo el director de obra podía quedarse tan fresco cuando sabían que iban a enterrar las madrigueras de los búhos. Se preguntó si no sería solo una exhibición de bravuconería.

—¿Les dijiste lo de los búhos? —le preguntó.

—¿A quién?

—A la compañía de crepes. Tal vez no lo sepan.

Rizos bufó.

—¿Me estás tomando el pelo? Lo saben todo —contestó—. Mira, no es problema nuestro. Aunque quisiéramos, no hay nada que podamos hacer.

Rizos se fue a su remolque mientras el agente Delinko retomaba la vigilancia del solar. Siempre que pasaba junto a una madriguera, apuntaba a su interior con la linterna, pero no vio ningún búho. Esperaba que los búhos ya hubieran intuido que algo terrible iba a sucederles y que hubieran huido, aunque no parecía muy probable.

Poco después de medianoche, el agente Delinko oyó a Rizos salir y gritar su nombre. El director de obra alegó que lo había despertado un ruido, como si alguien tratara de saltar la valla cerca del remolque.

Con la pistola preparada, el policía rastreó la zona de arriba abajo; miró en el tejado del remolque y también debajo de este. Lo único que encontró fue un rastro de comadreja en la arena.

—Sonaba a algo más grande que una comadreja —dijo Rizos, de mal humor.

Más tarde, mientras el agente Delinko iba en busca de sus tres termos de café al coche patrulla, creyó ver una serie de destellos en el otro extremo de la propiedad. Le recordaron los brillantes fogonazos que había visto en los accidentes de coche nocturnos, cuando el fotógrafo del departamento de policía sacaba instantáneas.

Sin embargo, cuando el agente Delinko corrió hacia donde había visto los destellos, no encontró nada fuera de lo normal. Pensó que debía de haber sido un relámpago reflejado en las nubes bajas.

El resto de la noche pasó sin pena ni gloria. El oficial de policía se mantuvo bien despierto.

Durante el desayuno, Roy le preguntó a su madre si podía salir del colegio a la hora de comer. Creyó que era más probable que se lo permitiera su madre que su padre, pero se sorprendió.

—No sé si es buena idea que te acerques al solar de Mamá Paula.

—Pero, mamá…

—Veamos qué dice tu padre.

Vaya, pensó Roy, mi gozo en un pozo.

En cuanto el señor Eberhardt se sentó a la mesa, la señora Eberhardt lo informó de la petición de Roy.

—Claro, ¿por qué no? —dijo el señor Eberhardt—. Le escribiré una nota.

Roy se quedó boquiabierto. Esperaba justo la reacción opuesta de su padre.

—Pero tienes que prometerme que sabrás comportarte —le advirtió el señor Eberhardt—, sin importar lo mucho que te disguste la situación.

—Te lo prometo, papá.

Más tarde, su padre colocó la bicicleta de Roy en el maletero del coche y lo acompañó a Trace Middle. Cuando lo dejó frente al colegio, le preguntó:

—¿Crees que tu amigo estará en la inauguración? El hermanastro de Beatrice.

—Probablemente —respondió Roy.

—Es muy arriesgado.

—Lo sé, papá. Traté de decírselo.

—Ten cuidado —dijo el señor Eberhardt con firmeza—, y no hagas tonterías.

—Sí, señor.

Beatrice Leep lo esperaba en la puerta de la clase de Roy. Llevaba el pelo rizado húmedo, como si acabara de salir de la ducha.

—¿Y bien? —le preguntó.

—Tengo una nota. Y tú, ¿qué?

Beatrice le mostró una servilleta de papel arrugada sobre la que habían escrito algo en tinta roja.

—Desperté al viejo para pedírselo. Estaba tan dormido que hubiera firmado cualquier cosa —dijo—. Podría haberle hecho firmar un cheque de mil pavos.

—Así que ya estamos preparados para este mediodía —dijo Roy. Bajó la voz—. Fui a ver a tu hermano. Me echó del camión.

Beatrice se encogió de hombros.

—No sé qué decirte. A veces se pone insoportable.

Hurgó en su bolsa y sacó la cámara de la madre de Roy.

—La dejó en casa anoche, bastante tarde, después de que Lonna y mi padre se fueran a la cama. Dice que sacó las fotografías que querías. Traté de echarles un vistazo, pero no conseguí adivinar cómo funciona este trasto.

Sin mediar palabra, Roy cogió la cámara y la escondió en su taquilla.

—Mantén los dedos cruzados —dijo Beatrice antes de mezclarse con la corriente de estudiantes y desaparecer pasillo abajo.

Roy pasó el resto de la mañana ensimismado en una distracción nerviosa, preguntándose si, al final, su plan acabaría funcionando.

A las diez y cuarenta y cinco de la mañana, una limusina negra entró en el solar de la esquina de Woodbury con East Oriole. El conductor bajó y abrió una de las puertas. Durante unos momentos, no ocurrió nada y, entonces, salió un hombre alto, de cabello plateado y ondulado, entrecerrando los ojos a causa del sol. Llevaba un pantalón blanco planchado y una chaqueta azul marino con un emblema en el bolsillo del pecho.

El hombre miró a su alrededor con impaciencia a través de unas enormes gafas de sol. Chasqueó los dedos con resolución en dirección al agente Delinko, que estaba abriendo el coche patrulla.

El policía no se dio cuenta de que lo estaban llamando. Salía de trabajar tras catorce horas seguidas en el solar. Rizos se había ido a casa a ducharse y a afeitarse, así que el agente Delinko se había quedado para vigilar la maquinaria a la que habían hecho colocar asientos nuevos. Una vez que el director de obra hubo regresado —vestido con traje y corbata, ¡quién lo iba a decir!—, el policía se disponía a dejar el lugar. No tenía ningunas ganas de quedarse a la tontería aquella de la inauguración.

—¡Agente! —El hombre de cabello plateado le hizo señas con insistencia—. ¡Eh, agente! Aquí.

El agente Delinko se acercó a la limusina y preguntó qué ocurría. El hombre se presentó como Chuck E. Muckle, un vicepresidente de ves a saber qué de la compañía de auténticas crepes americanas Mamá Paula, Inc. En tono confidencial, añadió:

—Por aquí necesitamos algo de ayuda discreta.

—Bueno, estoy fuera de servicio —le comunicó el agente Delinko—, pero con mucho gusto haré que venga otra unidad.

Estaba tan cansado por la falta de sueño, que apenas tenía suficiente energía para mantener una conversación.

—¿Por casualidad sabe quién va dentro de este coche? —preguntó Chuck Muckle, señalando con la cabeza en dirección a la limusina.

—No, señor.

—¡La señorita Kimberly Lou Dixon!

—Qué bien —respondió el agente Delinko, sin comprender nada.

—La Kimberly Lou Dixon.

—Pues mira qué bien.

Chuck Muckle acercó un poco más su morena cabeza al agente.

—No tiene ni idea de a quién me refiero, ¿verdad, agente?

—Ni la más remota idea, señor. Nunca había oído hablar de la señora.

El vicepresidente de la compañía alzó la mirada y procedió a explicarle quién era Kimberly Lou Dixon y por qué había viajado desde Beverly Hills, California, hasta Coconut Cove, Florida.

—Y en estos mismos momentos —dijo Chuck Muckle—, necesita con urgencia un tocador.

—Un tocador —repitió el agente Delinko, con socarronería.

—¡Un sitio donde pueda empolvarse la nariz! ¡Un lugar donde refrescarse! —estalló Chuck Muckle, exasperado—. ¿Es que es un concepto tan difícil de retener, agente? Permítame explicárselo en un lenguaje que comprenda... Necesita un orinal, ¿estamos?

—Captado. —El agente Delinko hizo un gesto hacia el remolque que servía de caseta a Rizos—. Síganme.

Cuando Kimberly Lou Dixon bajó de la limusina, el agente Delinko se sorprendió de lo joven que parecía en comparación con la ancianita arrugada que encarnaba en los anuncios de la televisión. Kimberly Lou tenía los ojos verdes y brillantes, el cabello abundante de color caoba, y una piel suave y lechosa. Una mujer refinada y encantadora, pensó el agente Delinko.

Y entonces abrió la boca.

—Me estoy meando —anunció, con voz de papel de lija—. Dime dónde, campeón.

La actriz llevaba un bolso grande de piel colgado del hombro, zapatos de tacón, una falda negra y una blusa de seda.

Rizos se quedó mudo de asombro cuando abrió la puerta del remolque. Sin una palabra, Kimberly Lou Dixon pasó junto a él y se dirigió al lavabo.

—¿Me puedo cambiar aquí? —preguntó con voz ronca.

—¿Cambiarse el qué? Tiene muy buen aspecto tal como está ahora.

—Ponerse su disfraz de Mamá Paula —intervino el agente Delinko—. Va con un tipo que quiere saber si puede usar tu remolque como camerino.

—Por supuesto —dijo Rizos con una sonrisa bobalicona.

La silueta de un hombre ocupó la entrada, seguida de un tufillo de colonia untuosa.

—Vaya, usted debe ser el único e incomparable Leroy Branitt —gruñó una voz familiar y sarcástica.

Rizos se encogió. El agente Delinko se apartó y dijo:

—Este caballero es de la compañía de crepes.

—Me lo figuro —dijo Rizos. Tendió la mano derecha a Chuck Muckle, quien la miró como si fuera un pez muerto.

—Por favor, señor Branitt, dígame que no tiene malas noticias que pudieran echar a perder esta encantadora mañana tropical. Dígame que aquí, en Coconut Cove, todo marcha a las mil maravillas.

—Sí, señor —dijo Rizos—. Estas dos últimas noches nos hemos quedado en la propiedad, aquí el policía y yo, y todo ha estado más tranquilo que en una iglesia. ¿No es así, David?

—Ajá —contestó el agente Delinko.

Chuck Muckle se quitó las gafas de sol y miró al agente de policía con recelo.

—Usted no será el mismo agente del orden fuera de serie que se quedó dormido en el coche mientras el gamberro destrozaba nuestras estacas de replanteo, ¿verdad?

Aunque el agente Delinko estaba expectante por ver a Kimberly Lou Dixon vestida de Mamá Paula, en aquel momento deseó estar en cualquier otro sitio, muy lejos de allí.

—¿El mismo genio —prosiguió el señor Muckle— cuyos negligentes hábitos de sueño aparecieron en un artículo de un periódico que manchó injustamente el buen nombre y la reputación de Mamá Paula? ¿Fue usted?

—Sí, digamos que sí —dijo Rizos.

El agente Delinko lanzó al director de obra una mirada asesina antes de dirigirse al señor Muckle.

—Siento mucho todo lo que ocurrió, señor —se disculpó el policía, pensando: Lo siento más por mí que por ti.

—Es sorprendente que siga conservando el puesto —observó Chuck Muckle—. Su jefe de policía debe de tener un corazón de oro. Eso o está desesperado por tener siempre a alguien a quien cargarle el muerto.

Por fin, Rizos contribuyó con algo positivo.

—¡El agente Delinko es quien me ayudó la otra noche a capturar al ladrón!

Una vergonzosa exageración del papel de Rizos en la captura de Dana Matherson. El agente Delinko estaba a punto de explicarle el incidente con todo detalle cuando Kimberly Lou Dixon salió disparada del lavabo.

—¡Parece que ahí tienen una plaga de cucarachas! —exclamó.

—No son cucarachas, son grillos —la corrigió Rizos—. No sé de dónde demonios han salido tantos.

Se abrió camino a codazos entre el agente Delinko y Chuck Muckle y se presentó a la actriz.

—Soy el director de esta obra, señorita Dixon, y quería que supiera que no me he perdido ninguna de sus películas.

—Ninguna de las dos, querrá decir. —Kimberly Lou Dixon le dio unas palmaditas en su brillante calva—. Eso está muy bien, señor Branitt, muy amable por su parte.

—No puedo esperar a la próxima: *Los invasores mutantes de Saturno Once.* A mí, lo que realmente me va es la ciencia ficción.

—¡*Júpiter Siete*! —intervino Chuck Muckle—. Se titula: *Los invasores mutantes de Júpiter Siete.*

—Eso —dijo Rizos, efusivo—. Estará fantástica como reina de los saltamontes.

—Sí. Ya estoy escribiendo mi discurso para los Oscar. —La actriz le echó una ojeada a su reloj de pulsera con diamantes incrustados—. Miren, será mejor que me apresure en convertirme en la adorable ancianita Mamá Paula. ¿Alguno de ustedes sería tan amable de traerme la maleta de la limusina?

Veinte

Una limusina más pequeña acompañó al alcalde de Coconut Cove, al concejal Bruce Grandy y al presidente de la cámara de comercio hasta el solar. Una furgoneta de una televisión de Naples con antena parabólica llegó después, seguida por un fotógrafo de prensa.

Unos empleados del ayuntamiento ataron banderines rojos, blancos y azules a la valla y colgaron una pancarta escrita a mano que rezaba: BIENVENIDA, MAMÁ PAULA.

Roy y Beatrice llegaron a las doce menos diez; aquella vez, ella manejaba el manillar y él pedaleaba con la cámara escondida en la mochila, a salvo. Se sorprendieron cuando descubrieron que no habían sido los únicos en presentarse. El chico pecoso, la chica pelirroja y, como mínimo, la mitad de la clase de historia del señor Ryan, junto a un grupo de padres.

—¿Qué porras les dijiste a esos ayer? —preguntó Beatrice—. ¿Les prometiste crepes gratis o algo así?

—Solo hablé de los búhos, nada más —contestó Roy.

Se llevó una nueva y agradable sorpresa cuando vio aparecer la furgoneta del departamento de gimnasia de Trace Middle de la que bajaron las compañeras de fútbol de Beatrice en tropel llevando pósters.

Roy sonrió a Beatrice quien se encogió de hombros como si no fuera nada del otro mundo. Echaron un vistazo a la multitud que aumentaba por momentos, pero no vieron señal alguna de su hermanastro.

Tampoco había rastro alguno de los búhos, algo que no sorprendió a Roy; con tanto ruido y jaleo, lo más probable es que los búhos prefirieran quedarse bajo tierra donde estarían a salvo, en la oscuridad. Roy sabía que la gente de las crepes contaba con aquello, con que los búhos estuvieran demasiado asustados como para asomar la cabeza.

A las doce y cuarto, la puerta del remolque se abrió de par en par. El primero en salir fue un policía a quien Roy reconoció como el agente Delinko; luego, el director de obra calvo y malhumorado; a continuación, un tipo algo estirado de cabello plateado y con unas ridículas gafas de sol.

La última en salir fue la mujer que encarnaba a Mamá Paula en los anuncios de la televisión. Llevaba una lustrosa peluca gris, gafas de montura metálica y un delantal de algodón. Algunas personas aplaudieron al reconocerla y ella respondió con la mano, sin demasiado entusiasmo.

El grupo se dirigió hacia un claro rectangular del solar, que había sido acordonado. El tipo de cabello plateado anunció por un megáfono que se llamaba Chuck E. Muckle, uno de los vicepresidentes de las oficinas centrales de la compañía Mamá Paula. Roy adivinaba que el tipo se creía alguien importante.

Dando la espalda al director de obra y al agente de policía, el señor Muckle procedió con gran entusiasmo a presentar a algunos peces gordos del lugar: al alcalde, a un concejal de la ciudad y al presidente de la cámara de comercio.

—No encuentro palabras para expresar el orgullo y la alegría que hoy nos embarga al poder estar aquí, en Coconut

Cove, emplazamiento de nuestro restaurante familiar número 469 —dijo el señor Muckle—. Alcalde, concejal Grandy, todos vosotros, amigos incondicionales que habéis acudido en este resplandeciente día de Florida… ¡Hoy he venido a prometeros que Mamá Paula se convertirá en una buena ciudadana, en una buena amiga y en una buena vecina de todo el mundo!

—Salvo si eres un búho —apuntó Roy.

El señor Muckle no lo oyó. Saludando al grupo de estudiantes, prosiguió.

—Estoy realmente entusiasmado de ver hoy, aquí, a tantos de nuestros jóvenes. Es un momento histórico para vuestra ciudad, nuestra ciudad, mejor dicho, y nos alegramos de que podáis tomaros un pequeño descanso de vuestras clases para venir a celebrarlo con nosotros. —Hizo una pausa y forzó una sonrisa—. De todos modos, espero volveros a ver una vez que el restaurante se haya abierto y Mamá Paula esté ocupada en la cocina. A ver, todo el mundo, ¿a quién le gustan las crepes de avena con jarabe de regaliz?

Se hizo un silencio incómodo. Solo el alcalde y el concejal Grandy levantaron la mano. Las jugadoras de fútbol alzaron sus pancartas hechas en casa con la parte en blanco cara adentro mientras esperaban órdenes de Beatrice.

El señor Muckle rió con nerviosismo.

—Mamá Paula, querida mía, creo que ha llegado el momento. ¿Procedemos con la inauguración?

Todos posaron unos junto a otros —el vicepresidente de la compañía, el alcalde, Mamá Paula, el concejal Grandy y el presidente de la cámara de comercio— ante la televisión y el fotógrafo de prensa.

Se repartieron palas doradas y, a una señal del señor Muckle, todos los dignatarios sonrieron, se agacharon y clavaron la pala en la arena. A su vez, se oyeron aplausos y vítores procedentes del grupo de empleados del ayuntamiento.

Era la cosa más falsa que Roy había visto jamás. No podía creer que nadie quisiera emitirlo por televisión o publicarlo en un periódico.

—Esa gente —opinó Beatrice— no tiene nada mejor que hacer.

En cuanto el posado para la foto finalizó, el señor Muckle tiró su pala dorada y agarró el megáfono.

—Antes de que las excavadoras y las retroexcavadoras se pongan a trabajar —dijo—, Mamá Paula desea decir unas palabras.

Mamá Paula no pareció embargada de alegría al tener el megáfono en las manos.

—Vivís en una ciudad realmente bonita —dijo—. ¡Nos volveremos a ver la primavera que viene en la gran inauguración…!

—¡No, ni hablar, tú no!

Aquella vez, las palabras brotaron de la boca de Roy en un grito; nadie se sorprendió tanto como él mismo. Un estremecimiento recorrió a los allí reunidos y Beatrice cerró filas junto a Roy, como si temiera que alguien fuera a atacarlo.

La actriz que encarnaba a Mamá Paula pareció molesta mientras escrutaba a la gente por encima de la montura metálica de sus gafas baratas.

—A ver, ¿quién ha dicho eso?

Roy se descubrió levantando un brazo.

—Yo, Mamá Paula —dijo en alto—. Si le hace daño a uno solo de nuestros búhos, no voy a comer ni una más de sus estúpidas crepes.

—¿De qué estás hablando? ¿Qué búhos? —Chuck Muckle

arremetió en busca del megáfono, pero Mamá Paula le dio un codazo que lo alcanzó directamente en la panza—. Atrás, Chuckie Bola de Queso —le advirtió enojada.

—Adelante, compruébelo usted misma —dijo Roy señalando a su alrededor—. Allí donde vea uno de esos agujeros, hay una madriguera bajo tierra. Es donde construyen sus nidos y ponen sus huevos. Es su hogar.

Las mejillas del señor Muckle se volvieron carmesí. El alcalde parecía perdido, el concejal Grandy estaba a punto de desmayarse y el tipo de la cámara de comercio parecía haberse tragado una pastilla de jabón.

Para entonces, los padres hablaban en alto y apuntaban hacia los agujeros de las madrigueras. Unos cuantos escolares comenzaron a entonar canciones en apoyo de Roy, y las compañeras de fútbol de Beatrice empezaron a ondear sus pancartas hechas a mano.

Una decía: ¡A MAMÁ PAULA LE IMPORTAN UN RÁBANO LOS BÚHOS!

En otra se leía: ¡ASESINOS DE AVES, VOLVED A CASA!

Y aún una tercera rezaba: ¡SALVEMOS A LOS BÚHOS, ENTERREMOS LA NATA!

Cuando el fotógrafo de prensa sacó unas fotos de los que protestaban, Mamá Paula clamó:

—¡Pero si no quiero hacerles daño a los búhos! De verdad, ¡no le haría daño ni a una mosca!

Finalmente, Chuck Muckle se hizo con el megáfono y le bramó un severo rapapolvo a Roy:

—Jovencito, será mejor que te asegures de que la información que tienes es correcta antes de lanzar unos cargos tan injuriosos y difamatorios. Aquí no hay búhos, ¡ni uno! Esas viejas madrigueras están abandonadas desde hace años.

—¿Ah, sí? —Roy rebuscó en su mochila y sacó la cámara de su madre—. ¡Tengo pruebas! —gritó—. ¡Aquí mismo!

Los chicos y chicas allí reunidos ulularon y lo vitorearon. Chuck Muckle se quedó con el rostro pálido y desencajado. Extendió los brazos y se acercó tambaleante a Roy.

—¡Déjame ver eso!

Roy se puso fuera de su alcance a toda prisa, encendió la cámara digital y contuvo el aliento. No tenía ni idea de lo que iba a ver.

Apretó el botón para mostrar la primera fotografía que Dedos de Salmonete había sacado. En el momento en que la imagen borrosa e imprecisa apareció en el visor, Roy supo que tenía problemas.

Era la fotografía de un dedo.

Angustiado, pasó a la siguiente y lo que vio no fue menos desalentador: un pie descalzo y sucio. Parecía el pie de un chico y Roy sabía de cuál.

El hermanastro de Beatrice poseía muchos talentos excepcionales, pero entre ellos no estaba la fotografía de la naturaleza.

Desesperado, Roy volvió a apretar el botón y una tercera fotografía apareció en el visor. Aquella vez no cabía duda de que se veía algo más que una parte de un cuerpo humano: una figura distante con plumas mal iluminada por el flash de la cámara.

—¡Aquí! —gritó Roy—. ¡Mirad!

Chuck Muckle le quitó la cámara de las manos y examinó la foto durante unos tres segundos antes de estallar en una cruel carcajada.

—¿Y qué se supone que es eso?

—¡Es un búho! —aseguró Roy.

Y lo era, Roy estaba seguro. Por desgracia, el pájaro debió

de haber girado la cabeza justo cuando Dedos de Salmonete sacaba la fotografía.

—A mí me parece más un pedazo de barro —dijo Chuck Muckle. Alzó la cámara de modo que aquellos que estaban al principio pudieran ver el visor—. El chico tiene una imaginación prodigiosa, ¿no? —añadió con malicia—. Si eso es un búho, entonces yo soy un águila.

—¡Pero si es un búho! —insistió Roy—. Y esa fotografía fue sacada ayer por la noche en este solar.

—Demuéstralo —se regodeó Chuck Muckle.

Roy no supo qué contestar. No podía demostrar nada.

La cámara de su madre pasó por las manos de los allí congregados y, cuando regresó a Roy, supo que la mayoría de la gente no sabía decir si aquella fotografía era la de un pájaro. Ni siquiera Beatrice estaba segura, moviendo el visor de un lado al otro y arriba y abajo mientras trataba en vano de identificar alguna parte reveladora de la anatomía de un búho.

Roy estaba hundido; las fotografías tomadas por el hermanastro de Beatrice no servían de nada. Las autoridades encargadas de la protección de los búhos nunca detendrían la construcción de la crepería basándose en una prueba tan dudosa.

—Muchas gracias por venir —le dijo el señor Muckle a la multitud por el megáfono—, y gracias por vuestra paciencia durante este retraso tan… desconsiderado. La próxima primavera queremos veros a todos vosotros, amantes de las crepes, en un desayuno suculento. Mientras tanto, este evento se da por clausurado oficialmente.

Los alumnos de Trace Middle se removieron inquietos y miraron a Beatrice y a Roy, cuyos planes habían fracasado. Roy sintió que se le hundían los hombros a causa de la derrota mientras que el rostro de Beatrice se transformó en una máscara de triste resignación.

Y entonces se alzó una voz.

—¡Un momento, esto no ha terminado! No ha terminado ni mucho menos.

Aquella vez no fue Roy.

—Ayayay… —murmuró Beatrice alzando los ojos.

Una chica al final de los allí reunidos dejó escapar un chillido y todo el mundo se dio media vuelta al unísono para ver qué ocurría. A primera vista, el objeto que había en el suelo podría haberse confundido con una pelota de fútbol, aunque en realidad era… la cabeza de un chico.

Tenía el cabello rubio enmarañado, el rostro de un moreno acaramelado y unos ojos enormes abiertos de par en par. Una cuerda de cometa conducía desde sus labios apretados hasta el mango de un cubo enorme de metal, a unos cuarenta centímetros de él.

Los peces gordos llegaron corriendo abriéndose paso a través de la multitud, con Beatrice y Roy pisándoles los talones. Todos se detuvieron para contemplar la cabeza en el suelo.

—¿Y ahora qué? —se lamentó el director de obra de la construcción.

—¿Es esto lo que alguien entiende por una broma de mal gusto? —bramó Chuck Muckle.

—Por todos los cielos —gritó el alcalde—, ¿está muerto?

El chico no estaba muerto ni por asomo. Sonrió a su hermanastra y le guiñó el ojo a Roy con picardía. No se sabía cómo, había metido su flacucho cuerpo en la abertura de una madriguera de forma que solo asomaba la cabeza.

—Eh, Mamá Paula —llamó.

La actriz, vacilante, dio un paso al frente. La peluca parecía un poco torcida y el maquillaje empezaba a corrérsele a causa de la humedad.

—¿Qué pasa? —preguntó nerviosa.

—Si usted entierra a esos pájaros —le advirtió Dedos de Salmonete—, entonces tendrá que enterrarme a mí también.

—¡Pero si adoro los pájaros! ¡A todos!

—¿Agente Delinko? ¿Dónde está? —Chuck Muckle le hizo una señal al policía para que se acercara—. Arreste ahora mismo a este mequetrefe impertinente.

—¿Por qué?

—Por entrar en una propiedad privada, obviamente.

—Pero si su compañía anunció este acontecimiento como abierto al público —puntualizó el agente Delinko—. Si arresto al chaval, también tendré que arrestar a todos los demás que se encuentran en la propiedad.

Roy observó que una vena del cuello del señor Muckle comenzaba a hinchársele y a palpitar como la manguera de un jardín.

—Lo primero que haré mañana por la mañana, será hablar de usted con el jefe Deacon —dijo el señor Muckle entre dientes—. Eso le deja toda una noche para pensar en una excusa lamentable que poner en el informe. —A continuación, le dirigió una mirada fulminante al desesperado director de obra—. Señor Branitt, por favor, arranque este... este yerbajo de nuestra propiedad.

—Yo no lo haría —le advirtió el hermanastro de Beatrice hablando con las mandíbulas cerradas.

—No me digas. ¿Y por qué no? —preguntó Chuck Muckle. El chico sonrió.

—Roy, hazme un favor. Mira lo que hay en el cubo.

A Roy le encantó poder hacerle aquel favor.

—¿Qué ves? —preguntó el chico.

—Serpientes mocasín —respondió Roy.

—¿Cuántas?

—Nueve o diez.

—¿Parecen contentas, Roy?

—No mucho.

—¿Qué crees que ocurriría si lo vuelco? —Con la lengua, Dedos de Salmonete mostró la cuerda conectada al cubo.

—Que alguien podría salir muy mal parado —dijo Roy, siguiéndole el juego. Se había sentido algo sorprendido (aunque aliviado) al ver que los reptiles del cubo eran de goma.

El señor Muckle se puso nervioso.

—Esto es ridículo. Branitt, haga lo que le he dicho. ¡Llévese a ese mocoso de mi vista!

El director de obra reculó.

—Yo no. Las serpientes no me hacen ninguna gracia.

—¿No me diga? Entonces está despedido. —Una vez más, el vicepresidente se volvió para enfrentarse al agente Delinko—. Sea útil. Dispárele a esas cosas.

—No, señor; no con toda esta gente alrededor. Demasiado peligroso. —El policía se aproximó al muchacho e hincó una rodilla en el suelo—. ¿Cómo te has metido ahí?

—Anoche salté la valla y luego me escondí bajo la excavadora —le explicó el chico—. Pasó junto a mi lado como unas cinco veces.

—¿Eres tú el que pintó mi coche patrulla la semana pasada?

—Sin comentarios.

—¿Y el que se escapó del hospital?

—Sin comentarios de nuevo —dijo el chico.

—¿Y el que ató su camisa verde a mi antena?

—Tío, no lo entiendes. Los búhos no tienen oportunidad alguna frente a esas máquinas.

—Lo entiendo. Te lo aseguro —dijo el agente Delinko—. Una pregunta más: lo de las serpientes mocasín ¿va en serio?

—Tan en serio como un ataque al corazón.

—¿Puedo echarle un vistazo al cubo?

El chico parpadeó.

—Te buscas la ruina —le avisó.

Roy le susurró a Beatrice: «Tenemos que hacer algo rápido. Las serpientes no son de verdad».

—Oh, genial.

Cuando el policía se acercó al cubo de metal, Beatrice se puso a gritar.

—¡No lo haga! ¡Le van a morder!

El agente Delinko no retrocedió. Se asomó al borde del cubo unos segundos, que a Roy y a Beatrice les parecieron una eternidad.

Se acabó, pensó Roy con tristeza. Es imposible que no se dé cuenta de que son de mentira.

Sin embargo, el policía no dijo ni una palabra cuando se alejó del cubo.

—¿Y bien? —preguntó el señor Muckle—. ¿Qué tenemos?

—El chico no bromea. Yo de usted negociaría —sentenció el agente Delinko.

—¡Ja! Yo no negocio con delincuentes juveniles. —Con un bufido, Chuck Muckle le quitó de las manos la pala dorada al concejal Grandy y cargó contra el cubo.

—¡No! —gritó el chico desde el suelo, tirando de la cuerda.

Sin embargo, el hombre de Mamá Paula era imparable. Con un brusco balanceo de la pala, derribó el cubo y comenzó a

261

descabezar y a trinchar las serpientes cegado por una furia rabiosa. No se detuvo hasta que estuvieron troceadas.

Pequeños pedacitos de goma.

Extenuado, Chuck Muckle se apoyó en la pala y miró las serpientes de juguete mutiladas con los ojos entrecerrados. Su expresión reflejaba incredulidad a la par que humillación.

—Por todos los diablos —resolló.

Durante el violento ataque contra las serpientes mocasín, la multitud no había dejado de exclamar «Oooh» y «Aaah». Luego, lo único que se oyó fueron los clic-clic de la cámara del fotógrafo de prensa y el jadeo del vicepresidente de Mamá Paula.

—¡Eh, las serpientes son de mentira! —saltó Rizos—. Ni siquiera son de verdad.

Roy se inclinó hacia Beatrice y le susurró: «Otro Einstein».

Chuck Muckle se dio media vuelta a cámara lenta. De forma nada halagüeña, apuntó al chico de la madriguera con la pala.

—¡Tú! —bramó, dando un paso adelante.

Roy saltó para interponerse.

—Fuera de mi camino, niño —le espetó Chuck Muckle—. No tengo tiempo para tus tonterías. ¡Largo ahora mismo!

Estaba claro que el pez gordo de Mamá Paula había perdido el control por completo y, muy posiblemente, el juicio.

—¿Qué está haciendo? —le preguntó Roy, consciente de que, seguramente, no recibiría una respuesta calmada y serena.

—¡He dicho que te quites de mi camino! Voy a desenterrar a ese pequeño imbécil yo mismo.

Beatrice Leep se adelantó como una flecha, se puso al lado de Roy y le cogió la mano. Un murmullo angustiado recorrió la multitud.

—Oh, qué bonito. Como Romeo y Julieta —se burló

Chuck Muckle. Bajó la voz y dijo—: Se acabó el juego, nenes. Cuando cuente tres, voy a comenzar a utilizar esta pala… O aún mejor, ¿qué os parece si le digo al Calvito ese que ponga en funcionamiento la excavadora?

—Pero si dijo que estaba despedido —rezongó el director de obra con el entrecejo fruncido.

Como aparecido de la nada, alguien cogió a Roy de la otra mano. Era Garrett, con el monopatín bajo el brazo. Tres de sus colegas del monopatín estaban en fila, a su lado.

—¿Qué estáis haciendo, tíos? —preguntó Roy.

—Escaquearnos del cole —replicó Garrett, alegremente—. Tío, esto tiene pinta de ser mucho más divertido.

Roy se volvió para ver que a Beatrice se le había unido el equipo entero de fútbol, cogidas por los brazos, formando una cadena. Eran unas chicas altas y robustas a las que no les intimidaban en lo más mínimo las amenazas intempestivas de Chuck Muckle.

Chuck Muckle también se dio cuenta.

—¡Dejad de hacer el tonto de inmediato! —les rogó—. Este feo numerito pandillero es del todo innecesario.

Roy contempló maravillado que cada vez más escolares se separaban del gran grupo y empezaban a unir sus manos hasta formar una barricada humana alrededor del hermanastro se-mienterrado de Beatrice. Ninguno de los padres movió un solo dedo para detenerlos.

El cámara de televisión anunció que la manifestación esta-ba siendo retransmitida en directo en el telediario del medio-día, mientras el fotógrafo de prensa se abatía sobre el señor Muckle para obtener un primer plano; un señor Muckle que parecía agotado, derrotado y, de súbito, muy viejo. Se apoyó en la pala inaugural como si se tratara de un bastón.

—¿Es que no me habéis oído? —les preguntó con aspereza—. ¡Se acabó la ceremonia! ¡Fin! Ya podéis volver a casa.

El alcalde, el concejal Grandy y el hombre de la cámara de comercio volvieron a hurtadillas a la limusina, mientras que Leroy Branitt regresó lentamente al remolque en busca de una cerveza fría. El agente Delinko se apoyó contra la valla mientras escribía su informe.

Roy flotaba en un aturdimiento sereno, aunque también extraño e inquietante.

Una chica comenzó a cantar una famosa y vieja canción titulada *This is your land*. Se trataba de Beatrice, nada menos que ella, y su voz resultó sorprendentemente suave y melosa. No mucho después, los otros escolares se le unieron. Roy cerró los ojos y se sintió flotar en la soleada falda de una nube.

—Perdóneme, campeón. ¿Hay sitio para uno más?

Roy abrió los ojos de par en par y estalló en una carcajada.

—Sí, señora —dijo.

Mamá Paula se hizo un sitio entre Garrett y él para unirse al círculo. Tenía una voz áspera, pero podía seguir una tonadilla bastante bien.

La manifestación se alargó una hora. Dos equipos más de televisión se presentaron junto a dos coches patrullas de la policía de Coconut Cove, avisados por el agente Delinko.

Chuck Muckle exhortó a los agentes del orden recién llegados a arrestar a los manifestantes por allanamiento de una propiedad privada, ausentismo escolar y desorden público. La sugerencia fue desestimada categóricamente; un sargento informó al señor Muckle que ponerle las esposas a un grupo de escolares no sería bueno para la imagen pública del departamento de seguridad.

La situación continuó sin demasiados altibajos hasta la aparatosa llegada de Lonna Leep, quien había descubierto a su hijo en el telediario. Iba vestida como si hubiera sido invitada a una fiesta y no se cortó un pelo a la hora de pegar la nariz al objetivo de las cámaras. Roy la oyó decirle al reportero lo orgullosa que estaba de su hijo, que estaba arriesgando su libertad para salvar a los pobres e indefensos búhos.

—¡Es mi pequeño y valiente campeón! —graznó Lonna de manera detestable.

Con un falso chillido afectuoso, cargó contra la pared humana que rodeaba a su hijo. Beatrice ordenó a todo el mundo que cerrara filas para bloquearle el paso.

Se produjo una situación embarazosa cuando Lonna y su hijastra se enfrentaron cara a cara, como si estuvieran a punto de enzarzarse en una pelea. Garrett puso fin al enfrentamiento con un atronador pedo de mentira que hizo retroceder a Lonna horrorizada.

Roy le dio un golpecito a Beatrice con el codo.

—¡Mira allí!

Por encima de sus cabezas, un pájaro pequeño de colores oscuros describía en el cielo hermosas espirales espectaculares. Roy y Beatrice lo observaron maravillados mientras descendía hasta que cayó en picado en dirección a la madriguera, en el centro del círculo.

Todo el mundo se acercó a ver dónde se había posado el pájaro. El cántico se detuvo en seco.

Allí estaba Dedos de Salmonete, tratando de no reír tontamente, con el temerario búho posado con toda calma en la coronilla.

—No te preocupes, pequeño —le dijo el chico—. Por ahora estás a salvo.

Veintiuno

—¿Napoleón?

—Napoleón Bridger —leyó Roy en alto.

—La verdad es que es muy pintoresco —observó su madre.

Estaban sentados a la mesa del desayuno; la señora Eberhardt agrupaba con clips los artículos y las fotografías del periódico de la mañana con sumo cuidado.

En la portada aparecía una foto de Roy, Beatrice y Mamá Paula con las manos unidas en el círculo durante la manifestación. La cabeza del hermanastro de Beatrice se veía al fondo; parecía un coco caído con tupé rubio.

El pie de la foto describía a Mamá Paula como la actriz y antigua reina de la belleza llamada Kimberly Lou Dixon. El hermanastro de Beatrice se identificaba como Napoleón Bridger Leep.

—¿Ya ha vuelto a casa? —preguntó la madre de Roy.

—No sé si se le puede llamar así —contestó Roy—, pero ha vuelto con su madre y su padrastro.

Durante la protesta estudiantil, Lonna Leep había montado un número de lloros entrecortados mediante los que suplicaba volverse a reunir con su hijo. Sin saber lo que estaban haciendo, los agentes de policía la habían alejado de la multitud y la habían llevado junto a Dedos de Salmonete, tras espantar al pequeño búho.

—¡Mi campeón! ¡Mi pequeño y valiente héroe!

Lonna se había desvanecido para las cámaras mientras sacaban a Dedos de la madriguera. Roy y Beatrice habían observado con impotencia y disgusto cómo Lonna ahogaba a Dedos de Salmonete en un abrazo asfixiante y melodramático.

La señora Eberhardt le había quitado el clip a la foto de Lonna en la que posaba con el chico, quien parecía en extremo incómodo.

—Tal vez a partir de ahora las cosas mejoren entre los dos —aventuró esperanzada la madre de Roy.

—No, mamá. Lo único que quería era salir por televisión. —Roy tendió la mano hacia su mochila—. Será mejor que me ponga en marcha.

—Tu padre quiere verte antes de que te vayas.

—Ah.

El señor Eberhardt había trabajado hasta tarde la noche anterior y Roy ya se había ido a la cama cuando volvió a casa.

—¿Está enfadado? —le preguntó Roy a su madre.

—Creo que no. ¿Enfadado por qué?

Roy señaló el periódico recortado por las tijeras.

—Por lo que sucedió ayer. Por lo que Beatrice y yo hicimos.

—Cariño, no cometiste ningún crimen. No le hiciste daño a nadie —lo tranquilizó la señora Eberhardt—. Lo único que hiciste fue defender lo que creías que era justo. Tu padre respeta eso.

Roy sabía que «respeta» no era necesariamente lo mismo que «está de acuerdo». Tenía la sensación de que su padre defendía la causa de los búhos, pero el señor Eberhardt nunca lo había declarado públicamente.

—Mamá, ¿al final Mamá Paula va a construir la crepería?

—No lo sé, Roy. Por lo visto, el señor Muckle perdió los nervios y trató de estrangular a la reportera cuando le hizo la misma pregunta.

—¡No me digas! —Roy y Beatrice se habían ido antes de que la conferencia de prensa improvisada se hubiera acabado.

La señora Eberhardt alzó el recorte.

—Eso es lo que dice aquí.

Roy no podía creer la cantidad de espacio que el diario había dedicado a la protesta a favor de los búhos. Debía haber sido el acontecimiento más importante de la historia de Coconut Cove desde el huracán.

—El teléfono ha empezado a sonar esta mañana a las seis. Tu padre me hizo descolgar el auricular —comentó su madre.

—Lo siento mucho, mamá.

—No seas tonto. Estoy recopilando un álbum de recortes, cariño, algo para que les enseñes a tus hijos y nietos.

Preferiría enseñarles los búhos, pensó Roy, si queda alguno para entonces.

—¡Roy! —Era su padre que lo llamaba desde su cubil—. ¿Podrías abrir la puerta?

Una joven de pelo corto y oscuro saludó a Roy en los peldaños de la entrada. Iba armada con una libreta de espiral y un bolígrafo.

—Hola, soy del *Gazette* —se presentó.

—Gracias, pero ya estamos subscritos.

La mujer rió.

—Ah, no vendo periódicos. Escribo para él. —Le tendió una mano—. Kelly Colfax.

Roy sintió las marcas azuladas de los morados que los dedos de Dana Matherson le habían dejado en el cogote. Roy supuso que Kelly Colfax era la misma reportera a quien Chuck Muckle había tratado de asfixiar.

—Iré a buscar a mi padre —dijo.

—Bueno, no es necesario. Es contigo con el que quería hablar —dijo—. Eres Roy Eberhardt, ¿no?

Roy se sintió atrapado. No quería parecer maleducado, pero tampoco quería decir nada que pudiera causar ningún problema a Dedos de Salmonete.

Kelly Colfax comenzó a dispararle preguntas:

—¿Cómo te viste envuelto en la manifestación?

»¿Eres amigo de Napoleón Bridger Leep?

»¿Estuvisteis implicados en los incidentes de la propiedad de Mamá Paula?

»¿Te gustan las crepes? ¿Qué tipo de crepes?

A Roy le daba vueltas la cabeza. Al final estalló y dijo:

—Mire, solo fui allí para defender a los búhos. Eso es todo.

Cuando la reportera apuntó las palabras de Roy, la puerta se abrió de par en par y allí se encontraba el señor Eberhardt, afeitado, duchado e impecablemente vestido con uno de sus trajes grises.

—Disculpe, señorita, ¿podría hablar un momento con mi hijo?

—Por supuesto —contestó Kelly Colfax.

El señor Eberhardt se llevó a Roy adentro y cerró la puerta.

—Roy, no tienes por qué contestar ninguna pregunta.

—Pero solo quería que supiera…

—Mira. Dale esto. —El padre de Roy abrió su maletín y sacó una gruesa carpeta de papel Manila.

—¿Qué es esto, papá?

—Ya lo descubrirá ella.

Roy abrió la carpeta y estalló en carcajadas.

—Es el archivo del ayuntamiento, ¿verdad?

—Una copia —contestó su padre—. Es lo justo.

—La de todo el asunto de Mamá Paula. Traté de buscarla, pero no la encontré —explicó Roy—. Ahora ya sé por qué.

El señor Eberhardt le contó que había pedido prestado el archivo, que había fotocopiado todas las hojas y que luego había llevado el material a unos abogados expertos en asuntos medioambientales.

—Entonces, ¿Mamá Paula tiene permiso para enterrar las madrigueras o no? —preguntó Roy—. ¿Está entre estos papeles?

Su padre sacudió la cabeza.

—No.

Roy estaba exultante de alegría, pero también confuso.

—Papá, ¿no deberías entregarle esto a alguien del departamento de justicia? ¿Por qué quieres que se lo dé a un periódico?

—Porque contiene algo que la gente de Coconut Cove debería saber —dijo el señor Eberhardt en voz baja y en tono confidencial—. En realidad, lo importante es lo que no contiene.

—¿Qué es? —preguntó Roy, y su padre se lo explicó.

Cuando Roy volvió a abrir la puerta de la calle, Kelly Colfax estaba esperando con una sonrisa desenfadada.

—¿Podemos continuar con nuestra entrevista?

Roy sonrió de oreja a oreja en respuesta.

—Lo siento, pero se me hace tarde para ir al colegio. —Le tendió la carpeta—. Tome. Quizá esto le ayude con su historia.

La reportera se colocó la libreta bajo el brazo y cogió la carpeta de las manos de Roy. A medida que iba hojeando los documentos, la euforia de su rostro desvaneció su frustración.

—¿Qué es lo que significa todo esto, Roy? ¿Qué es exactamente lo que estoy buscando?

—Creo que se llama un EIM —respondió Roy, recitando lo que su padre le había dicho.

—Que quiere decir…

—Estudio de Impacto Medioambiental.

—¡Ajá! Claro —exclamó la reportera—. Todo gran proyecto de construcción ha de contar con uno. Lo dice la ley.

—Exacto, pero el EIM de Mamá Paula no está ahí.

—Me confundes, Roy.

—Se supone que tendría que estar en esa carpeta —le explicó—, pero no está. Eso significa que la compañía no lo llevó a cabo o que lo perdieron a propósito.

—¡Ah! —Kelly Colfax parecía como si acabara de ganar la lotería—. Gracias, Roy —dijo, sujetando la carpeta con ambos brazos mientras bajaba los escalones—. Muchas, muchísimas gracias.

—No me lo agradezca —le respondió Roy entre dientes—. Agradézcaselo a mi padre.

A quien, obviamente, también le preocupaban los búhos.

Epílogo

Durante las semanas siguientes, la historia de Mamá Paula se convirtió en un verdadero escándalo. El Estudio de Impacto Medioambiental que faltaba apareció en la portada del *Gazette* y al final se reveló como el golpe de gracia del proyecto de la crepería.

Por lo visto, se había llevado a cabo un EIM y los biólogos de la compañía habían documentado la existencia de tres parejas de búhos en la propiedad. En Florida, las aves estaban estrictamente protegidas como Especie de Interés Especial, de modo que su presencia en el solar de Mamá Paula hubiera creado problemas legales serios —y un desastre en cuanto a la aceptación pública— si se hubiera dado a conocer.

En consecuencia, el Estudio de Impacto Medioambiental desapareció convenientemente de los archivos del ayuntamiento. El informe apareció tiempo después en una bolsa de golf que pertenecía al concejal Bruce Grandy, junto a un sobre que contenía cerca de cuatro mil quinientos dólares en efectivo. El concejal Grandy negó indignado que el dinero fuera un soborno de la gente de la crepería, se marchó a todo correr y contrató un abogado en Fort Myers.

Mientras tanto, Kimberly Lou Dixon dejó su papel de Mamá Paula en la televisión y declaró que no podía trabajar para una compañía que hubiera enterrado unos polluelos solo para vender unas cuantas crepes. El clímax del afligido anuncio se alcanzó cuando mostró su carnet de socia de la Audubon Society, momento recogido por *Entertainment Tonight*, *Inside Hollywood* y la revista *People*, que también publicó la foto de Kimberly Lou, Roy y Beatrice de la mano en la protesta a favor de los búhos.

La atención de los medios fue aún mayor de la que Kimberly Lou Dixon había obtenido como finalista del concurso de Miss América, o incluso la que obtendría como futura estrella de *Los invasores mutantes de Júpiter Siete*. La madre de Roy siguió el rastro de la carrera de la actriz en las columnas del mundo del espectáculo en las que se informó de que había firmado un contrato para aparecer en la próxima película de Adam Sandler.

Por el contrario, la publicidad sobre los búhos fue una pesadilla para la compañía de auténticas crepes americanas Mamá Paula, Inc., que acabó como tema de un artículo de portada poco halagador en el *Wall Street Journal*. El precio de las acciones de la compañía comenzó a hundirse de inmediato, como una losa.

Después de perder los estribos en la inauguración del movimiento de tierras, Chuck E. Muckle fue relegado al puesto de asistente del ayudante del vicepresidente y se vio obligado a asistir a un curso de «Cómo controlar su ira», que no aprobó. Poco después, se despidió de la compañía y lo contrataron para un puesto de organizador de cruceros en Miami.

Al final, Mamá Paula no tuvo más remedio que abandonar su plan de abrir un restaurante en la esquina de East Oriole y Woodbury. Estaban los fastidiosos titulares sobre el EIM que faltaba, la embarazosa dimisión de Kimberly Lou Dixon, la grabación televisiva de Chuck Muckle ahogando a una reportera… y, por último, aunque no por ello menos importante, aquellos condenados búhos.

Todo el mundo estaba preocupado por los búhos.

La NBC y la CBS enviaron equipos de filmación a Trace Middle para entrevistarse con los estudiantes de la protesta, así como con los miembros del cuerpo docente. Roy se mantuvo al margen, pero luego Garrett le contó que la señorita Hennepin había concedido una entrevista en la que había alabado a los alumnos que tomaron parte en la protesta y en la que había asegurado que ella misma los había animado a participar en aquella. A Roy siempre le divertía cuando los adultos mentían para parecer más importantes.

No estaba viendo la televisión aquella tarde, pero su madre irrumpió en la habitación para contarle que Tom Brokaw estaba hablando de él y de Beatrice en las noticias. La señora Eberhardt acompañó a Roy al comedor justo a tiempo para oír al presidente de Mamá Paula prometer que conservaría la propiedad de Coconut Cove como un santuario permanente para los búhos y que donaría cincuenta mil dólares a la Nature Conservancy.

—Queremos asegurarles a todos nuestros clientes que Mamá Paula continúa muy comprometida con la protección del medio ambiente —dijo—, y que lamentamos profundamente que las acciones negligentes de unos cuantos antiguos empleados y contratistas hayan puesto en peligro a estas aves únicas.

—Vaya con el vejestorio —murmuró Roy.

—¡Roy Andrew Eberhardt!

—Lo siento, mamá, pero el tipo ese no está diciendo la verdad. Sabía lo de los búhos. Todos sabían lo de los búhos.

El señor Eberhardt bajó el volumen de la televisión.

—Roy tiene razón, Lizzy. Solo están tratando de cubrirse las espaldas.

—Bueno, lo importante es que lo hiciste —dijo la madre de Roy—. Las aves están a salvo de la gente de la crepería. ¡Eso debería hacerte sentir muy bien!

—Y así es —aseguró Roy—, pero no fui yo quien salvó a los búhos.

El señor Eberhardt se acercó y posó una mano en el hombro de su hijo.

—Tú hiciste correr la voz, Roy. Sin ti, nadie hubiera sabido nunca lo que estaba ocurriendo. Nadie se hubiera presentado para protestar por el movimiento de tierras.

—Sí, pero todo empezó a causa del hermanastro de Beatrice —repuso Roy—. Él es el que debería haber aparecido en el programa de Peter Brokaw o lo que sea. Todo aquello fue idea suya.

—Ya lo sé, cariño —dijo la señora Eberhardt—, pero se ha ido.

Roy asintió con la cabeza.

—Seguro que es eso lo que parece.

Dedos de Salmonete había durado menos de cuarenta y ocho horas bajo el mismo techo que Lonna, quien se pasó la mayor parte del tiempo al teléfono tratando de conseguir más entrevistas en la televisión. Lonna había contado con que su hijo mantuviera a la familia Leep en el candelero, justo el último lugar en el que él querría estar.

Con la ayuda de Beatrice, había salido a hurtadillas de la casa mientras Lonna y León discutían sobre un vestido nuevo que Lonna había comprado por setecientos dólares con la previsión de aparecer en el programa de Oprah Winfrey. Nadie del programa de Oprah le había devuelto la llamada a Lonna y León le había pedido que devolviera el vestido para recuperar el dinero.

Cuando los gritos de los Leep habían alcanzado el mismo nivel de decibelios que un B-52, Beatrice bajó a su hermanastro por la ventana del baño. Por desgracia, un vecino entrometido había tomado la escapada por un ladrón y lo había comunicado a la policía. Dedos de Salmonete no había avanzado ni dos manzanas cuando lo rodearon los coches patrulla de policía.

Lonna se enfureció al saber que su hijo volvía a las andadas con lo de escaparse. A pesar de los pesares, le dijo a los oficiales que había robado un valioso anillo para el dedo del pie de su joyero y pidió que lo encarcelaran en el correccional de menores para que aprendiera la lección.

El chico duró allí dentro solo diecisiete horas antes de escaparse, en aquella ocasión con un cómplice insólito.

Escondido en la lavandería con su nuevo amigo, Dana Matherson no tenía ni la más remota idea de que había sido especialmente seleccionado para unirse a la fuga, que el esquelético chico rubio sabía con toda exactitud quién era y que conocía todas las malas jugadas que le había hecho a Roy Eberhardt.

Corto de alcances, lo más seguro es que Dana solo pensara en su inesperada buena suerte cuando el cesto de la colada fue cargado en el camión de la lavandería que luego atravesó las puertas del correccional. Seguramente, ni siquiera el sonido de las sirenas acercándose le preocuparon hasta que el camión frenó en seco y las puertas traseras se abrieron de par en par.

Fue entonces cuando los dos jóvenes fugitivos saltaron del arrebujo de ropa sucia pestilente y se pusieron a correr.

Más tarde, cuando Roy oyó la historia de labios de Beatrice, supo al instante por qué su hermanastro había escogido a Dana Matherson como compañero de huida. Dedos de Salmonete era veloz y escurridizo mientras que Dana era lento y tenía los pies delicados porque aún no se había recuperado del todo de su encuentro con las ratoneras.

El reclamo perfecto; aquel era Dana.

Sin duda, la policía se topó con un matón, aunque se sacudió de encima a dos agentes antes de que lo redujeran y le pusieran las esposas. Para entonces, el hermanastro de Beatrice era un borrón en la lejanía, una brizna dorada que se desvanecía entre la densa arboleda.

La policía nunca lo encontró, aunque tampoco lo buscaron demasiado. Dana era la presa deseada, el de los antecedentes penales y la mala conducta.

Roy tampoco pudo encontrar a Dedos de Salmonete. En múltiples ocasiones había ido con su bicicleta al depósito de chatarra y había mirado en el camión de los helados de Jo-jo, pero siempre lo había encontrado vacío. Entonces, un día, el propio camión desapareció, arrastrado y apretujado en un cubo oxidado de chatarra.

Beatrice Leep sabía dónde se escondía su hermanastro, pero había prometido guardar el secreto.

—Lo siento, tejano —le había dicho a Roy—. Hice una promesa de sangre.

Así que, sí, el chico se había ido.

Y Roy sabía que nunca volvería a ver a Napoleón Bridger, salvo que él quisiera que lo vieran.

—Estará bien. Sabe cuidarse —dijo Roy para tranquilizar a su madre.

—Espero que tengas razón —respondió—. Es que es tan joven…

—Eh, tengo una idea. —El padre de Roy hizo sonar las llaves del coche—. Vamos a dar una vuelta.

Cuando los Eberhardt llegaron a la esquina de Woodbury con East Oriole, ya había otros dos vehículos aparcados junto a la puerta de la valla. Uno era el coche patrulla; el otro, una furgoneta azul. Roy reconoció ambos.

El agente David Delinko se había detenido de camino a casa al salir de la comisaría en la que había recibido otra condecoración de su jefe; en aquella ocasión por su aportación en la captura de Dana Matherson.

Leroy Rizos Branitt, quien iba saltando de un trabajo a otro, había acompañado a su mujer y a su suegra al supermercado cuando decidió hacer una breve parada.

Igual que los Eberhardt, habían ido a ver los búhos.

A medida que fue cayendo la noche, aguardaron en un silencio amistoso y sencillo, aunque había mucho de lo que podrían haber charlado. Salvo por la valla con sus banderines desvaídos, el solar no mostraba señal alguna de que la gente de la crepería hubiera estado allí: habían retirado el remolque de Rizos, se habían llevado las excavadoras y los lavabos portátiles habían sido devueltos a la compañía a la que habían sido alquilados. Incluso las estacas de replanteo habían desaparecido; las habían arrancado y se las habían llevado con la basura.

Poco a poco, el aire nocturno se llenó del canto de los grillos y Roy sonrió para sí al recordar la caja que había soltado allí. Era obvio que los búhos disponían de abundancia de bichos de otras clases para alimentarse.

No mucho después, un par de aves asomaron la cabeza por una madriguera cercana. Les siguió un polluelo de patas temblorosas que parecía tan frágil como un adorno de Navidad.

Al unísono, los búhos rotaron sus cabezas del tamaño de una cebolla para mirar a los humanos que a su vez las contemplaban. Roy podía imaginar lo que pensaban.

—Tengo que admitirlo —dijo Rizos, con un cariñoso gruñido—, son muy monos.

Un sábado, después de que el escándalo de Mamá Paula hubiera amainado, Roy fue a ver a Beatrice y a sus amigas jugar a fútbol. Era una tarde bochornosa, pero Roy se había resignado ante el hecho de que no había cambios en las estaciones en Florida del Sur, solo pequeñas variaciones en un sempiterno verano.

Y aunque añoraba los crudos otoños de Montana, Roy se descubrió pensando cada vez menos en aquel lugar. Aquel día, la luz inundaba el campo de fútbol como una alfombra de neón, y Roy estaba contento de poder quitarse la camiseta y tostarse al sol.

Beatrice metió tres goles antes de localizarlo despatarrado en la tribuna descubierta. Cuando lo saludó, Roy alzó los dos pulgares y sonrió porque aquello era muy raro: Beatrice, la Osa, saludando a un tejano, el chico nuevo.

El sol en lo alto y el calor húmedo le trajeron a la memoria otra mañana soleada no mucho tiempo atrás, en un lugar no muy lejos de allí. Antes de que acabara el partido de fútbol, cogió la camiseta y se fue.

El trayecto desde el campo de fútbol hasta el riachuelo oculto no era muy largo. Roy encadenó su bicicleta a un viejo tocón retorcido y se abrió camino a través de la espesura del bosque.

El riachuelo estaba crecido y solo una punta de la caseta del timón del *Molly Bell* azotada por los elementos asomaba por encima de la superficie del agua. Roy colgó sus zapatillas de deporte de una rama ahorquillada y nadó hasta los restos del naufragio, dejando que la corriente lo empujara con suavidad.

Con ambas manos, se agarró al borde del tejado de la caseta del timón y se dio impulso para subir a la madera desnuda y combada. Apenas quedaba un trozo seco.

Roy se tumbó sobre la barriga, se restregó la sal de los ojos y esperó. El silencio lo envolvió como un manto suave.

Primero, atisbó la sombra en forma de T del águila pescadora cruzar el agua verde clara, bajo él. Luego llegó la garza blanca, planeando bajo en vana búsqueda de una orilla poco profunda por donde caminar. Finalmente, el ave cayó sobre un mangle negro, graznando irritada por la corriente crecida.

La elegante compañía fue bien recibida, pero Roy mantenía los ojos clavados en el riachuelo. El chapoteo de un sábalo alimentándose contracorriente lo alertó y la superficie del agua comenzó a agitarse y a bullir. Segundos después, apareció un banco de salmonetes, elegantes franjas plateadas pasaron como el rayo una y otra vez.

En lo más alto de la caseta del timón, Roy se acercó todo lo que pudo al borde y descolgó los dos brazos. Los salmonetes dejaron de saltar y formaron un escuadrón en forma de V que creó una onda agitada en mitad del riachuelo, en dirección al *Molly Bell*. El agua a sus pies pronto se oscureció y Roy ya no consiguió distinguir las formas individuales de las chatas cabezas de los peces mientras estos nadaban en un frenesí por salvar sus vidas.

Cuando el banco se aproximó a la barca de pesca hundida, se dividió de forma tan limpia como si hubiera sido seccionado por un sable. Sin perder tiempo, Roy escogió un pez y, tambaleándose peligrosamente, sumergió las dos manos en la corriente.

Por un excitante momento, lo sintió entre sus dedos, tan frío, resbaladizo y mágico como el mercurio. Apretó los dedos con fuerza, pero el salmonete se escurrió con facilidad y dio un nuevo salto antes de reunirse con el resto del banco a la huida.

Roy se sentó y se miró las manos vacías y chorreantes.

Imposible, pensó. Nadie podía capturar una de aquellas malditas cosas con las manos, ni siquiera el hermanastro de Beatrice. Tenía que ser un truco, una especie de astuto espejismo.

Oyó el sonido de una risa procedente del espeso manglar. Roy asumió que era una garza, pero cuando alzó la vista, vio que el ave ya se había ido. Se levantó despacio e hizo pantalla con la mano para protegerse de la luz del sol.

—¿Eres tú? —gritó—. Napoleón Bridger, ¿eres tú?

Nada.

Roy esperó y esperó, hasta que el sol bajó y las sombras cayeron sobre el riachuelo. No volvió a oír ninguna risa entre los árboles. A su pesar, se deslizó por el *Molly Bell* y dejó que la corriente lo acercara a la orilla.

De forma mecánica, se puso la ropa, aunque cuando buscó los zapatos vio que solo uno colgaba de la rama ahorquillada. Su zapatilla deportiva derecha había desparecido.

Roy se puso la izquierda y fue saltando en busca de la otra. La encontró poco después, medio sumergida en el bajío, entre las ramas, donde había imaginado que podía haber caído.

Aunque cuando fue a agacharse para recogerla, no la levantó con facilidad. Habían entrelazado los cordones alrededor de una raíz llena de percebes incrustados.

Los dedos de Roy temblaron a medida que iba deshaciendo los concienzudos nudos marineros. Alzó la zapatilla empapada y miró dentro.

Allí distinguió un salmonete no más grande que el dedo índice de un hombre, dando vueltas y chapoteando como protesta por su cautividad. Roy volcó el pececillo en la mano y lo llevó al riachuelo.

Con suavidad, depositó el salmonete en el agua en la que destelló un segundo para desvanecerse al siguiente como una chispa.

Roy se quedó quieto, escuchando con atención; sin embargo, lo único que oyó fue el zumbido de los mosquitos y el susurro callado del riachuelo. El muchacho que corría ya se había ido.

Cuando Roy se puso la otra zapatilla, rió para sí mismo.

Así que la gran captura del salmonete con la mano no era un truco. Después de todo, no era imposible.

¿Quién sabe? Tendré que volver otro día e intentarlo de nuevo, pensó Roy. Es lo que un verdadero chico de Florida haría.